취하여 텅빈산에 누우니

술과
漢詩

유병례 · 윤현숙 지음

술교
漢詩

유병례·윤현숙 지음

취하여
텅빈산에
누우니

뿌리와
이파리

일러두기

1. 한자의 병기는 최초 노출 후 반복하지 않는 일반 표기의 원칙 대신 문맥의 이해를 위해 필요한 곳에는 반복적으로 한자를 병기했다.

2. 책명, 정기간행물, 신문 등에는 겹낫표(『 』), 시, 편명 등에는 홑낫표(「 」), 그림, 음악, 영화 등에는 홑화살괄호(《 》)를 사용했다.

3. 본문에 사용한 이미지는 퍼블릭 도메인이거나 크리에이티브 커먼즈 라이선스를 따르는 것들이다. 따로 도판 출처에 밝혔다.

아득한 옛날, 술은 그 황홀하고 몽롱하고 짜릿한 맛으로 인간을 사로잡은 이래 수많은 사람의 사랑을 받아왔다. 특히 감성의 촉수가 예민한 시인들에게 술은 무수한 명작을 탄생시킨 그들만의 촉매제였다. 고려 문호 이규보는 "술 없으면 시 짓는 일 멈춰야 하고, 시 없으면 술 마시는 일 그만두어야 하리無酒詩可停, 無詩酒可斥"라고 하였다. 시와 술은 이렇듯 동전의 양면처럼 슬픔과 불평과 분노를 녹여주고 감정을 순화시켜 심리적 평형을 이루는 데 기여하였다. 물론 과도한 음주는 건강을 해침은 물론 가까이는 가정을 파괴하고 멀리는 나라를 망치는 사례가 되었음을 역사는 증명한다. 그러나 주지육림酒池肉林으로 인한 망국의 한보다는 여전히 술에서 탄생한 명시들이 우리 마음을 촉촉이 적신다.

말술에 시 100편을 술술 읊어대며 인생의 원초적 비애와 슬픔을 멋지게 승화했던 시선詩仙 이백, 나라와 백성을 염려하며 마신 술이 다시 눈물 되어 흘러나왔던 시성詩聖 두보, 한잔 술로 끈끈한 우정을 노래한 백거이와 유우석……. 헤아릴 수 없이 많은 명시가 이렇듯 음주로 말미암아 탄생하였다.

물론 술과 인간의 칠정七情이 결합하여 화학적 변화를 일으킨다고 해서 모두 심금을 울리는 시가 되고, 위로가 되는 건 아니다. 시와 상관없이 아름다운 꽃, 교교한 달빛 아래 친구와 더불어 기울이는 술 한잔에서도 위로를 받을 수 있다. 그래서 옛사람들의 만남에는 술이 빠지지 않았고 "친구를 만나면 천 잔 술도 적다酒逢知己千杯少"라고 하였던 것이다.

하여 조선 시인 이정보李鼎輔는 이런 시조를 읊었나보다.

꽃 피면 달 생각하고 달 밝으면 술 생각하고,
꽃 피자 달 밝자 술 얻으면 벗 생각나네.
언제면 꽃 아래 벗 데리고 달 구경하며 흠뻑 취할까.

교교한 달빛 아래 흐드러지게 핀 봄꽃 보며, 친구와 함께 술잔 기울이
는 광경을 상상해보라, 얼마나 운치 있고 정겹고 낭만적인가!
　때는 바야흐로 봄날, 때마침 흐드러지게 핀 벚꽃을 혼자 감상하기 아까
워하다가 떠오르는 친구에게 연락했다. 오랜만에 전화를 받은 그도 그렇
잖아도 같은 생각을 하고 있었다며, 당장 내려오라고 했다. 차에 시동을
걸고 서서히 아파트 단지를 빠져나가려 하는데 하필 그날이 주말이어선
지 입구부터 차가 즐비하게 신호대기. 대전까지 혼자 운전해서 가야 하고
또 혼잡할 고속도로 상황을 생각하니 슬며시 가고 싶은 마음이 시들해졌
다. 차를 되돌려 집으로 돌아왔다. 그에게 차마 가지 않겠다고 말하기 너
무 미안해, 문자 메시지로 거두절미하고 '흥진이반興盡而返' 달랑 넉 자만
보냈다.
　창밖을 내다보니 개나리며 목련이며 벚꽃이 일제히 만발하여 마음을
여전히 뒤흔들었다. 꽃들은 자기들끼리 무슨 말을 하고 있었고, 수군수군
속삭이다가 나를 쳐다보기도 하고 또 내게 손짓하며 말을 걸어오는 듯하
였다. 무슨 말일까? 나는 홀로 막걸리를 꺼내들고 홀짝이며 마셨다. 어느
덧 시간은 흘러 지난날의 애환 하나 보름달처럼 떠오르고, 달빛이 창문으
로 스며들고, 그 추억에 잠기듯 그만 스르르 잠이 들었다. 전화 소리에 깨
어났는데, 어느덧 밤 10시. 전화 통화목록에 부재중 전화가 여럿 찍혀 있

었다. 콜백 하였더니 그는 목소리나마 듣고 싶었다고 하였다. 그는 이번에도 이심전심, 왜 '흥진이반'이냐고 묻지 않았다.

'흥이 사그라져 돌아오다'라는 뜻인 흥진이반은 중국 동진東晉시대의 인물 왕휘지王徽之와 대안도戴安道의 고사에서 나왔다. 함박눈이 내려 온 세상이 선경 같은 은세계로 변한 어느 밤, 황홀한 그 광경을 바라보던 왕휘지는 친구 대안도와 이 경치를 함께 즐기고 싶어 밤새 배를 타고 그의 집으로 갔다. 지음과 함께 우주의 아름다운 한때를 같이 감상하고 그 운치를 공유하는 행복을 향유하기 위함이니, 밤중이면 어떻고 먼 길이면 또 어떠랴. 그런데 친구 집에 도착할 무렵, 눈이 그치고 날이 밝았다. 그의 집이 바로 앞에 있는데 왕휘지는 들어가지 않고 그만 배를 되돌려 집으로 돌아왔다. 뒷날 누가 그 이유를 묻자 이렇게 대답하였다. 흥에 겨워 친구와 함께 그 흥을 향유하기 위해 갔는데乘興而去 이제 흥이 사라졌으니 군이 친구를 만나야겠느냐고 말이다.

오늘날 우리의 삶에서 술자리는 경직된 인간관계에 위로와 이완을 선사하고 따스한 인정을 느끼게 해주는 특별한 공간이다. 술은 마시되 잘 마셔야 하고, 절제의 미학과 규율로 분위기를 격조 있게 이끌어야 우리 삶에 의미 있는 시공을 만들어줄 것이다. 중국 인문의 위대한 전통의 하나인 시와 술, 술과 시 이야기, 그 우아하고 멋진 음주의 풍류를 여러분에게 알리고 싶다. 그리하여 세속을 관조하고 자아를 성찰하며, 자신의 삶을 정비하는 쉼표 있는 삶의 전개에 유용한 거울 하나를 간직하면 좋겠다.

40년 동안 함께 중국문학을 공부하며 망년지교를 맺어온 나의 자랑스러

왕휘지는 눈 내린 겨울밤의 흥겨운 기분을
친구 대안도와 함께 즐기기 위해 작은 배를
타고 갔다가 그 집 문 앞에 이르러 다시
돌아왔다. 흥에 겨워 찾아갔다가 흥이 식어
돌아왔다는 '승흥이거, 흥진이반乘興而去, 興
盡而返'의 고사는 『세설신어』에 나온다.
그림: 주문정周文靖, 〈설야방대도雪夜訪戴圖〉.

운 제자 윤현숙 교수와 함께 이 책을 펴내 더 뜻깊고 즐겁다. 윤 교수는 반 잔 술만으로도 흥이 넘쳐나고 난 열 잔에도 그다지 흥이 나지 않는데, 이런 두 사람이 함께 선정한 시와 해설이 여러분에게 중용의 미학도 음미할 수 있게 할지 모르겠다. 내용과 꼭 맞는 그림을 찾고 또 찾아내 책 읽는 즐거움을 한층 고양한 뿌리와이파리 출판사의 박윤선 주간과도 감사의 정표를 간직하고 싶다.

2024년 10월 왕십리 계헌鍥軒에서
유병례

차례

서문 5

제1부 술, 사람을 만나다

제1장 나와 술의 첫 만남 14
제2장 술만 마시면 신선이 되는 술고래를 아시나요 22
제3장 술이 센 자만이 천고의 절창을 남긴다? 31
제4장 음주 후의 추태는 인류의 DNA? 58

제2부 달아 달아 밝은 달아

제5장 전원생활의 외로움을 술로 달래며 세상을 비판하다 70
제6장 이 강물 변해서 모두 술이 된다면 88
제7장 영원히 취해서 깨어나지 말았으면 96
제8장 도처에 외상술 달아놓고 술 마신 두보 107
제9장 술은 사람이 만들었지만 술도 사람을 만든다 119
제10장 주흥이 일어날 때 포부를 말하다 129
제11장 금주령禁酒令 내리면 밀주 담아 마시지요 151

제3부 이 세상에서 가장 슬픈 술잔

제12장 사랑, 사랑, 어이하나 172
제13장 술, 옛사랑의 추억을 마시다 182
제14장 그저 단 한 사람의 연인으로 살고 싶었을 뿐 196
제15장 술이 아니면 그 세월을 견딜 수 없었을 거예요 212
제16장 언제 술 생각이 가장 간절한가요? 233

제4부 '혼술', 홀로 유유자적하며 즐기다

제17장 달을 벗 삼아 그림자를 친구 삼아 248
제18장 천하에서 주량이 가장 센 유령, 술을 예찬하다 256
제19장 친구여, 좋은 술과 함께 271
제20장 세상만사 다 마음먹기 나름 291
제21장 취향醉鄕, 우리 옛 선조의 유토피아 310

작가 및 작품 찾아보기 324
도판 출처 331

제1부

술, 사람을
만나다

제1장

나와 술의 첫 만남

내가 태어나서 처음으로 맛보았던 술은 막걸리였다. 술은 막걸리 말고도 그 종류가 헤아릴 수 없이 많으며, 그 맛도 막걸리처럼 달달하기만 한 게 아니라 목구멍을 태울 정도로 독한 것도 있고 쓴 것도 있고 찝찔한 것도 있으며, 손님 오실 때만 내놓는 게 아니라 즐거울 때도 슬플 때도 괴로울 때도 많이 찾는다는 것을 알게 된 것은 한참 후의 일이었다. 술은 감성의 촉수가 예민한 사람들의 상상력과 감정을 풍부하게 만들어 멋진 시를 탄생시킨다는 것을 알게 된 것은 더더욱 훗날의 일이었다. 이렇듯 술은 그저 달콤한 맛만 느꼈던 어린 나를 때론 담대하게 만들어 과감한 행동을 하게 만들었고, 때론 인생을 성찰하고 관조하며 한숨과 걱정을 녹여 삼키는 어른으로 만들어놓았다. 술과 함께하였던 내 지난날의 희로애락이 주마등처럼 스쳐 지나간다. 지금 이 순간 어찌 시 한 수 읊조리며 술 한잔하고 싶지 않으랴!

술에 대한 나의 첫 기억은 아버지의 발그스레한 얼굴에서 풍기는 달짝지근한 홍시 냄새와 함께 소환된다.

내가 자란 소도시에서는 밤이면 신작로라 불리는 큰길에 행인의 발자취도 일찌감치 끊겨 적막이 감돌곤 했고, 밤하늘의 달과 별이 희미하게나마 발길을 인도했다. 겨울이면 도시 전체가 일찌감치 어둠과 적막에 싸였는데, 이따금 아버지의 귀가 시간이 늦어지면 불안감이 엄습하곤 했다. 그럴 때쯤 아버지의 자전거가 따르릉 소리를 내며 대문 안으로 들어온다. 아버지 손에는 국화빵이며 군고구마가 들려 있고 기분 좋게 들어오시는 붉어진 아버지의 얼굴에서는 잘 익은 홍시 냄새가 나곤 했다. 적당히 취기가 오른 아버지의 얼굴은 미소로 가득하였는데, 어린 시절 난 그때가 제일 행복했다. 국화빵과 군고구마가 먹고 싶어서 그랬는지 아버지의 미소로 활짝 핀 얼굴을 보는 게 좋아서 그랬는지, 어린 시절 나는 달짝지근한 홍시 냄새를 풍기며 아버지가 귀가하기를 바라곤 했다.

또 내 어린 시절은 달콤한 사탕보다 막걸리를 맛볼 기회가 더 많았다. 집에 손님이 오시는 날엔 엄마는 꼭 오빠와 동생들은 제쳐놓고 나에게 막걸리를 받아오라면서 노란 양은 주전자를 손에 들려주곤 했다. 그 시절에는 구멍가게에서 막걸리를 되로 팔았는데 일곱 살짜리 나에게 그런 심부름을 시킨 것이다.

우리 집은 길고 긴 골목길 맨 끝에 있었는데 골목 한편은 집이 늘어서 있고 다른 한편은 연초조합 건물이 자리하고 있었으며 담장 위에는 철조망이 쳐 있었다. 대낮에도 골목은 늘 적막감이 흐르기 일쑤였고 어스름 저녁이면 적막강산 그 자체였다. 한낮에 막걸리 심부름을 시키면 그래도 괜찮건만 어스름 저녁에 막걸리를 받아오라고 하면 정말 죽을 맛이었다. 그 당시에는 웬 귀신 이야기가 그리도 많았던지……. 달걀귀신, 몽달귀신, 처녀 귀신, 총각 귀신, 백 년 묵은 여우 귀신…… 골목길을 걷는 내내 등골이 오싹할 정도로 무서웠다. 그러나 막걸리를 사서 돌아오는 길은 갈 때의 그 무서운 귀신들의 환영은 사라지고 주전자 안에 있는 막걸리에 온 정신이 쏠렸다. 도대체 이게 무엇이길래 손님 대접할 때마다 사오라고 하는 걸까? 호기심에 주전자 뚜껑을 열고 뚜껑에다 막걸리를 조금 따라 맛을 보았다. 와~ 그 달콤한 맛이란! 평소 눈깔사탕 하나 얻어먹기도 힘든 탓이었을까? 한 모금에 반했다. 그날 이후 나는 손님이 오기를 학수고대하였고 막걸리 사러 갈 때마다 주전자 뚜껑에 조금씩 따라 마시면서 독학(?)으로 그렇게 술을 배웠다.

중국 고전시를 공부하면서 교수님들로부터 술 마시지 못하는 자 시 배울 자격 없다는 말을 종종 들었다. 처음엔 순진하게도 그저 술만 잘 마시면 저절로 중국 고전시를 잘 이해할 수 있다는 것으로 알아듣고, 술 마시기에 열성을 보인 적이 있다. 술이 시인의 감성과 영감을 자극하는 촉매제가 되어 불후의 작품이 나온다는 사실을 알지 못했기 때문이다. 참 감정 없이 끄적거린 언어는 영원히 시가 될 수 없고, 절실한 사연 없이 들이킨 술은 멋진 시로 승화되어 나오지 않는다.

　　우리를 감성의 세계로 끌어들여 심금을 울리고 미적 향유와 영혼을 순화시키는 시의 탄생에 지대한 영향을 끼친 술, 이렇듯 신통한 마법을 지닌 술을 만든 사람은 과연 누구일까? 우리나라는 문헌의 부족으로 잘 알려져 있지 않지만, 중국은 주신酒神에 대한 기록이 많고 술의 나라라 할 정도로 그 종류가 다양하다.

『전국책戰國策·위책魏策』에 따르면 우禹 임금의 딸이 의적儀狄에게 명하여 술을 빚게 해서 아버지께 바쳤는데 우 임금이 마셔보니 아주 맛이 좋았다. 그러나 우 임금은 맛있는 술을 만든 의적에게 상을 주기는커녕 그를 멀리하고 술을 끊었다. 그러고는 이렇게 말했다. "후세에 술로 나라를 망치는 자가 반드시 있을 것이다." 주지육림에 빠졌던 은殷나라 주왕紂王은 술 때문에 나라가 망했으니 우 임금의 예언이 적중했다고 할 수 있다. 의적은 하나라를 세운 우 임금 때 사람이다. 찹쌀로 빚은 순한 술을 만든 사람이라는데, 요즘의 막걸리 정도에 해당할 것이다. 의적과 함께 거론되는 주신으로 두강杜康이 있다.

두강은 하나라의 군왕이자 처음으로 술을 만든 사람이라고 한다. 그리하여 훗날 주신으로 받들어졌다. 두강은 하나라 6대 군주 소강少康이라고도 한다. 허신許慎의 『설문해자說文解字』에 따르면 두강은 고량주를 처음 만든 사람이다. 물론 오늘날의 증류주는 아니다. 조조는 「단가행」에서 "何以解憂, 唯有杜康(하이해우 유유두강)"이라고 읊었고, 당나라 시인 백거이는 "杜康能散悶, 萱草解忘憂(두강능산민 훤초해망우)"라고 읊기도 했다. 시구에서 볼 수 있듯이 조조는 근심을 잊게 해주는 것은 오로지 술뿐이라 하였고, 백거이는 술은 답답한 마음 풀어주고 훤초(일명 망우초, 원추리)는 근심을 잊게 해준다고 했다. 두강은 술을 만든 원조에서 술을 지칭하는 명사로 바뀌었고

두강은 중국 고대에 처음으로 술을
만든 사람이다. 하남성 여양현汝陽縣에
두강촌杜康村이 있는데, 이곳이 바로
두강이 술을 만든 곳이라고 한다.

근심을 잊게 해주는 최고의 환희수가 된 것이다. 두강이 술을 제조
한 것과 관련하여 다음과 같은 전설이 전해진다.

　어느 날 밤 두강의 꿈속에 하얀 수염을 기른 노인이 나타나서
이렇게 말했다. 너에게 맑은 샘물을 줄 테니 앞산에 들어가서 아흐
레 이내에 세 방울의 서로 다른 피를 구해 와서 샘물에 부으면 천하
에서 제일 맛있는 음료수를 얻을 수 있을 것이라고. 이튿날 아침 일
어나 문 앞에 나가보니 과연 노인이 말한 대로 맑고 투명한 샘물이
하나 있었다. 두강은 세 방울의 피를 찾기 위해 즉시 앞산으로 들어
갔다. 산속에 들어간 지 사흘째 되던 날 두강은 문인文人을 만났다.
그와 가까워지려고 시도 읊조리고 기분을 맞추어준 후, 손가락을
째서 피 한 방울만 달라고 해서 얻어냈다. 엿새째 되던 날, 이번에

는 무사 한 명을 만났다. 두강이 찾아온 뜻을 이야기하자 이 화끈한 무사는 칼로 손가락을 그어 피 한 방울을 선뜻 주었다. 아흐레째 되던 날 두강은 나무 아래서 잠자고 있는 멍청이를 발견했다. 그의 입술에는 구토물이 잔뜩 묻어 있어 더럽기 짝이 없었다. 그러나 노인과 약속했던 기한이 다 되어 어쩔 수 없이 그에게 돈 몇 푼 주고 피한 방울을 샀다. 집에 돌아온 두강이 구해 온 세 방울의 피를 샘물에 넣자마자 샘물이 끓어올라 열기가 비등하고 향기가 코끝을 진동시켰다. 그것을 맛보니 정신이 황홀하고 아찔해졌다.

두강은 이 음료수를 아흐레 동안 구한 세 방울의 피를 사용하여 얻었다고 해서 술병의 상형인 유酉자 옆에 점 세 개를 찍어 '酒'자를 만들고 '지우(jiu)'라고 발음했다고 한다. '아홉 구九'자는 '술 주酒'자와 음이 같기 때문이다. 또 '술 주'자의 형태를 보면 왼쪽 세 점은 세 방울의 피를 나타내고, 오른쪽 '酉'는 술을 담는 용기이다. 세 방울의 피는 각각 문인, 무사, 멍청이로부터 얻은 것이기에 사람들은 음주할 때, 처음에는 문인에게서 얻은 피가 효력을 발생하여 우아하게 술을 마시며 시를 짓고 응수하며 대작을 한다. 그다음 단계는 무사에게서 얻은 피가 기능을 작동하여 호탕하게 술잔을 마구들이키고, 마지막 단계는 멍청이에게서 얻은 피가 효력을 발휘하여 땅에 엎어져 토해대고 대야를 끌어안고 왝왝거리며 아무 데나 드러누워 인사불성이 된다는 것이다. 여기서 우리는 두강이 만든 술맛에 다시 한번 주목하지 않을 수 없다. 마시면 정신이 황홀하고 아찔해지는 맛, 그래서 사람들은 지금까지 그 맛에 이끌려 음주를 하는

지도 모른다.

위의 전설은 꾸며낸 이야기이긴 하지만 그럴듯하고 재미가 있다. 아무튼 중국 사람들의 상상력을 누가 말리나?

이렇게 두강이 술을 이 세상에 전한 이후 오늘날까지 술은 여전히 우리 인간에게 없어서는 안 되고 또 없어질 수도 없는 그런 기호품이 되었다. 당신은 술 없는 세상을 상상해보았는가?

감정을 격발시키는 술, 시와 인연을 맺다

시는 순수한 영혼의 울림이다. 이 영혼의 울림을 격발시켜주는 촉매제가 바로 술이라는 건 이미 앞에서도 말했다. 술을 마시면 흥취가 일어나 시흥詩興과 시정詩情을 자극하고, 아름다운 경치와 친구를 만나면 흥취를 돋우고 영감을 자극하여 불후의 명시가 탄생하는 산파역을 하기도 한다. 그리하여 도연명陶淵明, 이백李白, 두보杜甫, 왕유王維, 백거이白居易 등 무수한 시인이 중국문단을 찬란하게 수놓았다.

시인들은 술과 떼어놓을 수 없는 인연을 맺어 수많은 절창을 탄생시켰다. '이백두주시백편李白斗酒詩百篇', 그러니까 이백은 술 한 말 마시면 백 편의 시를 써냈다고 한다. 어디 그뿐인가? 우울한 사람은 잠시 근심을 잊게 해주고, 소심한 사람은 대담해지게 해주고, 이별하는 사람에겐 아쉬움과 슬픔을 잊게 해준다. 그래서 도연명은 "국화꽃 띄어 빚은 술이, 세속을 버리려는 마음을 깊게 하네泛此忘憂

物, 遠我遺世情"라고 하였다. 왕유는 "그대에게 술 한 잔 더 권하노니, 서쪽으로 양관문 나서면 친구를 볼 수 없으리라勸君更盡一杯酒, 西出 陽關無故人"라고 하였고, 섭이중聶夷中은 "한번 마시면 온갖 응어리 풀어지고 두 번 마시면 온갖 근심 사라지네一飮解百結, 再飮破百憂"라 고 하였다.

　반면 지나친 음주는 자신도 망가지고 남도 망가지게 한다. 『논 어』에는 이런 말이 있다. "주량은 세지만 몸가짐이 흐트러지는 데 이르지 않았다唯酒無量, 不及亂." 공자도 음주를 잘 하였지만 추태를 보이거나 소란을 피우는 지경에 이르는 것을 경계하였음을 알 수 있다.

제2장

술만 마시면 신선이 되는
술고래를 아시나요

고려시대 문인 이규보李奎報와 임춘林椿은 술을 의인화하여 각각
「국선생전麴先生傳」과 「국순전麴醇傳」이라는 가전체 소설을 지었다.
전자가 술의 긍정적인 작용에 방점을 찍어 이야기를 전개하였다면,
후자는 술의 부정적인 작용에 방점을 찍고 그 폐해를 이야기했다.
이렇듯 술은 양면의 칼날과 같은 작용을 한다는 것을 옛사람들도
인식하였다.

당나라 시인 두보는 술만 마시면 신선이 되는 여덟 명의 주당
을 차례로 읊었는데, 시로 그린 초상화라 할 정도로 생동감이 넘
친다. 제목은 「음중팔선가飮中八仙歌」이다.

하지장은 술 마시면 배를 타듯 말 타고,
눈앞이 흐릿해져 우물 바닥에 떨어진 채 잠을 잤지요.
知章騎馬似乘船, 眼花落井水底眠.

여양왕은 서 말 술 마시고야 천자를 뵈러 가는데,
길에서 술 수레 만나면 입맛 다시며 침 흘리고,

주천의 후작으로 발령받지 못한 걸 한탄했지요.

汝陽三斗始朝天, 道逢麴車口流涎, 恨不移封向酒泉.

좌상은 흥이 나면 하루에 만 냥을 술값으로 쓰고,

고래처럼 온 강물 들이켰는데,

청주만 즐기고 탁주는 피했지요.

左相日興費萬錢, 飲如長鯨吸百川, 銜杯樂聖稱避賢.

종지는 멋진 미소년,

술잔 들면 백안으로 푸른 하늘 바라보았죠.

광명정대한 그 모습 바람 앞에 서 있는 옥수 같지요.

宗之瀟灑美少年, 擧觴白眼望靑天, 皎如玉樹臨風前.

소진은 부처님 앞에서 늘 재계를 드렸는데,

술에 취하면 종종 좌선 그만두길 좋아했지요.

蘇晉長齋繡佛前, 醉中往往愛逃禪.

이백은 술 한 말 마시면 시 백 편 짓고,

장안 저잣거리 주막에서 잠을 잤지요.

황제가 불러도 배에 오르지 않으면서,

스스로 신선이라 칭했지요.

李白斗酒詩百篇, 長安市上酒家眠,

天子呼來不上船, 自稱臣是酒中仙.

장욱은 석 잔 술 마시면 붓을 드는 초서의 성인인데,
모자 벗고 정수리 드러내고 왕공 앞으로 나아가
붓을 종이에 대고 휘두르면 안개구름 같았지요.
張旭三杯草聖傳, 脫帽露頂王公前, 揮毫落紙如雲煙.

말더듬이 초수는 술 다섯 말을 마셔야 흥이 돋아서
고담준론으로 좌중을 놀라게 했지요.
焦遂五斗方卓然, 高談雄辯驚四筵.

위에서 거론한 8명의 술고래는 음주 후 모두 범인凡人을 초월
하는 신묘함을 보였던 인사들로 사명광객 하지장賀知章, 여양왕 이
진李璡, 좌상 이적지李適之, 최종지崔宗之, 소진蘇晉, 이백, 장욱張旭,
초수焦遂이다. 하지장은 관직 생활을 가장 오래하고 나이가 많은 관
계로 맨 앞에 두었고, 나머지 사람들은 관작에 따라 왕공 재상에서
관직이 없는 일반인에 이르기까지 순서대로 묘사하였다.
　　하지장은 관운이 좋은 사람이다. 관직을 사직하고 귀향할 때는
황제로부터 감호鑑湖의 한 구비를 하사받아 그곳에서 은거 생활을
즐겼고 86세를 일기로 세상을 떠났으니, 그야말로 수복록을 모두
갖춘 사람이다. 그는 애주가로 성격이 매우 호탕하고 너그러웠다
고 하는데 장안에 처음 온 40여 세 연하 이백과 초면임에도 불구하

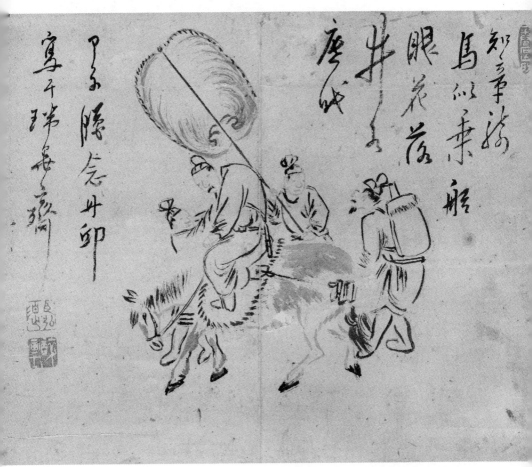

단원 김홍도가 그린 〈하지장도〉.
그림의 오른쪽 상단에는 「음중팔선가」의
첫 구절인 "하지장은 술 마시면 배를 타듯
말 타고, 눈앞이 흐릿해져 우물 바닥에
떨어진 채 잠을 잤지요知章騎馬似乘船,
眼花落井水底眠"가 쓰여 있다.
김홍도는 말 위에서 몸을 제대로
가누지 못하고 앞뒤로 흔들거리는
하지장의 모습을 잘 묘사하였다.

고 그의 시에 대해 칭찬을 아끼지 않았고, 이백의 「촉도난蜀道難」을 읽고 난 후 신선 세계에서 귀양 온 사람 같다며 적선謫仙이라는 칭호를 붙여주었다. 그러고는 주점으로 데려가서 술을 사주었는데 마침 수중에 가진 돈이 없자 황제가 하사한 금으로 된 거북을 선뜻 허리춤에서 풀어 주었다는 일화가 전해진다. 이백은 하지장의 추천을 받아 그의 생애 처음이자 마지막인 한림공봉翰林供奉이라는 관직을 받아 궁중에서 3년간 생활한다.

하지장은 술에 취하면 배를 타듯 말을 탄다고 했는데, 이는 말 위에서 몸을 제대로 가누지 못하고 앞뒤로 흔들거리는 모습을 묘사한 것이다. 몸도 제대로 가누지 못하고 또 눈도 흐릿해질 정도로 취해서 급기야 우물에 빠졌으니 요즘으로 치면 영락없이 음주운전에 사고까지 낸 셈이다. 지금이야 면허취소에 벌금형이 내려졌을 테지만 시대를 잘 타고나서 죄인은커녕 기인의 낭만적인 풍도로 이야깃거리가 되었으니 그야말로 격세지감을 느낀다. 또 보통사람 같으면 우물에 빠져 찬물을 뒤집어쓰면 아무리 취했어도 술이 확 깰 텐데, 하지장은 깨기는커녕 그대로 잠들어버렸다니 그야말로 범인을 초월하여 신선의 경지까지 간 것 같다.

여양왕은 당 현종의 조카 이진이다. 그는 통음痛飮을 한 후에 입조入朝하다가도, 술을 실은 수레가 지나가면 침을 흘리면서 자신을 감숙성甘肅省에 있는 주천酒泉의 고을원으로 발령내주지 않은 황제를 원망할 정도였다. 감숙성은 변방 오지나 다름없는데 그곳에는 샘물조차 술처럼 달다는 주천이 있다. 보통사람 같으면 대부분

서울에서 벼슬하고 싶어 안달일 텐데……. 그가 대단한 애주가임을 알 수 있는 대목이다.

　좌상 이적지는 천보天寶 원년에 좌승상에 임명되었는데, 천보 5년(746)에 간신 이임보李林甫의 배척을 받아 재상직에서 물러났다. 이적지는 "흥이 나면 하루에 만 냥을 술값으로 쓰고, 고래처럼 온 강물 들이켰는데 청주만 즐기고 탁주는 피했"다고 한다. 술 많이 마시는 사람을 술고래라고 하는데 이 말의 어원이 바로 「음중팔선가」 중 이적지를 묘사한 말에서 나왔다. 주량이 얼마나 센지 알 수 있는 대목이다. '낙성피현樂聖避賢'에서 '성'은 청주를, '현'은 탁주를 의미한다. 그럼 왜 청주를 성이라 하고 탁주를 현이라고 할까? 그 유래는 아래와 같다.

　한말漢末에 기근이 심해서 조조曹操가 금주령을 내리자 술꾼들이 술이라는 말을 피하기 위하여 청주를 성인이라 하고 탁주를 현인이라고 불렀다. 당시 위魏나라 상서랑尙書郎 서막徐邈이 몹시 술을 좋아한 나머지, 금주령을 어기고 술을 마시다 적발되자 "성인에게 걸려들었다中聖人"라고 익살을 부리며 농담을 한 모양이다. 보고를 받은 조조가 화를 냈지만, 술꾼들이 청주를 성인으로 탁주를 현인이라 부른다며 서막의 품성을 옹호한 부하의 간청에 처벌을 하지 않았다고 전한다. 뒤에 조조의 아들 문제文帝가 서막을 보고는 "요즘도 성인에게 걸려드는가?頗復中聖人不"라고 묻자, "아직도 저 자신을 단속하지 못하고 때때로 다시 걸려들곤 합니다不能自懲, 時復中之"라고 하였다고 한다(『삼국지三國志 권27 위서魏書 서막전徐邈傳』).

여기서 잠시 술의 이칭을 소개하고자 한다. 술은 그 용도에 따라 근심을 잊게 해준다고 망우물忘憂物이라고 하고, 즐거움을 주는 데에 으뜸이라고 해서 환백歡伯이라고도 한다. 탁주는 현賢이라 하고 청주는 성聖이라고 하는 것은 이미 위에서 말했다. 한편 좋은 술은 청주종사靑州從事라 하고 나쁜 술은 평원독우平原督郵라고 한다. 청주종사를 좋은 술이라고 하는 이유는 청주의 관할지 중에 제군齊郡이 있는데 종사관은 하루의 업무를 제군까지 관할할 수 있다. 여기서 '제齊(qí)'는 곧 배꼽을 나타내는 '제臍(qí)'와 음이 같은데 좋은 술은 신체 하부 배꼽까지 술기운이 미친다고 해서 청주종사라고 한다. 나쁜 술을 평원독우라고 하는 이유는 평원군에는 격현鬲縣이 있는데, 독우는 그 지위가 태수의 아래이며 현령의 위이다. '격鬲(gé)'은 신체 중 횡경막을 의미하는 '격膈(gé)'과 음이 같은 관계로 술기운이 단지 횡경막까지만 머문다 해서 나쁜 술이라고 한다. 이 밖에도 배중물杯中物이니 반야탕般若湯이니 그 별칭만 해도 100여 개에 이른다. 여기서는 흔히 사용되는 별칭 몇 개만 소개하였다.

최종지는 이부상서 최일용의 아들인데 아버지의 작위를 이어 제국공이 되었으며 관직은 시어사侍禦史에 이르렀다. 그는 위진시대 완적阮籍의 '청안백안靑眼白眼' 고사처럼 검은 눈동자와 흰 눈동자를 맘대로 지을 수 있었는데, 친한 친구는 검은 눈동자로 보고 속물을 볼 때는 흰 눈동자로 보았다고 한다. 최종지 역시 세상을 경멸하여 흰 눈동자로 하늘을 바라보았던 것이다. 술에 취한 모습을 바람 앞에 서 있는 옥수玉樹라 하여 준수한 용모와 군자의 풍도를 부각했다.

소진은 개원開元 시기 진사로 호부와 이부의 시랑侍郎을 지냈다. 불교에 심취하여 늘 재계하는 생활을 하였으나 술만 마시면 종종 계율을 어겼다고 한다.

이백은 탁월한 시인답게 술 한 말에 시 백 편을 지을 정도로 시상이 풍부하고 가슴에 맺힌 한이 많다. 그러나 그는 슬픔조차도 낭만적으로 포장해서 노래할 정도로 호탕하다. 도도히 흘러가는 장강을 바라보면서 저 강물이 모두 술이면 좋겠다고 할 정도로 강물만큼 많은 슬픔을 지닌 시인이기도 하지만, 술에 취하여 호기를 부리면 천자조차 무시할 만큼 오기와 배포도 있는 사람이다. "황제가 불러도 배에 오르지 않으면서 스스로 신선이라 칭했지요"는 그러한 모습을 매우 생동감 있게 형상화한 구절이다.

장욱은 당나라의 유명한 서예가로 초서의 대가이기에 초성草聖이라 부른다. 그는 대취하면 마구 소리 지르며 질주하고 붓을 요청하여 일필휘지하거나 심지어 머리에 먹물을 적셔 글자를 쓰기도 했다는데, 술이 깬 후 보면 놀랄 정도의 신필로 두 번 다시 얻을 수 없었다고 한다.

초수는 평민으로 술 잘 먹는 사람으로 유명하였다고 한다. 그는 말더듬이인데 술만 먹었다 하면 달변가로 변하여 좌중을 놀라게 했다고 한다.

이상의 여덟 명의 술고래를 회화로 표현한 다음 그림을 보면서 하나하나 그 주인공을 찾아보는 즐거움도 누려보시기 바란다. 술에

취하면 맨 정신일 때보다 훨씬 탁월한 능력과 신통력을 보인 사람
들이니 이분들은 술을 더 많이 마셔도 좋을 것 같은데, 소식은 두보
가 쓸데없이 여덟 명의 술꾼을 신선의 반열에 올려놓았다고 비웃었
으니…… 문인상경文人相輕의 발로인가, 아니면 두어 잔 술이면 천
지의 대도에 통했던 현인이어서 그런가!

두근杜菫의 〈음중팔선도飮中八仙圖〉.
하지장, 여양왕 이진, 좌상 이적지,
최종지, 소진, 이백, 장욱, 초수를 생동감
있고도 사실적으로 묘사하였다.

제3장

술이 센 자만이 천고의 절창을 남긴다?

중국 시인 가운데 술이 가장 센 사람은 누구일까? 아마 대부분 이백을 떠올릴 것이다. "백 년은 삼만 육천 일, 하루에 삼백 잔은 마셔야 하리百年三萬六千日, 一日須傾三百杯"(「양양가襄陽歌」), "슬플 때는 이천 석을 마셨네愁來飮酒二千石"(「강하에서 남릉의 현령 위빙에게江夏贈韋南陵冰」)라고 했으니 말이다. 1석은 열 말이고, 이를 맥주로 계산하면 약 100병에 해당한다. 그런데 이천 석을 마신다고 했으니 과장이 너무 심했다. 이는 이백 시에서 볼 수 있는 특징의 하나이다. 「추포가秋浦歌」라는 시에서 근심으로 인해 "백발이 삼천 장이나 자랐네白髮三千丈"라고 한 것이 바로 대표적인 예이다.

그러나 사실 이백의 주량은 생각만큼 세지 않았던 것 같다. 두보는 「음중팔선가」에서 "이백은 술 한 말 마시면 시 백 편 짓고, 장안 저잣거리 주막에서 잠을 잤지요. 황제가 불러도 배에 오르지 않으면서, 스스로 신선이라 칭했지요李白斗酒詩百篇, 長安市上酒家眠. 天子呼來不上船, 自稱臣是酒中仙"라고 읊은 바 있다. 술 한 말이면 맥주 약 10~12병 정도의 양인데, 이렇게 인사불성이 된 것을 보면 이 정도가 그의 주량이었을 것으로 생각해도 무방할 것 같다. 게다가 그 당시 술의 도수는 오늘날보다 낮았다고 한다.

그렇다면 두보의 주량은 어땠을까? 두보도 술 하면 빼놓을 수 없는 사람이다. 현존하는 그의 시 1400여 편 가운데 300여 편이 음주에 대한 것이고, 술을 마시기 위해 입고 있는 옷까지 벗어 저당 잡혔다고 하니 그의 술 사랑이 얼마나 대단했는지 알 수 있다. 「위팔처사에게 주는 시贈衛八處士」에 보면 "연이어 열 잔을 마셨는데, 열 잔에도 취하지 않네一擧累十觴, 十觴亦不醉"라는 구절이 있어 주량이 작지는 않았을 것 같지만 정확히 알기는 어려워 보인다. 재미있는 것은 이백과 달리 시성詩聖이라 불릴 정도로 진지한 이미지의 두보도 술 먹고 실수를 범한 적이 있다는 것이다. 다음은 그의 「취하여 말에서 떨어지자 벗들이 술을 들고 찾아오다醉爲馬墜, 諸公攜酒相看」라는 시이다.

나 또한 공주 자사 백정절柏貞節의 친한 빈객,
술 취해 말에 올라 황금 창을 치켜들고 노래 부르네.
말에 올라타니 갑자기 젊은 날 생각나네,
어지러운 말발굽에 구당협의 돌들이 마구 쏟아져 내렸지.
저 멀리 백제성은 구름까지 우뚝 솟아 있고,
고개 숙여 협곡 굽어보니 높이가 팔천 척은 되었지.
하얗게 칠해진 옹벽 지나 자줏빛 고삐 번개처럼 놀리니,
동쪽으로 평평한 언덕 나와 하늘 높이 치솟은 낭떠러지 벗어날
　수 있었네.

강촌의 집들 다투듯 눈에 들어와,

고삐와 굴레 늦추어 큰길로 접어들었다.

조금 전 백발노인이 만인을 놀라게 한 것은

젊은 시절 말달리며 활을 잘 쏘았기 때문이지.

어찌 알았으랴!

바람처럼 달리는 말, 마치 하늘 나는 천리마의 기세 같았건만,

뜻밖에 넘어져 다치고 말았으니,

인생은 득의양양할 때 봉변당하기 쉽네.

우울하면 이불 싸고 누워야 하는 법,

더구나 늙어 마음이 초조할 때는.

어찌 된 일인지 알면서도 이유 물으니 부끄러워,

지팡이 짚고 어린 종에게 기대어 억지로 일어난다.

이야기 마치자 다시 기분 좋아져,

손잡고 나가 푸른 물 굽이굽이 흐르는 계곡 옆을 쓸고,

술과 고기를 또 산처럼 마련하여,

애잔하고 호방한 가락 번갈아 울려가며 즐기네.

함께 야속하게 지는 해 가리키며,

와자지껄 떠들다 다시 잔 속의 술을 들이킨다.

하필 왜 말 타고 위문 왔는지?

그대들 보지 못했는가, 혜강은 평생 양생에 힘썼어도 사마소司
   馬昭에게 죽임당한 것을.

甫也諸侯老賓客, 罷酒酣歌拓金戟.

騎馬忽憶少年時, 散蹄迸落瞿塘石.

白帝城門水雲外, 低身直下八千尺.

粉堞電轉紫遊繮, 東得平岡出天壁.

江村野堂爭入眼, 垂鞭嚲鞚凌紫陌.

向來皓首驚萬人, 自倚紅顏能騎射.

安知決臆追風足, 朱汗驂驔猶噴玉.

不虞一蹶終損傷, 人生快意多所辱.

職當憂戚伏衾枕, 況乃遲暮加煩促.

明知來問腆我顏, 杖藜強起依僮僕.

語盡還成開口笑, 提攜別掃清溪曲.

酒肉如山又一時, 初筵哀絲動豪竹.

共指西日不相貸, 喧呼且覆杯中淥.

何必走馬來爲問, 君不見嵇康養生遭殺戮.

　　이 시는 두보가 기주夔州에 있던 시기, 술자리에 초대받아 갔다
가 집으로 돌아오는 길에 벌어진 일을 묘사한 것이다. 당시 그의 나
이는 50대 중반이었다. "말에 올라타니 갑자기 젊은 날 생각나네"
이하 6구는 취기가 올라 말을 타는 순간, 왕년 구당협에서 술 마시
고 말달리던 자신의 모습을 회상한 것이다. 팔천 척 높이의 협곡과
구름 위까지 솟은 백제성이 펼쳐진 장관 아래 달리던 장면을 떠올
리며 말을 몰고, 고삐를 번개처럼 휘둘러 순식간에 낭떠러지를 벗
어나는 기술을 재연할 때는 마음속으로 '역시 노장은 죽지 않았어'

윤두서 작품이라고 전해지는 〈기마도騎馬圖〉.
두보도 그림처럼 젊은 날을 떠올리며
위풍당당 바람같이 달렸겠지만,
나이 들어 술기운에 호기를 부리다가
말과 함께 넘어져 다치고 만다.

라며 의기양양했을 것이다. 문제는 술기운 탓도 있으나 너무 오버한 나머지 아뿔싸, 말이 넘어지고 만다. 넘어졌을 때의 충격, 생각만해도 '어이쿠' 소리가 나온다.

"뜻밖에 넘어져 다치고 말았으니" 이하 14구는 넘어져 다친 후의 상황을 묘사한 것이다. 앞에서 보여주었던 그 호기豪氣는 다 어디로 가고 우울하여 드러눕고 만다. 누군가에게 의지하면 지팡이 짚고 움직일 정도는 되는 것 같은데 전혀 마음이 내키지 않는다. 술취해 한 행동은 정신 들고 나면 대부분 후회하기 마련이니, 이 나이에 무슨 창피인가 싶었을 것이다. 한편 '나도 늙었구나'라는 생각에 초조한 마음도 들고. 그러나 현실을 인정하고 싶지 않아 두보는 '억지로' 일어나 나갔다 한다. 그런데 찾아온 친구들, 상당히 재미있는 사람들이다. 왜 다쳤는지 알면서도 짓궂게 묻고, 게다가 굳이 말 타고 술까지 챙겨 위문을 왔으니 말이다. 찾아온 의도는 한눈에 봐도 빤하다. 이에 질세라 아파도 아닌 척 앞장서 술자리 마련하고 함께 즐긴다. 언제 그랬냐는 듯 웃고 떠드는 그의 모습에서 강인한 성정이 그대로 느껴진다.

"그대들 보지 못했는가, 혜강은 평생 양생에 힘썼어도 사마소에게 죽임당한 것을"이라는 구절에서 짓궂은 친구들은 완전 케이오패를 당한다. 「양생론養生論」이라는 글까지 써 오래 살기를 추구했던 혜강도 39세의 나이로 죽었는데 무서울 게 뭐 있느냐, 통쾌하게 즐기자는 것이다. 이러니 자리보전하고 누워 있어야 할 사람이 말타고 술 들고 위문 온 친구들의 짓궂은 행동에 한술 더 떠 계곡에 술판을 벌인 것이다.

그렇다면 주량이 센 시인은 누구였을까? 두보의 「음중팔선가」에는 "좌상은 흥이 나면 하루에 만 냥을 술값으로 쓰고, 고래처럼 온 강물 들이켰는데左相日興費萬錢, 飮如長鯨吸百川"라는 시구가 있다. 여기서 좌상은 당나라 현종 때의 이적지이다. 이백이 "천금을 들여 취하는 것, 즐거움을 위해서일 뿐 다른 뜻이 있어서가 아니네千金買一醉, 取樂不求餘"(「의고제오擬古第五」)라고 한 것을 보면, 단순 비교해도 이적지의 주량이 이백보다 열 배가 세다고 볼 수 있다. 하지만 이 또한 구체적인 양을 알 수 없어 주량 비교의 순위에 집어넣기에는 무리가 있다.

중국어에 '오두선생五斗先生'이라는 성어가 있는데, 이는 술을 잘 마시는 사람을 지칭한다. 이 말은 당나라 시인 왕적王績이 자신을 오두선생이라 칭한 데서 비롯되었다. 왕적은 한번 마시면 다섯 말을 마시고, 청하는 사람이 있으면 부귀와 빈천을 가리지 않고 항상 달려갔으며, 취하면 장소를 가리지 않고 잠들고, 깨어나면 다시 술을 마시곤 했다. 오두는 다섯 말이니 이백보다 주량이 다섯 배나 세다는 말이다.

술에 취하듯 산수에 취하다

술과 관련한 자호自號를 가진 사람 가운데 가장 유명한 사람을 꼽으려면 역시 북송 시기의 시인 취옹醉翁 구양수歐陽修를 빼놓을 수 없다. '취한(醉) 노인(翁)'을 호로 삼았으니 얼마나 술을 좋아했을지 짐작이 간다. 그러나 「취옹정기醉翁亭記」를 보면 "취옹의 의미는 술에 있지 아니하고 산수에 있는지라, 산수의 즐거움을 술에 비유한 것이다醉翁之意不在酒, 在乎山水之間也. 山水之樂, 得之心而寓之酒也"라는 말이 있다. 굳이 순위를 따지자면 술보다는 산수라는 것인데, 그런 그의 주량은 어떠했을까?

구양수의 「매성유에게 주는 사십육 통의 편지與梅聖兪四十六通」 제32수 가운데 "빈속에 술을 열몇 잔 마셨더니, 취하고 말았네空心飲十數杯, 遂醉", 「취옹정기」의 "조금만 마셔도 번번이 취하네飲少輒醉" 등을 보면 주량은 그다지 세지 않았던 듯하다. 구양수는 만년에 자신을 '육일거사六一居士'라고 칭했는데, 손님이 그 이유를 묻자, "내 집에는 장서 만 권, 삼대 이래의 금석문 천 권, 가야금 하나, 바둑판 하나, 항상 옆에 있는 술 한 병, 그리고 노옹 한 사람이 항상 이 다섯 가지 물건 사이에 있으니, 어찌 '여섯 가지가 하나 같다'는 육일이라 하지 않을 수 있겠소吾家藏書一萬卷, 集錄三代以來金石遺文一千卷, 有琴一張, 有棋一局, 而常置酒一壺. 以吾一翁, 老於此五物之間, 是豈不爲六一乎"라고 했다고 한다. 그가 있는 곳에는 항상 술이 있었으니, 주량이야 어떠하든 술을 사랑하는 마음만은 누구에게도 뒤지지 않은 듯하다. 이제 그의 「술 마시지 말라는 매성유의 시에 답하여答聖兪莫飲酒」라는 시를 소개하려고 한다.

그대가 술 마시지 말라 하니,

나는 시를 짓지 말라고 하겠소.

꽃 피고 나뭇잎 떨어지니 새와 벌레도 슬퍼하고,

사계절의 온갖 물상 나의 마음 흔들어놓아,

아침에는 고개 흔들며 읊조리고 저녁에는 생각에 잠기며.

한유는 시를 짓는 일이 정신을 상하게 한다고 하면서도,

자신은 이 말대로 하지 않고 시를 지었지만

어찌 음주에 대해 아는 바가 없었던 나만 하겠소.

예로부터 술 마시지 않아도 죽지 않는 사람 없었으니,

좋아하는 일 하는 데 있어서만은 망설임 있어서는 안 되오.

당대에 공을 세우는 것은 성현의 일이고,

그렇지 못하면 천년 후까지 전해질 문장을 남겨야 하리.

그 외에는 술잔 들이켜고 잔뜩 취할 뿐이니,

취하면 세상의 모든 기이한 일 다 마찬가지라네.

술과 음식에 대해 좋다 나쁘다 말하는데,

사소한 일을 요것조것 따지는 건 참으로 천박하군요.

살고 죽고 장수하고 요절하는 것 말할 바 못 되니,

우리의 인생 고작 얼마나 되는가.

단지 술만 마시고 시는 짓지 마시게,

그대 어리석다 여기지 말고 듣기 바라오.

子謂莫飮酒, 我謂莫作詩.

花開木落蟲鳥悲, 四時百物亂我思.

朝吟搖頭暮蹙眉, 雕肝琢腎聞退之.

此翁此語還自違, 豈如飮酒無所知.

自古不飮無不死, 惟有爲善不可遲.

功施當世聖賢事, 不然文章千載垂.

其餘酩酊一樽酒, 萬事崢嶸皆可齊.

腐腸糟肉兩家說, 計較屑屑何其卑.

死生壽夭無足道, 百年長短才幾時.

但飮酒, 莫作詩, 子其聽吾言非癡.

이 시는 구양수가 64세에 지은 것이다. 매성유는 시인 매요신梅堯臣을 말한다. 「매성유에게 보내며寄聖俞」의 "삼 년 동안 병을 앓아 술 마시지 않고, 눈에는 눈곱이 끼어 왜騧와 려驪 자를 구분 못 하네我今三載病不飮, 眼眵不辨騧與驪", 「매성유에게 주는 사십육 통의 편지」 제34의 "범가에 있을 때 이미 상태가 좋지 않다고 느꼈는데 돌아와서는 결국 눕고 말았소. 땀이 많이 나고 오장육부에서도 소리가 나니, 문득 몸이 허해졌음이 느껴지오範家坐中, 已覺不佳, 旣歸, 遂倒臥. 以出汗頗多, 亦利動臟腑, 頓覺體虛" 등을 볼 때, 오랜 기간 건강이 좋지 않았음을 알 수 있다. 매요신이 왜 술을 마시지 말라고 했는지 짐작이 간다.

하지만 구양수는 오히려 술을 안 마실 수 없는 이유를 댄다. 첫째는 대자연이 변화하는 이치를 궁구하다 보면 시를 읊지 않을 수 없는데, 이때 술이 있어야 한다는 것이다. 한유가 시를 짓는 일은 정신을 상하게 한다고 하면서도 그 역시 시를 짓지 않았느냐고 반박하면서 말이다. 둘째는 자신은 큰 공을 세우지도 않았고, 천년 후까지 남을 문장을 지을 만한 능력도 없으니(사실은 그렇지 않지만) 술이라도 마시겠다는 것이다. 따지고 보면 길다고 할 수 없는 인생이고, 세상만사 별거 아니라면서. 마지막에는 매요신에게 앞에서 했던 '시를 짓지 말라'는 말을 반복하며 강조한다.

이 시에 화답하여 지은 매요신의 「구양수의 술은 마시고 시는 짓지 말라고 권한 시에 차운하여依韻和永叔勸飮酒莫吟詩雜言」에는 "나는 평생 즐기는 것 없고, 오직 술과 시만 즐기네. 단지 시만 좋아하니, 나를 어리석다 하는구려我生無所嗜, 唯嗜酒與詩. 只愛詩, 謂余癡"라는 구절이 있는데, 이처럼 시를 좋아하는 사람에게 시를 짓지 말라니? 이건 그대에게 시가 중요한 만큼 나에게는 술이 중요하니 안 마실 수는 없다는 것을 어필하기 위해 어깃장을 놓는 것이다. 두 사람은 30년 가까이 함께한, 그리고 서신 왕래가 가장 많았던 지기이다. 그만큼 절친했으니 이런 표현이 가능하지 않았을까?

사실 구양수는 건강 때문에 어느 정도 술을 줄이지 않을 수 없었다. 매요신에게 "우린 나이가 많아, 다른 일은 물론, 술 마시는 것도 옛날과 같지 않으니 조심해서 즐기기를 바라오吾輩年高, 不獨他事, 至於飮酒, 亦不能如故時也. 更希愼愛"(「매성유에게 주는 사십육 통의 편지」 제34)라고 하기도 했다. 때로는 몇 년 동안 마실 수 없기도 했다. 그런데 그가 절주를 한 데는 또다른 이유가 있었다. 이는 「술지게미를 먹는 백성食糟民」이라는 시를 통해 알 수 있다.

농가에서 심은 찰벼로 관에서 술 빚으며,

전매해서 얻은 이익은 되와 말까지 각박하게 따지네.

술 팔아 돈 벌면 지게미는 버리니,

큰 집에 일 년 내내 쌓여 있다가 썩고 마는구나.

갓 빚은 술에서는 보글보글 물 끓는 소리가 나고,

동풍 불어오면 술 항아리에서는 향내가 진동한다.

술 항아리와 술병 산더미처럼 쌓여 있어도,

다만 맛보지 못할까 걱정했네.

관청의 술맛은 진하고 마을의 술맛은 싱거워,

매일 관청의 술 마시는 것 실로 즐거웠네.

논에서 찰벼 심는 농민들,

추운 겨울과 보릿고개 넘길 죽이 없는 것 보지 못했는가.

관청에 가 지게미 사다 먹는데,

관리들은 지게미 팔면서 덕을 베푼다고 생각하는구나.

아, 저 관리라는 자,

그래도 관직에 있는 자를 백성의 우두머리라고 말하는구려.

누에치고 밭 갈지 않으면서 잘 입고 잘 먹으며,

어질고 의로움에 대해 배웠다고 하는구나.

어질면 백성을 잘살 수 있게 하고 의로우면 이치에 합당하게
   행동하며,

백성의 사정을 황제에게 알리고 국가의 명령을 시행하는 데 힘
   써야 하거늘,

위로는 국가의 이익을 넓히지 못하고,

아래로는 백성의 굶주린 배를 채워주지 못하네.

나는 술 마시고 백성은 지게미 먹는데,

백성들 비록 나를 탓하지 않지만,

내 책임 어찌 면할 수 있으리?

田家種糯官釀酒, 榷利秋毫升與斗.

酒沽得錢糟棄物, 大屋經年堆欲朽.

酒醅瀺潕如沸湯, 東風吹來酒甕香.

纍纍罌與瓶, 惟恐不得嘗.

官沽味釀村酒薄, 日飮官酒誠可樂,

不見田中種糯人, 釜無糜粥度冬春.

還來就官買糟食, 官吏散糟以爲德.

嗟彼官吏者, 其職稱長民,

衣食不蠶耕, 所學義與仁,

仁當養人義適宜, 言可聞達力可施.

上不能寬國之利, 下不能飽民之飢.

我飮酒, 爾食糟,

爾雖不我責, 我責何由逃!

이 시는 경력慶曆 4년인 1044년, 구양수의 나이 36세 때 지었다. 당시 구양수는 하동河東에 시찰을 나갔다가 관청에서 질이 낮은 술을 비싼 가격에 파는 것을 보고 분개하여 이를 금할 것을 청하는 상소를 올렸다고 한다. 구양수는 무엇보다 민생의 안정을 우선하여 세금을 줄이고, 농업과 상공업을 중시하며, 통치자는 백성에게 신망을 얻어야 함을 강조했던 정치가이다. 농민들이 술지게미로 연명하는 상황까지 내몰린 것은 관청이 찰벼 가격을 제대로 쳐주지 않았기 때문이다. 재료는 헐값에 사들이고, 거기에 전매권까지 가지고 있으니 관청이 거두어들인 이익은 상대적으로 얼마나 막대했을까? 술이 산더미처럼 쌓여 있는 관청과 쌀 한 톨 없는 농민의 집이 대비되어 상황의 심각성을 잘 보여주고 있다. 이에 구양수는 인의仁義로 백성을 이끌어야 할 통치자가 오히려 기아의 지경까지 내몰고, 버려지는 지게미를 팔면서도 큰 은혜나 베푸는 것처럼 거드름을 피우니 우두머리가 될 자격이 없다고 날카롭게 비판하는 것이다.

한 가지 눈여겨볼 것은 단지 비판에만 그치지 않고 관리의 한 사람인 자신도 책임을 면할 수 없다고 자책하는 태도이다. 술 마실 생각만 했지 굶주리는 백성들의 사정은 살피지 못했던 자신을 되돌아본다. 그럼에도 자신을 탓하지 않은 백성들에게 아주 죄스러워하는 그의 애민愛民 사상을 잘 느낄 수 있는 부분이다. 애민 사상이 이처럼 깊었으니 어찌 무작정 음주의 즐거움에만 빠질 수 있었겠는가?

「취옹정기」에는 이런 구절이 있다. "사람들은 태수(구양수)를 따라 노는 즐거움은 알아도, 태수가 그들이 즐거워하는 것을 보고 즐거워함은 알지 못한다. 취하면 그들의 즐거움을 함께 즐기고, 깨어

나서는 글로 그 마음을 표현할 수 있는 자가 바로 태수이다人知從太守遊而樂, 而不知太守之樂其樂也, 醉能同其樂, 醒能述以文者, 太守也." 구양수는 이처럼 '여민동락與民同樂'을 철저히 실천한 정치인이었다.

딱 술 석 잔만

몇몇 시인의 예를 들다 보니 문득 의외로 주량이 적은 시인들이 생각난다. 그 대표적인 예로 백거이와 소식이 있다. 백거이는 "한 잔 또 두 잔, 많아야 서너 잔을 넘기지 않네一杯復兩杯, 多不過三四"(「도연명을 따라 지은 시效陶潛體詩」)라고 하였고, 소식 또한 "아침에 마신 술 석 잔에 곯아떨어져, 점심은 고기 한 점으로 때웠네卯酒困三杯, 午餐便一肉"(「2월 26일 비가 내려 저녁까지 자다가 억지로 일어나 밖에 나가 또 이 시를 짓는데 정신이 몽롱하네二月二十六日雨中熟睡至晚, 強起出門, 還作此詩, 意思殊昏昏也」), "누가 대도를 멀다 하나? 술 석 잔이면 바로 통하는 것을誰言大道遠, 正賴三杯通"(「도연명의 음주시에 화답하여 제17수和飲酒其十七」)이라고 하였다. 두 시인 모두 주량이 서너 잔에 불과했다는 말이다.

이들은 또한 모두 주량이 세다고 좋은 것은 아니라는 공통된 생각을 가지고 있었다. 백거이는 "한번에 열 말 마시는 자, 많이 마신다고 자랑하지만 술에 취했을 때는 나와 다를 것 없지. 많이 마시는 자에게 웃으며 고하노라, 술값을 헛되이 썼노라고一飮一石者, 徒以多爲貴. 及其酩酊時, 與我亦無異. 笑謝多飮者, 酒錢徒自費"라고 하였다. 자호가 취음선생醉吟先生인 백거이의 주량이 겨우 석 잔이라니 놀

랍기도 하고 속은 기분이다. 하긴 취하는 게 어디 꼭 술에만 취하겠
는가! 분위기에 취하고 풍경에 취하고 사람에게 취하고 거기에 더
하여 술 석 잔 들어가면 푹 취하는 것이 아닐까. 소식은 백거이보다
더 강력하게 음주에 대한 자신의 생각을 피력했다. 그의 시 「소자지
가 술 보내온 것에 감사하며謝蘇自之惠酒」를 보자.

> 호탕한 사람 본래 술 좋아한다고,
> 한유가 말하였다 들었지만,
> 나는 지금 그렇지 않다고 말하니,
> 호탕한 사람이라 해서 반드시 술 좋아하는 것 아니네.
> 장자는 술 취한 사람이 수레에서 떨어진 일 말하면서,
> 술의 힘으로 정신을 보전한 것은 자연의 도로 그런 것만 못하
>   다고 하였지.
> 사리에 통달한 사람은 본래 결함이 없는 법인데,
> 무엇하러 완벽한 데서 다시 완벽한 것을 추구하리.
> 서막徐邈은 술에서 헤어나지 못하고 완적阮籍은 오만하게 굴었
>   으며,
> 필탁畢卓은 훔쳐 마시고 유령劉伶은 벌거벗고 뛰어다녔네.
> 제멋대로 굴며 괴이한 행동 일삼는 것 취할 바 못 되는데,
> 세상에서는 기이한 것 좋아하여 그들을 훌륭하다 자랑하네.
> 더욱 우스운 것은 두보杜甫가,
> 여덟 명의 술꾼을 나열하며 신선의 반열에 올린 것이네.

술 수레 만나면 침 흘리던 이진李璡과 무례하게도 왕공 앞에서
　정수리 드러낸 장욱張旭은 상관 않는다고 할지라도,
소진蘇晉은 참선을 피해 어느 곳으로 갈 수 있으리.
나 지금 술 마시지 않아도 마시지 않는 것 아니고,
마음은 언제나 고고하고 둥근 달처럼 밝네.
때로 손님이 오면 함께 술 마시고,
거문고는 비록 버리지 않았으나 줄이 내는 소리에서 즐거움 찾
　는 것은 잊었네.
우리 종친 어른 깊은 뜻 있으시어,
백 리 밖 먼 곳에서 술 두 항아리 보내오시며,
술 안 마시는 것 또한 참으로 고상하나,
세상 사람 모두 같은데 나만 다른 것은,
마시고 안 마시고의 경계가 모호하고,
사슴을 얻고 양을 잃는 유희만 못하니,
거듭 사양하지 말고 반드시 이 술 마시고,
깨어 있고 취해 있는 것 구구하게 따지지 말라고 하시네.

高士例須憐曲蘖, 此語嘗聞退之說.
我今有說殆不然, 麴蘖未必高士憐.
醉者墜車莊生言, 全酒未若全於天.
達人本自不虧缺, 何暇更求全處全.
景山沉迷阮籍傲, 畢卓盜竊劉伶顚.
貪狂嗜怪無足取, 世俗喜異矜其賢.

杜陵詩客尤可笑, 羅列八子參群仙.

流涎露頂置不說, 爲問底處能逃禪.

我今不飮非不飮, 心月皎皎長孤圓.

有時客至亦爲酌, 琴雖未去聊忘弦.

吾宗先生有深意, 百里雙罌遠將寄.

且言不飮固亦高, 擧世皆同吾獨異.

不如同異兩俱冥, 得鹿亡羊等嬉戲.

決須飮此勿復辭, 何用區區較醒醉.

　　이 시는 소자지라는 종친이 술을 두 항아리 보내오자 이에 감사를 표하여 지은 것이다. 소자지는 소식에게 술을 마시지 않는 것도 좋으나, 굳이 사양하지 말고 마실 것을 권하였다. 술 취하고 안 취하고를 따지는 것은 사슴을 얻고 양을 잃는 것과 같은 장난에 불과하다면서 말이다.

　　사슴을 얻은 이에 대한 이야기는 『열자列子· 주목왕周穆王』에 보인다. 정鄭나라의 한 나무꾼이 사슴을 잡아 구덩이에 넣고 땔나무로 덮어놓았는데, 그 자리가 어디인지 잊어버리자 꿈속의 일이라고 생각한다. 하지만 억울한 생각이 들어 이 일에 대해 혼잣말을 했는데 마침 지나가던 사람이 그 말을 듣고 사슴을 가지고 돌아간다. 후에 나무꾼은 꿈속에서 진짜로 사슴을 감추어둔 곳과 사슴을 가지고 간 사람을 보게 된다. 두 사람은 서로 사슴이 자기 것이라고 우기며 소송을 하였고, 법관은 사슴을 둘로 나눠 가지라는 판결을 하였다.

소동파가 벼루를 감상하는 모습을 그린
〈파선품연도坡儒品硏圖〉(전혜안錢慧安
그림). 소식은 두보가 「음중팔선가」에서
8명의 술꾼을 신선 반열에 올린 것을
못마땅해하며 자신은 "지금 술 마시지
않아도 마시지 않는 것 아니고, 마음은
언제나 고고"하다고 말한다. 소식은
주량이 세지 않았지만, 입맛이 까다로운
미식가였고 일가를 이룬 명필이었다.

양을 잃어버린 이에 대한 이야기는 『장자莊子·변무騈拇』에 보인다. 장臧과 곡穀은 함께 양을 먹이다가 모두 양을 잃어버렸는데, 장은 책을 읽다가 잃어버리고 곡은 노름을 하다가 잃어버렸다.

소자지가 이 두 전고典故를 인용해 말하고자 한 것은 술에 취하고 안 취하고에 집착하는 것은 사슴을 얻은 일이 꿈속의 일인지 아닌지를 따지는 것처럼, 그리고 결과는 마찬가지인데 무엇을 하다 양을 잃어버렸는지를 따지는 것처럼 쓸데없는 일이라는 것이다.

하지만 소식은 확고한 음주관이 있어 보인다. 우선 그는 술의 힘으로 무언가를 추구하는 것에 반대한다. 『장자·달생達生』에서 달리는 수레로부터 떨어진 사람이 술의 힘으로 정신을 보존하여, 죽거나 사는 것에 대해 놀라거나 두려워하는 감정이 느껴지지 않아 크게 다치지도 않고 목숨을 건질 수 있었던 것처럼 말이다. 나아가 그는 술 좋아하여 세상에서 대단하다고 추켜세워지던 서막, 완적, 필탁, 이진, 장욱, 소진 등은 모두 술 먹고 괴이한 행동이나 일삼던, 취할 바가 별로 없는 사람들이라 비판한다. 그런데 잘 이해되지 않는 것은 애주가로 알려진 소식에게 소자지는 술을 마시지 않는 사람 취급하며 술 마시라고 권하고, 소식 역시 술 좋아하는 사람들을 고운 시선으로 보지 않았다는 것이다. 뭔가 모순된 것 같다.

해답은 "술의 힘으로 정신을 보전한 것은 자연의 도로 그런 것만 못하다고 하였지", "나 지금 술 마시지 않아도 마시지 않는 것 아니고, 마음은 언제나 고고하고 둥근 달처럼 밝네"라는 두 구절에서 찾아야 할 것 같다. 이를 통해 볼 때 소식은 정신을 잃을 정도로, 즉 이성을 잃을 정도로 술을 마셔서는 안 된다고 여겼다. 술은 마시되 자연 그대로의 상태를 유지할 수 있어야 하고, 술을 마시지 않아도 마신 것처럼 고고한 정신을 그대로 유지하는 경지. 줄 없는 거문고를 어루만지면서도 마치 가락에 맞추어 노래 부르는 것처럼 즐겼던 도연명처럼, 술을 마시든 안 마시든 그 정취에 취할 수 있는 경지. 이것이 바로 그가 추구한 음주의 최고 경지이고, 그 경계는 딱 '술 석 잔'이 아니었나 싶다. 소자지가 소식에게 술을 마시지 않는다고 한 것은 그가 평소 술을 실컷 마시지 않음을 말한 것으로 이해해야 하지 않을까?

여러분은 어떤 유형의 음주가이신지? 취하건 말건 끝까지 내일이 없는 듯 마실까? 아니면 기분 좋을 정도로만 한두 잔 마시며 술자리 파하는 시간을 기다릴까? 사실 애주가에게 음주의 욕구를 절제하는 것은 쉬운 일이 아니다. 그러면 소식이나 백거이 같은 이들은 음주관이 확고하여 절제한 걸까, 아니면 원래 주량이 그 정도일까? 사실이야 어떠하든 천고에 길이 남을 그렇게나 많은 문장이 겨우 술 석 잔에서 나왔다니 참 대단하다는 생각이 든다. 그 대표작이라 꼽을 수 있는 소식의 사詞 「수조가두水調歌頭」가 있다. 소식은 이 사에 '병진년 중추절에 아침까지 즐거이 술 마시다 크게 취하여 이를 짓고, 아우 자유를 그리워하다丙辰中秋, 歡飲達旦, 大醉, 作此篇, 兼懷子由'라고 발문을 붙였다.

밝은 달은 언제부터 있었는지,

술잔 들고 하늘에 물어본다.

천상의 궁전은

오늘 밤이 어느 해인지 모르겠구나.

바람 타고 돌아가고 싶지만,

달 속의 궁전 높은 곳에 있어

추위를 이기지 못할까 두렵구나.

일어나 춤추며 그림자와 노니나니,

어찌 인간 세상에 있는 것과 같으리?

달은 붉은 누각을 돌아,

비단 창문에 내려와,

잠 못 이루는 사람을 비추네.

달은 나에게 원한이 있을 리 없건만,

어이하여 항상 이별할 때는 둥근가?

사람에게 기쁨과 슬픔, 헤어짐과 만남이 있듯이,

달도 흐리고 맑고 둥글고 이지러짐이 있으니,

예로부터 이런 일 모두 만족스러울 수는 없었네.

다만 오래오래 살아,

천 리 밖에서도 함께 밝은 달 감상할 수 있기를 바라네.

明月幾時有, 把酒問靑天.

不知天上宮闕, 今夕是何年.

我欲乘風歸去, 又恐瓊樓玉宇, 高處不勝寒.

起舞弄淸影, 何似在人間.

"다만 오래오래 살아, 천 리 밖에서도 함께
밝은 달 감상할 수 있기를 바라네." 남송
시대 화가인 마원馬遠의 작품으로 전해지는
〈고사관월도高士觀月圖〉. 중추절에 아우를
그리워하며 오래오래 살아 언젠가 만날
날을 소망하는 소식의 염원이 엿보인다.

轉朱閣, 低綺戶, 照無眠.

不應有恨, 何事長向別時圓?

人有悲歡離合, 月有陰晴圓缺, 此事古難全.

但願人長久, 千里共嬋娟.

　　1982년부터 꾸준히 대중의 사랑을 받아온 중국가요 〈다만 오래오래 살기를 바라며但願人長久〉의 노랫말이 바로 이 작품이다. 국민가요라고 할 수 있을 정도로 워낙 많은 사람에게 알려졌으나 소식의 사인지 모르는 경우도 많다. 병진년인 1074년, 소식은 왕안석을 영수로 한 신당파와의 정치적 갈등을 피해, 자청하여 밀주密州로 갔다. 그가 밀주에 부임하자마자 메뚜기 떼가 극성하여 흉년이 이어졌다고 한다. 1075년에 지어진 「꽃이 지는 것을 아쉬워하며惜花」의 "나는 나물을 먹으며 재계하는 중, 꽃을 보고도 마시지 않으니 꽃도 이상하게 여기리而我食菜方清齋, 對花不飲花應猜"에서 알 수 있듯, 소식은 좋아하는 술도 끊고 재해 극복에 전념했다. 그 결과 이듬해 가을에는 풍년이 들고, 중추절에는 단비까지 내렸다고 한다. 당시 소식은 동생 소철蘇轍과 6년 동안 만나지 못했다. 헤어져 있던 가족이 만나 즐겁게 시간을 보내는 중추절이지만 그러지 못하는 처지이니 동생에 대한 그리움과 함께 만감이 교차했을 것이고 그동안의 긴장이 풀리면서 술 생각이 간절했을 것이다. 달을 향해 술잔을 치켜드니 동생에 대한 그리움은 더 커지고…… 이 사는 이러한 복잡한 심경을 노래한 작품이다. 아침까지 술 마시다 취하여 지었다고 하는데, 밤새도록 마셨다고 해도 역시 석 잔 정도가 아니었을까?

이 사는 두 개의 결闋, 즉 "밝은 달은 언제부터 있었는지" 이하 9구는 상결上闋, "달은 붉은 누각을 돌아" 이하 10구는 하결下闋로 나뉜다.

상결은 달을 보며 일어나는 상상의 세계를 노래한 것이다. 어렸을 적부터 달에 토끼가 살고 있다고 들어 그런지 지금도 달을 보면 토끼가 방아 찧는 그림자가 어른거리는 것 같은데, 여러분은 어떠신지 모르겠다. 달은 예로부터 인간의 무한한 상상력을 이끄는 존재였다. 소식이 상상의 나래를 펼친 곳은 천상 궁궐. 그곳은 지금 어느 해인지, 춥지는 않은지. 하지만 이곳 천상 궁궐에는 상징적 의미가 깃들어 있다. 하늘은 군주를, 천상 궁궐은 당시의 조정을 상징한다. 신구 당쟁의 요동치는 정국에서 잠시 빠져나와 외직을 자원하여 밀주로 온 것은 어쩔 수 없는 선택이었기에 늘 미련이 남을 수밖에 없었다. 바람 타고 돌아가고 싶다는 것은 그 속내를 드러낸 것이다. 달 속 궁전이 높은 곳에 있어 추울까 걱정이라는 말은 그에게 조정은 그만큼 멀고 외로운 곳이라 다시 돌아간다 해도 감당할 자신이 없다는 심리를 표현한 것이다. 아차 하면 천길 낭떠러지로 떨어지는 위험천만의 그곳이 인간 세상, 즉 자기가 있는 이곳만 하겠느냐며 포기와 절망의 감정을 토해내고 만다. 달빛 아래 그림자 벗하여 춤추는 모습에서 한없는 쓸쓸함과 삶에 대한 깊은 고뇌가 느껴진다.

상결에서의 달이 시인을 상상의 세계로 이끌었다면, 하결에서의 달은 시인의 눈을 인간 세상으로 돌리게 하는 매개체이다. 작정하고 누군가를 찾는 것처럼 붉은 누각을 돌아 아래로 내려온 달을 따라 시선을 움직이니 어느 한 곳, 어느 한 사람을 집중적으로 비춘다. 마치 무대 위의 스포트라이트처럼. 비단 휘장 안에서 뒤척이며 잠 못 이루는 사람은 바로 소식 자신이다. 그는 둥근 달을 보며 누군가를 그리워하는 사람 중의 한 명이자, 이별에 상심하는 인간 세상의 모든 사람을 대표한다. 개인의 외로움을 보편적 감정으로 승화시킨 것이다. 하지만 이별이란 차고 기우는 달과 같이 늘 있고, 또 어찌할 수 없는 일이니, 단지 그리운 이의 건강과 평안을 간절히 바랄 수밖에. 이는 자신을 포함한 모든 외로운 이에게 주는 위로의 메시지라고 할 수 있겠다. 이러한 마음으로 바라보는 달은 더는 마음을 아프게 하는 달이 아니라, 위안을 주는 달이자 언젠가는 그리운 이를 만날 수 있다는 희망을 주는 달이다. 인생과 인간을 바라보는 시인의 긍정적인 마인드가 투영되어 감정의 승화가 이루어진 것이다.

중국에서는 중추절을 투안위엔지에(團圓節)라고 부른다. '투안위엔'은 오랜만에 만나 함께 단란한 시간을 보낸다는 뜻이다. 그래서 중추절의 달은 여느 때와는 의미가 다르다. 함께 만나 달 보며 시간을 보낼 수 있다면 기쁨이 배가되겠지만, 그렇지 못한 경우는 슬픔과 외로움만 더 깊어질 테니까. 이런 이유로 중추절은 시나 사에 자주 등장하는 소재일 수밖에 없는데, 남송南宋 시기의 문인 호자胡仔는 소식의 「수조가두」에 대해 이렇게 말했다.

"중추절에 대해 읊은 사는 소동파의 「수조가두」가 나온 후 모두 폐기되었다中秋詞, 自東坡「水調歌頭」一出, 餘詞俱廢."(『초계어은총화후집苕溪漁隱叢話後集』)

이러한 평가를 받은 것은 낭만적이고 고아한 분위기를 유지하면서도 인생에 대한 갈등과 성찰을 상징적으로 심도 있게 표현하여 여운을 남기기 때문일 것이다.

문학을 하려면 술을 마실 줄 알아야 한다고 믿어왔다. 우리나라 선조들만 해도 경치 좋은 정자에서 술과 함께 시회詩會를 여니, 모름지기 술과 문학은 떼려야 뗄 수 없다고 생각했다. 이름난 시인의 작품에는 여지없이 음주에 대한 묘사가 많았고, 실제 주량을 살펴본 적도 없기에 더욱 그러했다. 그래서 주량이 상당할 것으로 생각됐던 시인들의 주량이 겨우 서너 잔에 불과했다는 사실은 신선한 충격으로 다가왔다. 그렇게 훌륭한 글들이 겨우 술 서너 잔 마시고 지은 거라니! 이제야 명작의 탄생은 음주의 양과 비례하지 않음을 알겠다.

제4장

음주 후의 추태는 인류의 DNA?

중국 최초의 시가집인 『시경詩經』에도 음주시가 있다. 그런데 재미 있는 건 후대 음주시와는 달리 주로 제사 때 조상에게 술을 올리고 나서 술을 나누어 마시며 형제간의 우애를 강조하거나, 연회에서 손님 대접을 하면서 우의를 다지는 내용이 주류를 이룬다. 그러니까 후대 시인들이 음주 행위를 통해 고통과 슬픔, 울분과 번뇌를 잊어 보려고 마셨던 것과는 달리 주로 제사 지낼 때 마셨던 것이다.

　고대 사람들은 술이 사람과 신을 연결해주는 매개체라고 여겨 귀신에게 제사를 지낼 때 사용하였다. 술이 발견되기 전에는 피나 물로 대신하였다고 한다. 물자가 부족하고 생산력이 낮았던 그 시대에 곡식으로 빚은 술은 귀할 수밖에 없었을 것이다. 귀하기 때문에 조상 제사 때나 사용하였고 온 가족이 함께 모여 술을 나누어 마시며 조상을 기리고 우애와 우의를 다졌던 것이다. 형제간의 우의를 강조했던 것은 종법제도를 통해 가정, 나아가 국가의 통치 기반을 확고히 다지기 위해서였다. 형제관계야말로 이해관계 앞에서 유리잔처럼 잘 부서지고 잔혹한 싸움이 생겨 남보다 더 못한 관계가 될 수 있음을 알기 때문이다. 하여 『시경·상체常棣』에는 이런 말이 있다. "어려운 시절 지나가고 태평 시절 오면 편안하고 안락하여라. 비록 형제가 있다 하지만 친구만도 못 하여라喪亂旣平, 旣安且寧. 雖有兄弟, 不如友生." 형제간의 우애는 어려울 때 고생할 때 발휘될 뿐, 돈 많고 부자가 되면 서로 다툼이 일어난다는 것이다. 아득한 춘추시대, 자신이 낳은 아들을 태자로 세우기 위해 다른 여자가 낳은 아들을 죽였던 위나라 선강宣姜, 진나라 여희驪姬를 필두로 오늘날에도 재산 상속을 둘러싸고 부모 앞에서 칼부림을 하거나 부모 장례식장에서 원수로 갈라서는 일이 일어난다. 인간의 속성을 예리하게 간파한 옛사람들은 그래서 조상 제사 때 함께 모여 화기애애하게 술을 마시며 동기간의 단합을 목청껏 노래하였던 것이다.

한편 음주 행위는 사회 교육 차원의 일환으로도 운용하였는데 『주례周禮』의 향음주鄕飮酒에서 그 일단을 엿볼 수 있다. 매년 연말이면 사회 기층 단위의 관리자가 주민을 집합시켜놓고 귀신에게 제사를 지냈는데 이때 명망 높은 사회 원로, 현자 등과 함께 술을 마셨다고 한다. 술을 마실 때는 존귀의 순서에 따라 자리와 차례를 정해놓고 술을 마셨는데, 이는 사람들에게 예의와 염치와 공경과 겸양을 알게 하는 교육적 목적을 위해서였다. 물자가 부족하던 시기 밥 먹기도 바쁠 텐데 무슨 여유가 있어 노상 술을 빚어 마실 수 있었겠는가? 이는 『시경』에 술로 근심을 잊어보려는 지극히 개인적인 음주시가 딱 두 편만 존재하는 이유이기도 하다. 예컨대 "큰 술잔 가득 술을 따라, 내 마음속 근심 없애보려 하오我姑酌彼兕觥, 維以不永傷"(「권이卷耳」), "뜬눈으로 잠 못 이루니 깊은 시름 있어요. 내게는

술이 없는 것도 아니지만 잠시 밖으로 나가 돌아다녀요耿耿不寐, 如
有隱憂, 微我無酒, 以敖以遊"(「백주柏舟」)가 바로 그것이다. 그러니까 주
나라 때 음주 행위는 주로 종족이나 귀족 등 집단적 형태로 이루어
졌고 특히 귀족 사회의 소통을 위한 단합과 교육의 일환으로 이루
어졌다. 과음 후의 추태를 묘사하고 이를 경고하는 내용이 귀족 집
단의 연회를 묘사한 「시경·소아小雅·빈지초연賓之初筵」인 것도 이
와 무관치 않다.

손님들 처음 연회에 참석할 땐,
온화하고 공손하여,
술 취하기 전에는 몸가짐 바르더니,
취하고 나면 몸가짐 경망하여,
자기 자리 버리고 옮겨가서 덩실덩실 춤추기를 멈추지 않는다.
술 취하기 전에는 몸가짐 신중하더니,
술에 취하면 몸가짐 흐트러진다.
이를 일러 취하면 질서를 모른다는 것.
손님은 술 마시고 취하면 고함치고 떠들어서,
음식 그릇 흩트리고 비틀비틀 춤을 춘다.
이를 일러 취하면 허물을 모른다고 하지.
관은 삐딱하게 쓰고 쉬지 않고 춤을 춘다.
취한 뒤에 조용히 자리 뜨면 복 받으련만,
취하고도 계속 남아 소란피우니,

이를 일러 덕을 해치는 것이라 하지.

술 마시고 아름다운 건 몸가짐 흐트러지지 않게 챙기는 것.

술 마실 때는 취하기도 하고 취하지 않기도 하지.

감시하는 사람도 두고 돕는 사람도 두기도 하지.

취한 자의 추태를 안 취한 자 도리어 부끄러워하네.

따라가서 너무 태만하지 말라고 말해줄 수 없을까?

해서 안 될 말은 하지 말고 실천하지 못할 말 하지 말라고.

취중에 나오는 대로 지껄이면서,

뿔 없는 숫양을 가져오겠다고 한다.

석 잔 술 마시고도 기억 못 하면서 감히 또 더 마시려 하는가?

賓之初筵, 溫溫其恭. 其未醉止, 威儀反反.

曰既醉止, 威儀幡幡. 捨其坐遷, 屢舞僊僊.

其未醉止, 威儀抑抑. 曰既醉止, 威儀怭怭.

是曰既醉, 不知其秩. 賓既醉止, 載呼載敖.

亂我籩豆, 屢舞僛僛. 是曰既醉, 不知其郵.

側弁之俄, 屢舞傞傞. 既醉而出, 並受其福.

醉而不出, 是謂伐德. 飮酒孔嘉, 惟其令儀.

凡此飮酒, 或醉或否. 既立之監, 或佐之史.

彼醉不臧, 不醉反恥. 式勿從謂, 無俾大怠.

匪言勿言, 匪由勿語. 由醉之言, 俾出童羖.

三爵不識, 矧敢多又.

아득한 3000년 전, 술에 취한 사람의 모습을 우리는 이 시를 통해 볼 수 있다. 우선 술을 마시다가 자기 자리를 떠나 이 자리 저 자리 옮겨 다니기 시작하면 술 취했다는 신호, 이때만 해도 그저 취중에 노래나 부르니 아직 봐줄 만하다. 여기서 한 단계 더 나가면 고함치고 떠들면서 음식 그릇을 뒤엎고 비틀거리며 춤을 춘다. 그다음 단계는 마구 소란을 피워 머리에 쓰고 있던 관은 삐딱하게 기울고 옷매무새도 흐트러지고, 해선 안 될 말을 마구 지껄이며 뻥까지 친다. "뿔 없는 숫양을 가져오겠다"가 바로 그것이다. 참 신기하게도 취한 자의 모습은 예나 지금이나 변한 게 1도 없다. 이 시의 화자는 그런 주취자에게 경고한다. 술은 석 잔으로 끝내라, 그 이상 마시면 탈난다고 말이다. 석 잔만 마시라~. 여기서 석 잔은 꼭 석 잔을 말하는 것 같지는 않다. 그저 양껏 오버하지 말고 마시라는 것으로 받아들이는 것이 합리적일 듯하다. 과유불급! 사고치고 몸 상하고 체면 깎이고 후회하는 것보다 낫지 않을까?

우리나라 고려 말의 문인 이색 역시 술은 마시되 반 잔만 더 마셔도 안 된다며 다음과 같은 시를 남겼다. 제목은 「주酒」.

술은 하루라도 없으면 안 되지만,
반 잔만 더 마셔도 안 된다네.
조화로운 기운 인도하여 더러운 기운 물리치는 것이,
마치 은하수를 끌어다가 무기를 깨끗이 씻어주는 것 같지만,
달다고 마구 마셔 취하면,

중국 남당 시기 한희재의 집에서 열린
화려하고도 방종한 밤의 연회. 당시 남당의
후주 이욱李煜이 투항해온 한희재를
의심하여 고굉중顧閎中을 보내 그대로
그려오라고 했다는 이야기가 있다.
고굉중이 기막힌 기억력으로 그려 바친
〈한희재야연도韓熙載夜宴圖〉를 보고
한희재에 대한 의심을 풀었다고 한다. 이처럼
처음 연회에 참석할 때 온화하고 공손했다가
언제 "뿔 없는 숫양을 가져오겠다"며
추태를 부릴지 알 수 없으니, 주량을
넘기지 않는 게 목숨 구하는 데도 좋다.

백약으로도 고질병 치료할 방법 없다네.

어진 자와 품행이 뛰어난 자는 예로써 절제하지만,

방탕한 사람과 다혈질은 조화로운 기운 잃고 마네.

청산이 자리를 가득 채우고 해님이 고요할 때,

문 앞에 귀인의 수레 줄을 지어 오면,

신발 거꾸로 신고 달려가 맞이하여 대화를 나누면 돌을 물에
　던지듯 의기가 투합하고,

이 잡으며 거침없이 천하 대사를 논하니 날카로운 병기처럼 대
　화가 예리하다.

이것이 누구의 힘인가?

국생의 풍도요 국생의 포용력이다.

조정에서 주연이 열리면 천지가 태평하여,

사방이 모두 안락한 보금자리가 되니,

우리 백성이 천수를 다하고 태평성세를 누리게 만든다면,

나 또한 남풍가를 지어 바치리라.

酒不可一日無, 飮不可半盞多.

導行和氣滌邪穢, 如洗甲兵挽天河.

或甘於口至於酣, 百藥無計痊沈痾.

仁人義士節以禮, 狂夫豪客流失和.

靑山滿座白日靜, 門前或植高軒過.

倒屣相迎石投水, 捫蝨坐談霜磨戈.

是誰之力也歟哉, 麴生之風兮麴生之薖.

朝廷燕享天地泰, 六合便爲安樂窩.

驅我生靈入壽域, 我亦製進南熏歌.

이색은 우선 술의 공덕을 예찬한다. 조화로운 기운을 인도하여 더러운 기운 물리치는 것이 마치 은하수를 끌어다가 피 묻은 무기를 깨끗이 씻어주는 것과 같다고. 그렇다 할지라도 적당히 마셔야지 반 잔만 더 마셔도 안 된다고 한다. 만약 술이 좋다고 마구 마셔대면 백약으로도 고질병을 고칠 수 없다고 하였다.

그다음으로 술의 효용은 대화를 나눌 때 윤활유 역할을 하여 의기투합하게 만들고 심도 있는 대화를 나눌 수 있게 해준다는 것이다. 그 사례로 장량과 왕맹의 고사를 거론하였는데 "신발 거꾸로 신고 달려가 맞이하여 대화를 나누면 돌을 물에 던지듯 의기가 투합하고"가 바로 그것이다. 신발 거꾸로 신고 달려가 맞이한다는 말은 반갑게 손님을 맞이한다는 의미이다. "돌을 물에 던지듯 의기가 투합하고"는 장량의 고사를 인용한 것으로 장량이 황석공黃石公의 병법을 터득하고 나서 군웅들에게 유세할 적에는 마치 물을 돌에 던지는 것처럼 받아들여지지 않았으나以水投石, 莫之受 한 고조에게 유세를 하자 마치 돌을 물에 던지는 것처럼 모두 받아들여졌다以石投水, 莫之逆는 이야기에서 유래한다.

"이 잡으며 거침없이 천하 대사를 논하니 날카로운 병기처럼 대화가 예리하다"는 전진前秦의 왕맹王猛이 은거하며 때를 기다리고 있던 중 동진東晉의 대장군 환온桓溫을 찾아가 천하 대사를 논할

적에, 입고 갔던 누더기 옷에 붙은 이를 잡아 죽이면서 기탄없이 천하 대사를 담론했던 고사에서 유래한다.

이 시 마지막에서는 술을 잘 이용하면 나라를 화평하게 하고 백성을 잘살게 해준다고 하였으니 이색은 그야말로 술의 공덕에 대해 무한한 신뢰와 찬사를 보낸다. 하지만 술은 마시되 자신의 주량에서 반 잔이라도 더 마시면 안 된다는 데에 이 시의 방점이 찍혀 있다. 적당량의 음주는 사람 사이에 윤활유 역할을 해주어 고담준론을 펼쳐 의기투합하게 함은 물론 나라 전체를 안락하게 만들어준다고 하였으니 이런 술은 마셔야겠다. 그러나 적당량을 마신다는 게 어찌 말처럼 쉽겠는가? 처음에는 과음하지 않겠다고 작정하지만 마시다 보면 분위기에 휩쓸려 공염불이 되고 급기야 술이 사람을 마시는 지경에 이른다. 왁자지껄 고성방가까지는 봐줄 만하다 치더라도 시비가 붙으면 난장판이 된다.

이 지경에 이르면 술은 많이 마시되 그저 조용히 자리에 드러누우면서 '난 취해서 이만 잘 테니 그대 술 생각나면 거문고 들고 내일 다시 오라'고 했던 이백이 그리워진다. 이백도 술에 취해 "깃털 모자 거꾸로 쓰고 꽃숲에서 비틀비틀"할 정도로 취하기도 했지만, 조용히 홀로 꽃숲 아래에서 술 마시고 비틀거렸으니 참으로 낭만적이다.

이백이 친구와 모여 술 마시는 정경을 읊은 시 「친구와 모여 하룻밤을 묵다友人會宿」를 보자.

천고의 시름을 씻어내고자,

술 백 병에 빠졌노라.

아름다운 밤은 청아한 대화 나누기 좋고,

하얀 달님 비추어 잠 못 이룬다.

취하여 텅 빈 산에 누우니,

하늘과 땅이 곧 나의 이불과 베개.

滌蕩千古愁, 留連百壺飮.

良宵宜清談, 皓月未能寢.

醉來臥空山, 天地卽衾枕.

    천고의 시름을 잊고자 술을 마시는 이백과 그 친구들, 그 많은 시름 잊기 위해서는 술 백 병도 모자랄 판이다. 그러나 왁자지껄 몸도 가누지 못하고 추태를 보일 정도로 마시는 게 아니라 청아한 대화를 안주 삼아 술을 마시는 거다. 달은 눈부실 정도로 하얗고 그래서 더더욱 잠이 오지 않는 밤. 고요한 산에 취해서 드러누운 모습을 위진시대 죽림칠현의 하나인 유령으로 비유한다. 유령은 술에 취해 알몸으로 누워서는 그를 찾아온 친구에게 이렇게 말했다고 한다. 하늘이 내 이불이고 땅이 내 옷인데 그대는 어떻게 내 허락도 없이 옷 안으로 기어들어 왔냐고. 활달하고 호탕한 기개 뒤에 왠지 모를 쓸쓸함이 묻어난다.

제2부

달아 달아
밝은 달아

제5장

전원생활의 외로움을 술로
달래며 세상을 비판하다

중국문학에서 위진魏晉 시기는 문학 자각의 시기이고, 비로소 다섯 개의 글자 5언으로 시인의 감정을 읊조리는 서정시가 발전하였다. 도연명은 이를 대표하는 작가라고 할 수 있으며, 음주시를 대량 남긴 시인으로 유명하다. 음주를 많이 했다는 건 삭혀야 할 울분과 분노가 많았다는 방증. 그는 '음주'라는 시제로 20편의 시를 썼다.

도연명은 쥐꼬리만 한 월급 때문에 상관한테 굽신거리는 게 싫다며 하던 벼슬 내던지고 '고향으로 돌아가자'는 귀거래사를 부르며 전원에 은거한 시인으로 유명하다. 그의 나이 29세의 일이었다. 한 가정의 가장이 자신의 고고함과 절개를 지키기 위해, 나아가 사회와 시국에 항거하는 대의명분을 지키기 위해 관직을 내던졌다. 상관이 아무리 아니꼽고 더러워도 한 번쯤 아내와 자식의 얼굴을 떠올렸을 법한데 아무런 생활 대책 없이 좌고우면하지 않고 선뜻 벼슬을 던져버린 것이다. 그러니 그의 전원생활은 애시당초 경제적 대책 없는 가난한 지식인이 선택한 길이었다는 점에서 고통과 슬픔을 잉태하였다고 할 수 있다. 전원으로 돌아온 도연명은 일정 기간 자신의 성정에 맞는 전원생활을 즐기며 그 즐거움을 노래하기도 하였다. 하지만 살림살이는 갈수록 쪼들리고 앞날은 나아질 기미가 전혀 보이지 않는 고통의 연속이었다. 전원시인의 비조라는 영광스러운 칭호는 이러한 대가를 치르고 얻었으니 그나마 위안이라면 위안이겠다.

도연명은 일명 잠潛, 자는 원량元亮, 별호는 오류선생五柳先生, 세상에서는 그를 정절선생靖節先生이라 부른다. 오류선생이라는 별호가 붙은 건 이러한 이유에서일 것이다. 도연명은 자기가 거처하는 집 둘레에 다섯 그루의 버드나무를 심어놓고 스스로 오류선생이라 하였다. 숱한 나무 중에 은자와 절조를 상징하는 매화나무도 아니고 소나무도 아닌 버드나무라니? 내가 도연명은 아니어서 그 의중을 정확하게 헤아리기는 어렵지만 아마도 오류五柳는 오류吾留와 음이 같으므로 '나는(吾) 전원에서 떠나지 않고 끝까지 살겠다(留)'는 뜻을 나타낸 것이 아닐까 한다. 명실상부한 전원시인답게 말이다.

도연명은 음주시를 쓰게 된 동기를 '한거과환閑居寡歡', 즉 세상을 피해 홀로 거처하여 즐거움이 없기 때문이라고 하였다. 자신의 뜻대로 귀거래사를 부르며 전원에 은거하였던 그가 즐겁지 않다니? 외롭다니?

도연명은 절망적인 사회와 시국에 대한 불만으로 관직을 버리고 은거하였기에 폭압적인 정치와 시비가 전도되고 악인이 잘나가는 세상에 대해 분노를 삭이지 못했다. 그러한 울분을 음주 행위로 나타낸 것이 바로 「음주」라는 시이다. 우선 첫 편을 보자.

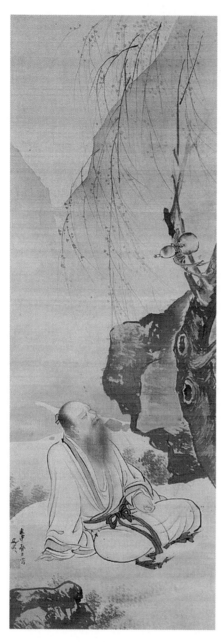

자신이 거처하는 집 둘레에 다섯
그루의 버드나무를 심어놓고 스스로
오류선생이라고 칭한 도연명.
버드나무 아래에 앉아 나뭇가지에
걸린 호리병을 쳐다보면서
도연명은 무슨 생각을 했을까?

홍망성쇠는 불변하는 게 아니라

서로 교차하는 것.

오이밭에서 농사나 짓던 소평이

어찌 동릉후를 지낼 때와 처지가 같겠는가.

추위와 더위는 번갈아 오는 것,

인간의 이치도 이와 같다.

달관한 사람은 그러한 이치를 알아,

세속을 떠나서 더는 의심하지 않는다.

문득 한 동이 술과 더불어

조석으로 즐겁게 술잔을 들이킨다.

衰榮無定在, 彼此更共之.

邵生瓜田中, 寧似東陵時!

寒暑有代謝, 人道每如茲.

達人解其會, 逝將不復疑,

忽與一樽酒, 日夕歡相持.

한번 출세했다고 영원히 잘나가는 게 아니라는 것을 소평邵平
을 예로 들어 설명하였다. 소평은 진秦나라 때 동릉후東陵侯까지 지
냈던 고관이었으나, 진나라가 망한 후 오이 농사 짓는 농부로 전락
하였다. 도연명은 그를 통해서 추위와 더위가 번갈아 오는 자연의
질서처럼, 인간 세상도 동일한 메커니즘으로 돌아간다고 했다. 지금
도연명은 세상을 등지고 은거하였지만 절대 인생의 패배자가 아님

을 넌지시 말하고 있는 것이다. 어쩌면 세상이 좋아지면 다시 관직에 나갈 수 있다는 생각을 했을지도 모를 일이다. 다시 「음주」의 두 번째 시를 소개하겠다.

선을 쌓으면 좋은 보답 받는다면,
백이와 숙제는 어이하여 수양에서 굶어 죽었는가!
선행도 악행도 응보받지 않는다면,
어이하여 이런 말이 생겨났는가!
은자 영계기는 나이 90에 새끼줄로 혁대를 대신하였으니,
배고픔과 추위가 젊었을 때보다 심했다.
이러한 절조를 고수하지 않았다면
후세에 어떻게 명성이 전해졌겠는가.
積善云有報, 夷叔在西山.
善惡苟不應, 何事空立言!
九十行帶索, 飢寒況當年,
不賴固窮節, 百世當誰傳.

이 시에서는 인과응보가 이루어지지 않는 세태를 개탄한다. 착한 사람은 잘되고 악한 사람은 벌을 받아야 마땅하건만 세상은 그렇지 않은 것이다. 그렇다 하더라도 시종일관 일생을 빈곤하게 살았던 은자 영계기榮啓期를 찬미하면서 자신도 은자의 삶을 영위할 뜻을 내비친다. 다시 세 번째 시를 보자.

인간의 도리가 사라진 지 천년이 되어가니

사람들은 모두 사욕만 챙기고

술이 있어도 마시려 하지 않고,

단지 세상의 헛된 명성만 추구하는구나.

내 한 몸 소중한 까닭은,

일생을 살아야 하기 때문.

우리의 일생은 얼마나 되는가?

번개처럼 빠르기에 놀라워라.

사는 동안 명리 추구하느라 바쁘니,

이걸 가지고 무엇을 이루려 하는가?

道喪向千載, 人人惜其情.

有酒不肯飮, 但顧世間名.

所以貴我身, 豈不在一生?

一生復能幾, 倏如流電驚.

鼎鼎百年內, 持此欲何成.

이 시에서는 우리의 인생을 번개로 형상화하였다. 번개처럼 순식간에 사라지는 삶이 인생이거늘 사람들은 헛된 명성과 사리사욕 추구에만 골몰하고 있으니 안타깝다는 것이다. 한 번뿐인 인생 그렇게 살아서야 되겠느냐는 거다. 그럼 어떤 인생을 살아야 하는 걸까? 이에 대한 도연명의 답은 다섯 번째 시에 있는데 도연명의 시 「음주」 20수 가운데 대표작이라 할 수 있다.

"동쪽 울타리 아래서 국화를 따다 한가하게
고개를 드니 남산이 들어온다." 집 둘레에
심어놓은 버드나무와 국화꽃이 눈에 띈다.
도연명은 유독 국화꽃을 사랑했다고 한다.
그렇게 국화꽃을 따다가 문득 바라본 남산을
바라보며 시인은 은자의 삶에 만족했을까?
그림을 그린 석도石濤는 청나라 초기의 화승으로,
《도연명시의도책陶淵明詩意圖冊》을 남기기도 했다.

사람 사는 동네에 살아도

요란한 수레 소리 들리지 않네.

그대에게 묻노니 어찌 그럴 수 있나요.

마음이 멀리 있으면 사는 곳도 절로 외지기 마련이라오.

동쪽 울타리 아래서 국화를 따다

한가하게 고개를 드니 남산이 눈에 들어온다.

산기운은 황혼녘이 아름다워라,

날아가는 새도 함께 돌아오네.

이 가운데 참뜻 있으니,

그 뜻 말하려다 잊었노라.

結廬在人境, 而無車馬喧.

問君何能爾? 心遠地自偏.

采菊東籬下, 悠然見南山.

山氣日夕佳, 飛鳥相與還.

此中有眞意, 欲辨已忘言.

아무리 떠들썩한 곳에 살고 있어도 마음이 속세로부터 초연해 있기에 전혀 영향을 받지 않는다고 말한다. 그런 곳에서 도연명은 은자와 같은 삶을 누린다. 유유자적한 삶, 그 한가롭고 담박한 삶을 동쪽 울타리에서 국화를 따는 행위, 그리고 한가롭게 남산을 바라보는 모습으로 형상화했다. 황혼 무렵 농도 짙어지는 남산의 기운과 새들이 둥지로 돌아오는 모습은, 시인의 귀거래歸去來가 자연의 이치에 어울리는 안식의 행위로 동일시된다. 화자는 이런 상황과 자신을 자각하며 은거의 삶에 어느덧 그윽이 자족하는 모습을 부각하고, 그 심정을 토로하려다 그 심정에 안주하며 토로하려는 생각마저 잊는다. 망아忘我의 경지이자 무아無我의 경지인 것이다. 그렇다면 도연명은 줄곧 은자의 삶에 만족하며 무아의 경지에서 살았을까? 「음주」 열여섯 번째 시에서는 은거 후의 곤궁한 실상을 이렇게 묘사하였다.

끝내 굳건히 지조를 고수하여,
굶주림과 추위를 실컷 맛보았다.
낡아빠진 초가집엔 차가운 바람 몰아치고,
무성한 잡초에 집 앞 뜰 파묻혔다.
옷 걸치고 긴긴 밤 지키고 앉아,
새벽닭 울어 얼른 날 새기를 바랐지.
내 곁에는 지기 하나 없으니,
누구에게 내 속마음 털어놓을까?
竟抱固窮節, 飢寒飽所更.
弊廬交悲風, 荒草沒前庭.
披褐守長夜, 晨雞不肯鳴.
孟公不在玆, 終以翳吾情.

황혼녘 유유히 남산을 바라보며 느꼈던 망아의 흥취와 여유로움은 온데간데없고, 추위와 굶주림에 시달리는 고통을 호소한다. 게다가 속마음 털어놓을 지기 하나 없는 외로움을 호소하고 있다. 성현의 전적을 섭렵한 지식인으로서, 도연명은 '학이우즉사學而優則仕' 즉 학문을 열심히 한 후 여력이 있으면 세상에 나가 관리가 되어 풍속을 순화시키고 태평성세를 이룩하는 것을 지식인의 소임으로 여겼기에, 은거 생활은 한순간의 위로와 만족은 줄지언정 영원히 그 속에 안주할 수 없다. 지식인의 삶은 현실 정치에서 마음껏 포부를 펼치며 이상을 추구할 때 만족할 수 있기에 전원생활은 애초부터 실패를 잉태하였다고 할 수 있다. 지식인의 한계를 진작 알았기에 그는 흔들림 없이 은거 생활을 영위하고자 쉴 새 없이 옛 은자들을 소환하여 그들에 대한 흠모의 정을 드러내며 마음을 다진다.

상산사호商山四浩, 백이, 숙제, 공자, 안회顔回, 영계기 및 한나라 양륜楊倫, 장지張摯 등이 시에 등장하는 이유이다. 상산사호는 진나라 말기의 박사로 진시황의 분서갱유에 불만을 품고 상산에 은거한 4명의 호호백발 학자이다. 훗날 명망 있는 은사를 지칭하였다. 백이 숙제는 상나라 말기 고죽국의 두 왕자로, 고죽군은 셋째 아들 숙제에게 왕위를 물려주려 하였다. 고죽군이 죽자 숙제는 형 백이에게 왕위를 양보하였고, 백이는 이를 받아들이지 않았다. 두 사람은 주나라를 둘러보려고 차례로 출국하였다. 그 당시 주나라 무왕武王은 은나라 폭군 주왕을 멸망시키고자 출정하려 했는데, 백이와 숙제가 말을 가로막으면서 그래서는 안 된다고 말렸다. 만약 그 자리에 강태공이 없었다면 백이와 숙제는 목이 달아났을 것이다. 무왕이 주왕을 멸망시킨 후 백이와 숙제는 주나라의 곡식을 먹는 것을 부끄러워하여 수양산으로 들어가 고사리를 캐 먹다 굶어 죽었다. 공자와 안회는 가난하고 곡절 많은 삶을 살았지만 유학의 기초를 닦고 안분지족安分知足의 삶을 살았으며, 영계기 역시 가난을 고수하며 끝까지 은자의 삶을 포기하지 않았다. 양륜과 장지는 한나라 사람으로 양륜은 높은 사람에게 영합할 줄 몰라 관직을 버리고 은거하였고, 장지는 조정에서 관직을 주려고 아무리 불러도 나가지 않은 사람으로 유명하다.

도연명은 세파에 흔들리지 않는 고결한 인품을 지키고자 은자의 삶을 선택했고, 은자의 삶을 고수하고자 옛 은자에 대한 흠모의 정을 드러내며 마음을 굳게 다졌지만, 전원생활은 행복하지 못했다. 울적한 마음을 술로 달래는 생활의 연속이었다. 장기간의 잦은 음주로 건강이 악화되자 급기야 「지주止酒」, 즉 술을 끊겠다는 시를 짓기에 이른다.

사는 곳은 읍내에 그치지만,
유유자적 한가롭게 지낸다.
앉는 곳은 높다란 나무 그늘 아래 그치고,
걸음은 사립문 안에 그친다.
맛있는 음식은 채마밭 아욱에 그치고,
큰 즐거움은 어린 자식과 함께 있는 것에 그친다.
평생 술을 끊지 못하는 것은,

술 끊으면 즐거움이 없기 때문.

저녁에 술 끊으면 편히 잘 수 없고,

아침에 술 끊으면 일어날 수 없기 때문.

날마다 술을 끊어보려 한 것은,

혈기운행이 잘 되지 않아 끊어지기 때문.

술 끊으면 즐겁지 않은 것만 알았지,

몸에 이로운 건 몰랐다.

이제야 알았노라 끊는 것이 좋다는 것을!

오늘 아침에는 정말로 끊어보련다.

이제부터 줄곧 술을 끊어,

신선이 될 때까지 끊어보리라.

맑은 얼굴 옛 모습 되찾는다면,

어찌 천만 년만 끊을까?

居止次城邑, 逍遙自閑止.

坐止高蔭下, 步止蓽門裡.

好味止園葵, 大懽止稚子.

平生不止酒, 止酒情無喜.

暮止不安寢, 晨止不能起.

日日欲止之, 營衛止不理.

徒知止不樂, 未知止利己.

始覺止爲善, 今朝眞止矣.

從此一止去, 將止扶桑涘.

清顏止宿容, 奚止千萬祀.

구절마다 온통 '止'자투성이다. 금지하겠다는 뜻을 의도적으로 드러내기 위한 시적 장치이다. 짐짓 전원생활의 즐거움을 노래하는 듯한 첫 구 "사는 곳은 읍내에 그치지만, 유유자적 한가롭게 지낸다"는 우리에게 「음주」 다섯 번째 시 첫 구절 "사람 사는 동네에 살아도 요란한 수레 소리 들리지 않네"를 연상시킨다. 전원생활의 행동반경은 나무 그늘과 채마밭에 그치고, 상대하는 사람은 어린 자식들뿐이다. 자식들의 재롱 보는 재미도 하루 이틀이지, 늘 그런 일상이 반복된다면 역시 무료해지기 마련이다. 술은 심심한 일상에 즐거움과 위로를 주는 유일한 친구. 하지만 반복되는 음주로 얼굴은 새까매지고 코는 딸기처럼 변했을 것이며, 혈기운행 불순으로 건강도 망가졌을 것이다. 그리하여 작심하고 술을 끊겠다고 선언하며, 결연한 의지를 보여주기라도 하듯 시구마다 '그칠 지止'를 사용하였다. 물론 止에는 '~에 그치다', '끊다' 두 의미로 사용되었지만 시각적으로 끊겠다는 뜻을 의도적으로 안배한 것이다. 그는 과연 술을 끊는 데에 성공했을까? 38세 때 이 시를 지었고 62세에 세상을 하직하였던 도연명, 날이 갈수록 형편이 나빠졌던 그가 과연 술을 끊을 수 있었을까?

술 한번 끊어보겠다고 작심한 사람이 어디 도연명 한 사람뿐이겠는가? 송나라 때 시인 신기질辛棄疾도 다시는 술을 마시지 않겠다며 이런 시를 지은 적이 있다. 「심원춘沁園春 · 장지주계주배사물

近將止酒戒酒杯使勿近」, '이제 술을 끊고 마시지 않으려 하니 술잔아 내 곁에 가까이 오지 마라'는 뜻이다.

술잔아 너 이리 좀 나와 봐라.

오늘 아침, 내 몸 상태를 점검해보니,

오랜 세월 술을 퍼마셔 목구멍은 까맣게 그을린 솥처럼 타서 목이 마르고,

이제는 잠자는 걸 좋아하여 우레처럼 드르렁거리며 코를 골며 잔다.

"유령은 고금을 통틀어 달관한 자로 술에 취해 죽거든 그 자리에 묻어달라" 했다고.

실로 이와 같다고 할지라도, 넌 지기인 나에게 참으로 못할 짓을 많이 했구나.

더구나 노래와 춤을 매개로 힘을 합해 날 시기하고 질투하였다.

원망은 크든 작든 좋아하기 때문에 생기고,

사물은 좋든 나쁘든 지나치면 화가 되는 법이다.

너에게 약조하노니, 머무르지 말고 속히 사라지거라,

내 아직 너 같은 술잔 정도는 박살낼 힘은 있노라.

이에 술잔이 재배하며 말하기를,

물리치니 즉시 떠나겠습니다만, 부르면 득달같이 달려오겠습니다.

杯汝來前!

老子今朝, 點檢形骸,

甚長年抱渴, 咽如焦釜.

於今喜睡, 氣似奔雷.

汝說 "劉伶, 古今達者, 醉後何妨死便埋".

渾如此, 嘆汝於知己, 眞少恩哉!

更憑歌舞爲媒, 算合作平居鴆毒猜.

況怨無小大, 生於所愛.

物無美惡, 過則爲災.

與汝成言, 勿留亟退,

吾力猶能肆汝杯.

杯再拜,

道麾之卽去, 招則須來.

위의 작품은 산문 같은 운문이다. 더구나 「심원춘」은 일정한 곡
조에 맞추어 부르는 노래인데, 이처럼 산문 같은 운문을 어떻게 리
듬에 맞추어 불렀을지 참 궁금하기도 하다. 송나라 때는 시조차 산
문처럼 쓴 시기였지만 이처럼 음악성이 강한 사詞조차 산문화했다
는 게 참 신기하다. 이 작품의 작가 신기질은 남송시대 애국 시인으
로 유명하다. 이민족 금나라에게 빼앗긴 산하를 회복하는 게 그의
평생소원이었지만 이루지 못하고 눈을 감았다. 무인으로서의 기질
이 물씬 풍기는 이 작품에서 술잔을 의인화하여 말을 건 시인의 모
습이 재미있다. 술잔 정도는 박살낼 힘이 있으니 썩 꺼지라고 호령

하는 시인의 모습에서 처량함마저 느껴진다. 의기충천한 힘을 적군 물리치는 데 쓰지 못하고 고작 술잔이나 박살내는 데 쓰다니……
신기질은 십중팔구 금주에 실패했을 거라는 생각이 든다. 아니나 다를까, 그는 또 이런 시를 지었다.「성안에 사는 제군들이 술을 싣고 산에 있는 날 찾아와 술을 마시자고 하는데, 금주 평계만 댈 수 없어 마침내 안 먹겠다는 약속을 깨고 취하도록 마셨다城中諸公載酒 入山, 余不得以止酒爲解, 遂破戒一醉, 再用韻」라는 긴 제목의 시이다.

술잔아 너는 알지?
주천의 제후인 너를 파직시켜 은퇴시켰던 일을 말이다.
한 고조 때 고양 사람 역이기는 한 고조 유방을 뵈러 들어가서
　술도 못 마시는 고지식한 유생 같다고 물리침을 당했고,
술을 처음 만들었던 두강은 관직에 처음 나갈 때 점괘를 보고
　술을 더이상 마시지도 만들지도 않았지.
옛일을 곰곰이 생각해보니, 수많은 한을 견디지 못해 지난날 술
　속에 빠져 세월을 보냈었지.
그대들의 훌륭한 시는 마치 나에게 술병 들고 술 사오라고 지
　저귀는 제호새提壺鳥 같으니 어찌하랴!
그대들은 말했지, 내가 병이 난 것은 술잔에 비친 활을 보고 뱀
　인 줄 알았던 사람처럼 지레 겁을 먹었기 때문에 그렇게 된
　것이라고.
생각난다. 술 취해 잠든 도연명은 끝까지 지극한 즐거움을 누

렸고,

홀로 깨어 있던 굴원은 강물에 투신하는 화를 면하지 못했지.

그대들의 말을 듣고자 하나, 출정에 앞서 부하를 불러 술 마시
고 잔을 엎어, 더는 술을 마시지 않겠다는 의지를 천명한 사
마의처럼 용맹스럽지 못할까 부끄럽구나.

그래도 좋으니 나 오늘 밤 흠뻑 취하고자 하노라.

친구들이여 오라!

杯汝知乎?

酒泉罷侯, 鴟夷乞骸.

更高陽入謁, 都稱薑臼.

杜康初筮, 正得雲雷.

細數從前, 不堪餘恨, 歲月都將曲蘗埋.

君詩好, 似提壺卻勸, 沽酒何哉.

君言病豈無媒, 似壁上, 雕弓蛇暗猜.

記醉眠陶令, 終全至樂.

獨醒屈子, 未免沉災.

慾聽公言, 慚非勇者, 司馬家兒解覆杯,

還堪笑, 借今宵一醉,

爲故人來.

위 작품은 많은 전고를 사용하여 이해하는 데 어려움이 따
른다. 순수한 서정시가 아니라 머리로 이해해야 하니 역시 송나라

시풍인 학문으로 쓴 시의 전형이라 할 수 있다. 역이기酈食其, 한 고조漢高祖, 두강, 도연명, 굴원屈原, 사마의司馬懿 등 그들과 관련된 스토리와 고사성어 '배궁사영杯弓蛇影'을 알지 못하면 이 시를 이해하는 데 장애가 된다. 그러나 그들의 이야기를 알면 머릿속에 생생하게 이야기가 재현되기 때문에 이미지가 선명하고 여운이 훨씬 크다. 시에 전고를 즐겨 쓰는 이유이다.

　이 시는 술 취해 잠든 도연명은 지극한 즐거움을 누렸고, 홀로 깨어 있던 굴원은 강물에 투신하는 화를 면치 못했다는 데 방점이 찍혀 있다. 그리하여 도연명처럼 지극한 즐거움을 누리기 위해서 더는 금주하지 않고 술을 마시겠다는 뜻을 천명한다. 도연명은 실제로 술에 취해 지극한 즐거움을 누렸던가? 그렇지 않다는 것도, 또 술을 끊어보겠다고 「지주止酒」 시를 지었다는 것도 신기질은 알았을 것이다. 도연명은 음주 시인으로 유명하였기에 전형화하였을 뿐이다. 그러나 이렇게 또 술을 입에 대기 시작하면 술을 끊어야 할 때 용감하게 술을 끊었던 사마의처럼 행동하지 못할까 두렵지만, 그래도 오늘 밤은 흠뻑 취하겠다고 선언한다. 이민족 말발굽 아래 조국의 영토를 절반이나 빼앗기고 간신들의 무고로 전선에 나가 적과 싸울 기회 한번 얻지 못한 채 강호에서 늙어갔던 신기질! 켜켜이 쌓인 수많은 한 때문에 그는 그대로 쭉 술을 마셨을 것이다.

제6장

이 강물 변해서 모두 술이 된다면

1960년대에 초등학교를 다녔던 분들은 모두 이런 노래를 기억할 것이다. "펄펄 눈이 옵니다. 하늘에서 눈이 옵니다. 하늘나라 선녀님들이 하얀 가루 떡가루를~." 가난했던 시절 하얀 쌀밥과 백설기를 먹고 싶었던 소망을 담아 불렀던 동요이다. 당나라 말 시인 나은羅隱도 너무나 가난하여 배고픔을 이기지 못하고 하늘을 향해 밀가루 좀 내려달라고 하자 거짓말처럼 밀가루가 쏟아졌다는 일화가 전해진다. 시인치고 등 따시고 배부른 사람이 거의 없었으며, 결핍과 가난이 훌륭한 시인을 탄생시키는 데 일정한 기여를 하였음을 우리는 안다.

마찬가지로 가난과 불우, 시련과 좌절을 잊고자 시인들은 술을 갈망하였고 현실에서의 결핍을 상상 속의 풍요로 바꾸어 고통을 잊고자 하였다. 당나라 최고의 시인 시선 이백은 한수漢水를 바라보며 "저 강물 변해서 모두 술이 된다면此江若變作春酒"이라 하였고, 당나라 말 섭이중은 "동해의 바닷물 모두 내 술잔으로 흘러들어 술이 되면 좋겠네我願東海水, 盡向杯中流"라고 하였다. 고려시대 이달충李達衷은 몇 글자 바꾸어 "이 강물 변해서 술이 된다면 어찌 하루에 삼백 잔만 마실까?若將此水變春酒, 何止日傾三百盃(「만경루萬景樓」)라고 하였고, 전록생田祿生은 "저 강물이 변해서 술이 된다면 가슴속 응어리 모두 씻어줄 텐데若爲江水變爲酒, 一洗胸中滓與植(「영호루차운映湖樓次韻」)"라고 하였다. 그중 이백의 「양양가襄陽歌」를 소개한다.

석양은 연산硯山 서쪽으로 지고,

깃털 모자 거꾸로 쓰고 꽃숲에서 비틀비틀.

양양의 어린이들 일제히 박수치며 길을 가로막고,

백동제 노래 가락 소리 높여 부른다.

옆에 있던 사람들 물어본다, 뭐가 그리 우습냐고.

우스워 죽겠다네 산간山簡처럼 곤드레만드레 취한 모습이.

가마우지 모양의 국자를 들어

앵무새 술잔에 술 가득 따른다.

인생 백년 모두 합하면 삼만육천 일,

하루에 삼백 잔은 마셔야 하리.

아득히 바라보니 한수漢水는 오리 머리처럼 푸르러,

갓 담근 녹색 포도주 같구나.

저 강물 변해서 모두 술이 된다면,

술지게미 쌓아서 산과 누대 만들어놓고,

값비싼 명마로 예쁜 첩과 바꾸어,

말 타고 웃으면서 낙매화落梅花를 부를 텐데.

수레에 술 한 단지 매달고,

생황과 피리 울리며 놀러 나가 즐길 텐데.

그 옛날 이사가 요참腰斬당할 때, 누렁이 데리고 사냥하던 옛시
　　절 뒤늦게 그리워했지.

어찌 달 아래서 황금 술잔 기울이는 내 생활만 하랴

그대는 보지 못했는가, 진晉나라 때 양호를 추모해서 만든 비석,

글자는 벗겨지고 떨어져나가 이끼 가득 자란 것을!

이제는 그를 위해 눈물 흘리지도 않고

애도하는 마음도 사라진 것을!

맑은 바람 밝은 달은 돈 한 푼 안 들여도 누릴 수 있고,

옥산처럼 우뚝한 나는 스스로 넘어지는 것이지 남이 밀어서 넘
　　어지는 것이 아니라네.

서주舒州산 국자와 술 데우는 화로 들고,

나는 이것들과 생사를 함께하리라.

그 옛날 무산의 선녀와 사랑에 빠졌던 양왕은 지금 어디에 있
　　는가?

강물은 끊임없이 흐르고 원숭이 울음소리 밤하늘에 울려퍼진다.

落日欲沒峴山西, 倒著接䍦花下迷.

襄陽小兒齊拍手, 攔街爭唱白銅鞮.

旁人借問笑何事, 笑殺山翁醉似泥.

鸕鷀杓, 鸚鵡杯.

百年三萬六千日, 一日須傾三百杯.

遙看漢水鴨頭綠, 恰似葡萄初醱醅.

此江若變作春酒, 壘麴便築糟丘臺.

千金駿馬換小妾, 笑坐雕鞍歌落梅.

車旁側掛一壺酒, 鳳笙龍管行相催.

咸陽市中嘆黃犬, 何如月下傾金罍?

君不見晉朝羊公一片石, 龜頭剝落生莓苔.

淚亦不能爲之墮, 心亦不能爲之哀.

清風朗月不用一錢買, 玉山自倒非人推.

舒州杓, 力士鐺, 李白與爾同死生.

襄王雲雨今安在? 江水東流猿夜聲.

양양은 호북성 형주에 있는 현 이름이다. 만취해서 비틀거리며 읊은 「양양가」는 이백 나이 34세에 지은 것으로 추정된다.

이백은 만 권의 책을 읽고 천하의 이치를 섭렵하였다며 24세에 천하 명사들과 교유하기 위해 고향을 떠나 유람에 나섰다. 이때 유명한 시인 맹호연, 왕창령 등과 교유를 맺었고, 27세에는 퇴직한 재상宰相 허어사許圉師의 손녀와 결혼하여 안륙安陸에서 신혼살림을 차렸다. 결혼 후 7년 만인 34세에 이백은 양양의 형주장사겸동도채방사荊州長史兼東道采訪史인 한조종韓朝宗을 찾아뵙고 그의 추천을 받아 관직을 얻고자 하였다. 거창하게 자기소개서를 써서 한조종에게 받쳤으나 보기 좋게 퇴짜 맞았다. 끓어오르는 울분과 분노, 망가진 자존심을 회복하기 위해 이백은 술을 진탕 마시고 고금을 통해 잘나가던 인물들을 하나하나 거론하며 그들의 삶이 자신보다 못하다는 것을 증명한다. 술로 정신을 마취시키고, 잘나가던 인물들의 비극적 최후를 읊어 정신적 승리를 획득하고자 한 것이다. 청년 이백의 낭만과 자부감, 자유분방함이 느껴지는 작품이다.

시 첫머리부터 서진 시기의 명사 산간山簡을 소환하였다. 이백이 지금 있는 곳이 양양이니 자연스럽게 산간을 떠올려 자신을 비유한 것이다. 산간은 죽림칠현의 일원인 산도山濤의 아들이다. 양양의 관리로 있을 때 이백만큼이나 술을 좋아하였고 종일 술에 흠뻑 취하여 뻗어 있었다고 한다. 그렇다고 그가 술만 잘 마시는 게 아니었다. 당시의 명사 혜소嵇紹, 유모劉謨, 양회楊淮와 함께 이름을 날렸다. 태자사인太子舍人을 시초로 상서좌복야尚書左僕射에 임명되었다가 오래지 않아 진남장군鎭南將軍이 되었다. 이백은 풍류와 실력을 겸비한 산간을 롤모델로 삼은 듯하다.

연산硯山 역시 양양에 있는 산 이름이다. 접리接籬는 깃털이 달린 모자이다. 산간은 술에 취하면 깃털 달린 모자를 거꾸로 쓰고 비틀거렸고 그 모습을 보고 산간의 꼬맹이들이 길을 막고 양양의 민가 〈백동제白銅鞮〉를 부르며 놀려댔다고 한다. 여기서도 산간의 음주 후의 풍류에 자신을 넌지시 비유하였다.

이백은 비록 모자를 거꾸로 쓰고 비틀거려 양양 꼬맹이들의 놀림을 받긴 하지만 주위와 사물을 바라보는 시선視線은 이미 시선詩仙이 되어 천고의 명작을 읊어댄다. 만취로 흐릿해진 눈으로 멀리 강물을 바라보니 오리 머리처럼 푸른 강물은 마치 갓 담근 포도주 같다. 강물을 탁주에 비유하지 않고 포도주에 비유한 것 역시 부잣집 청년다운 기상이다. 이어서 그는 상상의 나래를 펼쳐나간다. 이 강물이 변해서 술이 된다면 산과 누대 만들어놓고, 비싼 말로 아름다운 첩과 맞바꾸어 말에 태운 후 매화락을 부르게 하고, 수레 옆에는 술 한 단지 매달고 생황과 피리 불며 뒤따르게 할 텐데……. 준마와 미인을 맞바꾼 고사는 위나라 조창曹彰의 이야기에서 나왔다. 조창은 성격이 시원시원하고 매우 호탕하였는데 우연히 매우 맘에 드는 준마를 보았다. 말의 주인 역시 말을 매우 아꼈다. 조창은 말을 주면 맘에 드는 예쁜 첩을 하나 주겠다고 하였다. 이에 첩과 준마의 교환이 이루어졌다고 한다.

이렇듯 낭만적인 상상은 확실히 43세쯤에 지은 권주가인 「장진주」와 한참 다르다. 인생행로에서 좌절과 시련을 겪을 대로 겪은 후 지은 「장진주」는 슬픔을 잊고자 술을 마시고, 영원히 술에서 깨어나지 않기를 바라는 심정을 읊었다. 그러나 「양양가」는 다르다. 청년 이백이 처음으로 좌절을 맛보고 쓴 작품이기에 술로 시름을 잊어보려는 시도는 격에 맞지 않는다. 그러기에는 자존감도 자부감도 펄펄 살아 있다. 포부와 꿈을 접기에는 젊은 패기에 의기도 양양하고 자신감도 넘쳐흐른다. 「양양가」에 전고를 많이 사용한 것도 실력을 자랑하기 위한 시적 장치라고 볼 수 있다.

다음 구절은 정신적인 승리를 위해 떵떵거리고 잘나가다 몰락한 역사적 인물인 이사를 소환하였다. 주지하다시피 이사는 진시황을 도와 천하통일에 이바지하였던 인물로 승상의 지위까지 올랐다. 진시황이 죽은 후 조고에 의해 국정이 농단되고 이사와 아들 이유

李由는 진시황의 아들 호해에 의해 역적으로 몰려 허리가 잘리는 극형에 처해지고 삼족이 죽임을 당하는 멸문지화를 당한다. 처형당하기 직전 이사가 아들에게 이렇게 한탄한다. 아, 그 옛날 사냥개 끌고 자유롭게 사냥하던 그때가 그립구나. 이제 그날로 돌아가고 싶어도 못 가는구나, 하고.

그다음으로 소환한 인물은 양호羊祜이다. 양호는 서진시대 걸출한 전략가요 군사가요 문학가이다. 서진 왕조를 통일하는 데 혁혁한 공을 세웠던 그의 업적 가운데 가장 뛰어난 것은 양양 땅을 위협하던 동오 최대의 석성군대를 7백 리 밖으로 철수시킨 일일 것이다. 하지만 양호는 문무를 겸비한 인재로 도덕적 규범이 높았고 인품도 훌륭하였다. 당시 풍속으로는 관사의 장이 관서에서 죽으면 후임자가 불길하다고 생각하여 관사를 허물고 다시 짓는 게 관행이었다. 양호는 이에 대해 사람이 죽고 사는 것은 하늘이 정해주는 것이거늘 거처하던 곳과 무슨 상관이 있냐면서 부하들에게 명령하여 그러지 못하게 하였다고 한다. 또한 당시 형주와 양양 일대는 전쟁이 빈발하여 백성들은 가족과 흩어져 이리저리 떠돌았다. 양호는 변경이 잠시 안정되자 세금 감면정책을 쓰고 백성들이 생업에 종사할 수 있도록 격려했다. 적군인 동오 군민도 그의 인자한 통치에 감화되어 잇달아 양양으로 귀화하였다. 양호는 질병에 걸려 세상과 작별하였는데 소식을 들은 백성들이 비통해하며 눈물을 흘렸고 동오 장군들도 눈물을 흘렸다고 한다. 그의 죽음을 기념해서 세운 비가 바로 타루비墮淚碑. 일명 양공비羊公碑이다.

이백이 이사에 이어 양호를 거론한 이유는 이렇다. 주지하다 시피 양호는 양양에서 혁혁한 공을 세우고 인정을 베풀어 당시 백성들로부터 존경을 받았으며 적장조차 그의 죽음을 애통해할 정도였다. 하지만 세월이 지난 지금 그의 공적을 아로새긴 비석은 내용을 알아보기 힘들 정도로 부서지고 비석 위에는 이끼마저 수북이 자라 역사의 창상만 느끼게 할 뿐이다. 또 그를 기억하는 사람도 없을 정도이니 얼마나 덧없고 허망하냐는 것이다. 그러니 자신은 청풍명월 즐기며 술잔 가득 들이키고 이것들과 생사를 함께하겠다고 뜻을 밝힌다.

마지막 부분에서는 초나라 양왕과 무산선녀의 에로틱한 사랑을 언급하는 것으로 끝을 맺었다.

초나라의 근거지는 호북성이고, 양양은 호북성에 속해 있으므로 이백은 양왕을 연상하였을지도 모르겠다. 무산선녀와의 연애로 숱한 시인들과 사람들의 부러움을 샀던 초나라 양왕도 이제는 역사의 뒤안길로 사라지고, 장강의 물결 소리와 원숭이 울음소리만이 그들의 사랑을 추모하듯 구슬피 울고 있다. 이렇듯 허망하고 허무한 것이 인생이거늘 의기소침 앙앙불락할 일이 뭐 있겠는가? 구직 실패의 좌절과 울분을 정신적인 승리를 통해 극복하고자 하는 청년 이백의 호탕하고 분방한 모습이 잘 드러난 작품이다.

제7장

영원히 취해서 깨어나지 말았으면

인생을 살다 보면 사사건건 되는 일이 없어 좌절하고, 절망하다 급기야 '이.생.망.'을 울부짖으며 운명을 탓하기도 하고 극단적인 선택을 하는 사람들도 있다. 시대를 달리하여 옛날 사람이라 해서 어찌 비단길과 꽃길만 걸었을까? 그들 역시 좌절과 절망을 이겨내고 모진 세파 헤쳐나가며 꿋꿋하게 삶을 살아냈다. 우리가 어렸을 때 불렀던 '달아 달아 밝은 달아 이태백이 놀던 달아'의 주인공이자 술을 좋아하여 주태백이라고 불렸던 천재 시인, 이백이 바로 그런 사람이다. 얼마나 삶이 버겁고 힘들면 영원히 술에 취해서 깨어나지 말았으면 했을까! 그런 심정을 토로한 시가 바로 '자, 한잔하자!' 즉 「장진주將進酒」이다.

그대는 보지 못했는가?
황하의 강물 하늘로부터 와서 세차게 흘러 바다에 이르면,
다시 돌아오지 못하는 것을!
그대는 보지 못했는가?
고대광실 밝은 거울 속 슬픈 백발은

아침에는 검은 실 같더니

저녁 되자 눈처럼 하얗게 된 것을!

인생은 득의하였을 때 즐거움을 다해야 하리니,

금 술동이 밝은 달 아래 그대로 두지 마오.

하늘이 나를 태어나게 한 이상 반드시 쓰일 데가 있고,

천금은 다 쓰면 다시 생기는 법.

양 삶고 소 잡아 우선 즐기세,

한번 마셨다 하면 삼백 잔은 마셔야 하리.

잠 선생, 단구 씨, 술 드시오, 술잔 멈추지 말고!

그대에게 노래 한 곡 불러줄 터이니,

귀 기울이고 내 노래 들어주시오.

좋은 음악 산해진미 중요하지 않소,

다만 술에 취해 깨어나지 않길 바랄 뿐이오.

옛부터 성현들은 모두 쓸쓸히 삶을 마쳤으니,

오직 마신 자만이 이름을 남겼다오.

진사왕 조식은 평락관에서 연회를 베풀 때,

한 말술에 만 냥 마음껏 즐겼다오.

주인장은 왜 돈이 없다고 하시는가,

곧장 술 받아와 그대와 대작하리오.

값비싼 명마와 가죽옷 꺼내 아이놈 시켜 맛좋은 술과 바꿔와,

그대와 더불어 만고의 시름 녹여보리라.

君不見黃河之水天上來, 奔流到海不復回.

남송대 양해梁楷의
〈이백음행도李白吟行圖〉. 양해
역시 술을 좋아하고 기이한
짓을 많이 해 양풍자梁風子(미친
사람)라고 불리었다. 이 그림은
'이백음행도' 류의 작품 중
가장 유명한 것으로, 양해가
이백을 가장 잘 이해하고
있었다는 징표가 아닐까 한다.

君不見高堂明鏡悲白髮, 朝如靑絲暮成雪.

人生得意須盡歡, 莫使金樽空對月.

天生我材必有用, 千金散盡還復來.

烹羊宰牛且爲樂, 會須一飮三百杯.

岑夫子, 丹丘生, 將進酒, 杯莫停.

與君歌一曲, 請君爲我傾耳聽.

鐘鼓饌玉不足貴, 但願長醉不復醒.

古來聖賢皆寂寞, 惟有飮者留其名.

陳王昔時宴平樂, 斗酒十千恣歡謔.

主人何爲言少錢, 徑須沽取對君酌.

五花馬, 千金裘, 呼兒將出換美酒, 與爾同銷萬古愁.

시 제목 「장진주」에서 알 수 있듯이 이 시는 권주가이다. '장將'
은 보통 '장차'의 뜻으로 쓰이는데, 여기서는 '청하다'의 뜻, '진주進
酒'는 '술을 마시다'. 그러니까 마시자, 술! 그런 뜻이다.

천보天寶 연간에 궁중에서 잠시 당 현종의 총애를 받던 이백은
양귀비와 고력사高力士에게 밉보여 궁중에서 내쫓긴 후 하남성河南
省 일대를 유랑하다가 숭산嵩山에 사는 잠훈岑勳과 원단구元丹丘를
만나 술 마시며 이 시를 지었다. 그는 일생을 통해 궁중에서의 3년
세월을 제외하곤 61세를 일기로 죽을 때까지 벼슬을 한 적이 없다.
천재적 재능을 지니고도 일자리 하나 못 구해 전전했던 그를 생각
하면 쥐꼬리만 한 재주로 정년까지 호사를 누린 내 모습과 대비되

어 부끄럽다.

첫 두 구절은 기세가 아주 호방하다. 첫 구절에서 강물이 바다로 흘러가면 다시 돌아오지 못하는 것은 자연의 이치다. 그 자연의 이치로 인생의 이치를 비유한 것이다. 인간의 삶은 일회적이라는 것을 말이다. 두 번 다시 돌이킬 수 없는 것이 인생이며, 재방송도 녹화방송도 없는 것이 인생이다.

두 번째 구절에서는 한 번뿐인 인생인데 너무나 짧고 유한하다는 것을 과장해서 비유했다. 아침에 까맣던 머리가 저녁에 하얗게 되었다고 하였으니까. 인생은 순식간에 끝나고 만다는 것을 그렇게 비유한 것이다. 첫 두 구절의 기조는 인생의 원초적 비극을 읊은 것이지만 호탕하고 거침없는 필치와 대담한 과장으로 포장되어 호방하고 자유분방한 느낌을 준다. 슬픔도 이렇게 표현하는 것이 이백 시의 특징이다.

세 번째 구절에서는 '득의得意'니 '진환盡歡'이니 하는 시어가 등장한다. 인생은 이렇듯 유한하고 찰나적이니 득의한 순간이 있으면 즐겁게 놀아야 한다는 것이다. 여기에서 득의는 뜻을 이루었다는 의미인데 거창하게 정치적 포부를 이루었다는 의미의 득의가 아니다. 일상을 살면서 바라던 일, 즉 오랫동안 만나지 못했던 친구를 만난다든가, 술을 마시고 싶었는데 술 마실 기회를 얻었다는 것 등 사소한 일상에서의 작은 성취를 의미한다. 이백의 이 시는 오랜만에 잠훈과 원단구를 만나 술을 권하며 지었으니 여기서의 득의는 오랫동안 만나고 싶어했던 친구를 만났음을 의미한다.

중국 사람들이 친구들과 만나 술잔을 기울일 때 자주 입에 올리는 말이 있다. '주봉지기천배소酒逢知己千杯少.' 친한 친구를 만나면 천 잔을 마셔도 적다는 뜻이다. 그래서 술잔을 달빛 아래 그대로 두지 말라고 한 것이다. 이렇게 술 한잔 들어가더니 밑도 끝도 없는 자신감이 솟구친다. 하늘이 나 같은 인재를 이 세상에 태어나게 한 이상 반드시 쓰일 데가 있다고 한 말이 바로 그것이다. 자신에 대한 강한 자부심의 표현이며, 인재를 알아주지 않는 현실에 대한 분노가 꿈틀거리고 있음을 알 수 있다.

이어지는 구절 역시 마찬가지이다. 천금은 써버리면 또다시 돌아온다. 대책 없이 낭만적이고 긍정적인 이야기를 하는 듯하지만 이 역시 그렇지 못한 현실에 대한 분노를 낭만적으로 포장해서 표현하였다. 그다음부터는 질탕한 술자리를 묘사한다. 돈이야 없다가도 생기는 법, 마음 맞는 친구를 만난 이 순간을 원 없이 마시고 즐기자는 것이다. 역시 이백다운 과장법을 또 동원하였다. 술안주로 노가리 몇 개 오징어 몇 마리 새우깡 몇 봉지가 아니라, 아예 양과 소를 통째로 잡고 술은 삼백 잔은 마셔야 한다고 말이다.

술도 있고 친구도 있는데 노래가 빠져서야 되겠는가? 그런데 노래 가사가 심상치 않다. '종고찬옥鐘鼓饌玉'으로 비유된 부귀영화는 중요한 게 아니니 술에 취해 영원히 깨어나고 싶지 않다고 한다. 정말 그럴까? 부귀영화를 싫어하는 사람이 어디 있을까? 정당하게 부귀영화를 이룬다면 싫어할 이유가 없을 것이다. 당나라 지식인이 부귀영화를 이루는 길은 오직 하나. 조정의 관리가 되어 황제의 총애를 얻고 자신의 포부를 현실에 펼쳐보든가 전쟁터에 나가 적군을 물리치고 혁혁한 공을 세우는 것이다. 이백은 지식인으로서 죽을 때까지 그런 포부를 버리지 못했다. 그런데 현실은 그렇지 못하다. 위 시구는 자신을 알아주지 않는 데 대한 역설적인 표현, 즉 아이러니이다. 다만 영원히 취해서 깨고 싶지 않다는 표현 역시 아이러니이다. 술 한잔 마실 겨를 없이 국가와 백성을 위해 일하고 싶지만 남아도는 건 시간뿐이니 시간을 소비하는 데 술만 한 것이 어디 있겠는가? 여의치 못한 자신의 신세를 역시 이백답게 호탕하게 역설적으로 표현하였다.

현실에서 뜻을 못 이룬 게 어찌 이백 하나뿐이겠는가? 옛날 성인과 현인들도 살아 있을 때는 별로 빛을 보지 못했고 고생스러운 삶을 살았다면서 술 마신 자만이 이름을 후세에 남겼다고 한다. 그러면서 진사왕陳思王 조식曹植이 평락관平樂觀에서 연회를 열 때 맘껏 마시고 즐긴 고사를 서술한다. 주지하다시피 조식은 아버지 조조에게 총애를 받았지만 형인 조비의 견제로 불행한 삶을 살았다.

참으로 맘대로 뜻대로 되지 않는 인생, 그로 인해 치밀어오르는 분노를 잊기 위해서라도 술을 더 마셔야겠다. 돈이야 다 써버리면 또 생기는 법, 주인장 돈 아끼지 말고 돈 되는 물건 다 가져다가 술과 바꿔 오시오, 그 술로 만고의 슬픔을 녹여봅시다!

알고 보니 호방하고 자유분방한 기세로 과장된 서정을 하였지만, 내면에는 슬픔이 가득 고여 있었던 것이다. 그야말로 "술잔 들어 시름 없애보려 하지만, 시름은 더욱 시름겹네擧杯消愁愁更愁"이다.

李白
醉眠

이백은 '종고찬옥鐘鼓饌玉', 즉 종과 북(음악),
그리고 산해진미가 차려져 있더라도
중요하지 않다고 말한다. 다만 술에 취해
깨어나지 않길 바랄 뿐이라며 자신의 처지를
역설적으로 표현했다. 취해서 잠든 이백의
모습을 그린 〈이백취면도李白醉眠圖〉.

인생의 비애와 회재불우의 비애를 읊었지만 호방하고 자유분방한 기세로 과장하였기에 비탄에 잠겨 신음하는 패배자의 모습을 느낄 수 없다.

　권주가인 「장진주」를 지은 시인이 어디 이백 한 사람뿐이었겠는가! 많은 시인이 「장진주」를 지었다. 인생은 너무나 짧고 유한한데 꿈은 도대체 이루어지지 않는다는, 원초적 슬픔을 잊기 위해 술을 마시자는 내용이 주선율을 이룬다. 대부분 이백이 지은 「장진주」의 내용과 궤를 같이한다. 그러나 당나라 시인 원진元稹은 독특한 「장진주」를 지었다.

　술 드세요 술!
　술에는 독이 있어 주인님을 죽일 거예요.
　주인님에게 말하자니 마나님이 다칠 테지요,
　마나님은 나의 땅, 주인님은 나의 하늘,
　하늘을 우러르고 땅을 바라보며 차마 말하지 못합니다.
　일부러 주인님 앞에 넘어져 술잔을 엎으니,
　주인님은 알지 못하고 저를 채찍질하였지요.
　옆에 있는 사람들이 제가 주인님을 위해 그러는 것이라 말하니,
　주인님은 눈물로 채찍에 묻은 피를 씻었지요.
　마나님을 질질 끌어 당 아래로 내치고
　저를 부축하여 당 위의 침상에 올려놓았지요.
　술 드세요 술!

술에는 독이 없으니 주인님 오래오래 사실 거예요.

주인님은 생각을 돌려 마나님에게 돌아가시고

이렇게 주인님 모신 첩을 쫓아내세요.

첩이 이렇게 섬기는 걸 사람들이 우연히 알게 되자,

허점이 드러난 것을 스스로 부끄러워하며 슬퍼했지요.

주인님은 지금 마나님과 첩의 자리를 뒤바꾸어 첩을 편안하게
   만들었으니,

본분을 지키지 않고 탐욕을 부리는 짓 누가 못 하겠어요.

將進酒, 將進酒, 酒中有毒鴆主父, 言之主父傷主母. 母爲妾地父妾

天, 仰天俯地不忍言. 佯爲僵踣主父前, 主父不知加妾鞭. 旁人知妾

爲主說, 主將淚洗鞭頭血. 推摧主母牽下堂, 扶妾遣升堂上床.

將進酒, 酒中無毒令主壽, 願主回思歸主母, 遣妾如此事主父. 妾爲

此事人偶知, 自慚不密方自悲. 主今顚倒安置妾, 貪天僭地誰不爲.

이 시는 이야기 구조를 지닌 서사시이다. 등장하는 인물은 주
인님, 마나님, 첩, 그리고 제3자이다. 일부다처제였던 시절 첩은 마
나님의 자리를 빼앗고 마나님은 제자리를 빼앗기지 않기 위해 처절
한 암투를 벌이곤 했었다. 따라서 기가 세고 대찬 마나님은 아예 첩
을 들이지 못하게 하기도 하였다. 전하는 바에 따르면, 당 태종 이
세민은 개국 공신으로 신망이 두터웠던 명재상 방현령의 노고를 치
하하기 위해 첩을 선물하려 하였다. 투기가 심했던 방현령의 부인
은 한사코 거절하며 절대로 첩을 들이지 못하겠다고 맞섰다. 당 태

종은 명을 거역한 방현령의 부인에게 조건을 내걸었다. 첩을 받아들이든가 독이 든 술잔을 마시든가 양자택일하라고 말이다. 방현령의 부인은 망설임 없이 독배를 들이켰다. 그런데 독배를 마신 방현령의 부인은 죽지 않고 멀쩡했다. 알고 보니 잔 안에 들어 있던 것은 독주가 아니라 식초였던 것이다. 이 상황을 지켜본 당 태종은 방현령 부인의 결연한 의지를 간파하고 정말 무서운 부인이라고 감탄하며 명령을 거두어들였다는 일화가 전해진다. 중국어에 '吃醋(식초를 먹다)'라는 말은 여기에서 나왔는데 질투의 뜻으로 쓰인다.

　이 시는 마나님과 첩의 갈등구조가 중심축으로 짜여 있다. 첩이 자신의 윗전인 마나님의 자리를 빼앗기 위해 주인님 술잔에 독이 들어 있는 것처럼 꾸미고, 그것을 알리기 위해 일부러 넘어져 술잔을 주인님에게 엎질러버린다. 겉으로는 이런 사실을 주인님께 알리자니 마나님이 다칠 것을 염려하여 차마 알리지 못하겠다며 마음씨 착한 하인 코스프레를 하면서 말이다. 첩의 계책은 주효하였고 드디어 마나님의 자리를 꿰찬다. 그런데 알고 보니 그 술잔에는 원래 독이 들어 있지 않았던 것이다. 첩이 꾸민 계책이 사람들한테 우연히 알려지고 첩은 급기야 쫓겨날 운명에 처한다. 원진은 술이 사람을 죽이는 음모의 수단으로 이용되는 것에 착안하여 이러한 악행이 종종 하극상의 수단으로 사용되는 것을 경계하고자 했다. "본분을 지키지 않고 탐욕을 부리는 짓 누가 못 하겠어요"가 이를 웅변해준다. 인생을 위해 문학을 해야 한다고 주장했던 원진의 시답다.

제8장

도처에 외상술 달아놓고 술 마신 두보

1970년대 초반에 대학을 다녔던 나는 월급날이면 교수님 연구실 앞에 진을 치고 앉아 외상술값 받으러 온 술집 주인들에 대한 이야기를 전해 들었다. 말씀하시는 교수님도 그것을 부끄러워하기는커녕 낭만적인 일탈쯤으로 생각하셨던 것으로 기억된다. 당시만 해도 교수 월급이 넉넉지 않았던 시기였기에 술집 주인들도 그 사정 감안하여 신분 확실하고 최고 학부에서 대학생을 가르친다고 하니 외상술을 잘 주었던 모양이다. 그 당시 교수들은 왜 그렇게 술을 많이 드셨을까? 그때는 아직 어려서 잘 몰랐지만, 훗날 생각해보니 불행한 시대에 무기력한 지식인으로 살아야 하는 자괴감 때문이 아니었을까? 그러나 『명정 40년』의 저자 변영로보다 더한 사람이 또 있을까? 40년 동안 죽기 살기로 술을 퍼마시며 책제목 '술 취할 명酩', '술 취할 정酊'처럼 술에 쩔어 살았던 그는 함박눈 맞으며 산속으로 들어가 무덤 앞 상석에 누워 잠을 자질 않나, 영하의 날씨에 전봇대 아래가 자기 집 안방인 줄 알고 잠을 자질 않나 온갖 위험천만한 기행을 일삼았으니, 일제 강점기 나약한 지식인의 분노와 자괴감을 그렇게 분출하였던 것 같다.

「음중팔선가」를 읊었던 두보 역시 술 좋아하기로는 팔선 못지 않았을 것이다. 그의 자서전적인 시 「장유壯遊」에는 소년 시절 이미 술을 좋아하였음을 미루어 짐작하게 하는 구절이 있다. "성격은 호탕하여 이미 술을 좋아하였고, 악을 미워하여 강직함을 품었다. 또래 친구 멀리하고 노련한 사람들과 어울렸다. 거나하게 취하여 사방팔방 바라보면 속물이 끝도 없이 많다性豪業嗜酒, 嫉惡懷剛腸. 脫略小時輩, 結交皆老蒼. 飮酣視八極, 俗物都茫茫." "성격은 호탕하여 이미 술을 좋아하였다" 이 구절만 봐서는 영락없이 이백이다. "악을 미워하여 강직함을 품었다"에서는 의협의 기질마저 보인다. "또래 친구 멀리하고 노련한 사람들과 어울렸다"에서는 또래보다 지적 수준이 높았음을 알 수 있다. 노련한 친구와 어울린 대표적 사례가 바로 이백과의 교류이다. 두보는 이백보다 열한 살 어리지만 함께 이불 덮고 자면서 문학을 논하고 세상을 논하기도 하였던 사이이다. 두보 나이 32세, 이백 나이 43세 때의 일이다. 이렇듯 나이를 초월하여 맺는 우정을 망년지교忘年之交라고 한다. 요즘 세상에서는 어림도 없는 일이다.

두보는 유가 집안에서 성장하였기에 성인의 도를 실천하여 나라와 백성의 삶을 변화시키고자 언제나 현실에 지대한 관심을 가졌고 황제를 보좌하여 요순시대처럼 만드는 게 꿈이었다. 과거시험에 응시한 것 역시 이러한 꿈을 이루기 위해서였지만 두 번 응시해서 두 번 다 고배를 마셨다. 인생에 대한 성실한 자세와 인간에 대한 애정이야말로 두보의 인생관을 관통하는 신념이며 공자로부터 이어지는 중국 휴머니즘의 전통을 문학에 구현하였기에 후세 사람들로부터 시성詩聖이라는 칭호를 얻었다. 시대의 아픔과 병폐, 백성들의 고통에 지대한 관심을 가진 그는 애초부터 자유분방하고 개인의 쾌락을 중시하는 신선들의 삶과는 거리가 멀었다. 이제 소개하려는 시는 인간 두보의 처지와 마음을 잘 드러낸 천고의 절창이다. 바로 「곡강曲江」이다.

> 조정에서 돌아오면 날이면 날마다 봄옷 전당 잡히고,
> 매일매일 강가에서 진탕 취해 돌아온다.
> 술 먹은 외상값 가는 곳마다 깔린 것은,
> 칠십까지 사는 사람 드물기 때문.
> 꽃숲을 뚫고 나는 호랑나비 그윽이 보이고,
> 물 찍으며 나는 잠자리 느릿느릿하여라.
> 봄빛이여 아름다운 풍광과 함께 머물러다오,
> 잠시나마 즐기도록 내 곁을 떠나지 마오.
> 朝回日日典春衣, 每日江頭盡醉歸.
> 酒債尋常行處有, 人生七十古來稀.
> 穿花蛺蝶深深見, 點水蜻蜓款款飛.
> 傳語風光共流轉, 暫時相賞莫相違.

이 시가 우리에게 유명한 이유는 '고희'의 출처이기 때문이다. 흔히 나이 칠십을 고희라고 하는데 고희의 뜻은 '예부터 드물다'

이다. 무엇이 드문가? 인생 칠십, 즉 칠십까지 사는 사람이 드물다는 뜻이다. 요즘 칠십은 노인 축에 끼지도 못하니 두보가 살아 돌아오면 이 시구를 바꾸어야 할 판이다. 이것과 대를 이루는 구절은 바로 "술 먹은 외상값 가는 곳마다 깔린 것은"이다. 그러니까 가는 곳마다 외상값 깔아놓고 술 마시는 이유는 칠십까지 사는 사람 드물기 때문이라는 것이다. 인생 길어봤자 칠십, 참으로 유한하기 짝이 없는데 되는 일은 하나 없고…… 아, 답답하고 괴롭다. 에라, 술이나 마시자 수울!

이 시를 지을 당시 두보 나이 46세, 안록산 반란군에 붙잡혀 연금당했다가 천신만고 끝에 영무靈武에서 즉위한 숙종을 찾아가 배알하고 좌습유에 임명되었다. 두보 평생 벼슬다운 벼슬은 이번이 처음이다. 좌습유는 황제 측근에서 황제가 빠트린 정책이나 잘못을 간언하고 인재를 추천하는 자리이기에 품계는 낮지만 매우 중요한 자리였다. 두보는 황제를 보필하여 요순시대 같은 시절을 만들어보고자 의기충천하였다.

그런데 그의 오랜 친구 방관이 황제의 미움을 사자 그를 변호하다 숙종 눈 밖에 나서 괴로운 나날을 보내야 했다. "조정에서 돌아오면 날이면 날마다 봄옷 전당 잡히고, 매일매일 강가에서 진탕 취해 돌아온다." 조정의 관리가 허구한 날 퇴근하면 봄옷이나 전당 잡히다니? 시절이 봄이기에 봄옷이 가장 값이 나갈 터, 그래서 봄옷을 전당잡히는 것이다. 그런데 조정의 관리가 전당포를 들락거리다니 이건 또 뭔가? 경제적으로 어렵다는 의미다. 경제적으로 어렵다는 건 조정에서 일도 잘 풀리지 않는다는 방증. 그럼 전당 잡혀 받은 돈으로 쌀이라도 사려는 걸까? 아니다. 술 사먹으려고 잡힌 것이다. 정말 갈수록 태산이다.

술을 진탕 마셔야만 괴로움을 잊을 수 있는 두보, 황제의 총애 받으면서 나라를 위해 일해보고 싶었지만, 현실은 그와 반대로 꼬이기만 한다. 그렇게 술을 마시다 고개 들어 강가를 바라보니 꽃더미를 뚫고 훨훨 나는 나비며 도랑물 위를 경쾌하고 느긋하게 날아가는 잠자리가 눈에 들어온다. 아, 얼마나 아름다운 경치인가? 이 경치, 이 계절을 영원히 묶어둘 수 있다면 내게도 아름다운 봄날이 혹여 찾아오지 않을까? 끝까지 희망의 끈을 놓지 않는 두보의 모습이 안쓰럽다.

세찬 바람 높은 하늘 원숭이 슬피 울고,
차가운 모래사장에는 하얀 새 빙그르르.
가없는 숲에는 낙엽 우수수 떨어지고,
끝없는 장강 물결 넘실대며 흐른다.
만리타향 슬픈 가을 떠도는 나그네,
한평생 병 많은 이 몸 홀로 누대에 올랐다.
한 많은 인생살이에 귀밑머리 허예지고,
늙고 쇠약하여 탁주마저 끊었노라.
風急天高猿嘯哀, 渚淸沙白鳥飛回.
無邊落木蕭蕭下, 不盡長江滾滾來.

우수수 떨어지는 낙엽과 같은 시인의
신세와 한번 흘러가면 다시 오지 않는
장강처럼 인생도 그러하다. 하지만 도도히
흐르는 장강에서 자연은 스스로 제
모습을 바꾸고, 사람은 일상을 살아가지
않는가. 청대 화가 왕시민王時敏이 그린
두보의 「등고」 시의도이다. 그림 왼쪽
상단에 "가없는 숲에는 낙엽 우수수
떨어지고 끝없는 장강 물결 넘실대며
흐른다無邊落木蕭蕭下, 不盡長江滾滾
來"라는 시 구절이 쓰여 있다. 그림 속의 시
구절 첫 자 '蠆'는 '無'와 동자同字이다.

萬里悲秋常作客, 百年多病獨登臺.

艱難苦恨繁霜鬢, 潦倒新停濁酒杯.

이 시의 제목은 「등고登高」, 높은 누대에 올라 지은 시이다. 중국에서 9월 9일은 중양절, 즉 양의 숫자가 겹친다고 '거듭 중重'자를 써서 중양절重陽節이라 한다. 이날은 높은 산이나 누대에 올라 산수유를 머리에 꽂고 먼 곳에 있는 부모 형제와 친구를 그리워하는 날이다. '酒'의 중국 음은 '지우(jiǔ)', 지우는 '오랠 구久'자와 음이 같은 관계로 '오래오래'라는 뜻을 나타내기도 한다. 그러니까 부모님이나 형제, 친구 모두 오래오래 건강하게 살라는 의미를 지닌다.

우선 높은 누대에 올라 바라본 풍경을 묘사하였는데 스산하고 처량하고 구슬픈 풍경이다. 세찬 바람, 아득히 높은 하늘, 그 아래 구슬피 우는 원숭이 울음소리. 이 시를 지은 곳은 사천성 기주夔州이다. 사천성 장강 양쪽 기슭에는 나무마다 원숭이가 주렁주렁 달려 있을 정도로 많은데, 원숭이 울음소리는 또 구슬퍼서 듣는 사람이 저절로 눈물이 날 지경이라고 한다. 청각 이미지를 사용하여 화자의 슬픈 마음을 드러냈다.

그다음은 시각 이미지를 사용하였는데 시리도록 맑은 작은 모래섬이며 그 위를 빙그르 맴도는 하얀 새를 묘사하였다. 저 미물 짐승도 때가 되면 둥지를 찾아 돌아오건만 시인은 정처 없이 떠도는 처량한 신세임을 드러낸다. 상하 두 구절의 대구가 매우 뛰어나다.

다음 두 구절도 시각 이미지를 사용하였다. 가없는 숲에는 낙엽이 우수수 떨어지고 끝없는 장강 물결 넘실대며 흐른다. 경치를 묘사하였지만 이미 시인의 감정이 글자 밖으로 튀어나올 듯하다. 우수수 떨어지는 낙엽과 같은 시인의 신세, 한번 흘러가면 다시 오지 않는 장강처럼 인생도 그러하다. 그런데 시인은 여전히 타향을 떠돌며 가을을 슬퍼하는 나그네 신세를 면치 못하고 있다. 나그네 신세도 면치 못했을 뿐 아니라 온몸은 병치레로 성할 날이 없다. 그런 신세를 위로해줄 친구조차 없이 홀로 누대에 오른 시인, 아무리 여건이 나쁘다 할지라도 젊고 건강하다면 그래도 재기할 날 있을 거라고 희망의 끈을 놓지 않겠지만, 지금은 한 많은 인생살이에 늙고 병들어 귀밑머리 성성한 백발노인 되었다. 보통사람이라면 이쯤에서 인생을 포기하겠지만 두보는 그래도 주저앉지 않고 마지막 희망을 가져본다. 그동안 외로움과 괴로움 달래주던 술이라도 끊어보면 혹 건강도 인생도 달라지지 않을까? 시인의 궁색한 처지를 한층 한층 심화시켜 막바지까지 몰아놓은 작시의 기법도 대단하지만 막다른 골목에서도 인생을 포기하지 않는 시성다운 면모를 보여준 천고의 절창이다.

위에서 소개한 두 편의 시는 모두 쓴 술잔을 홀로 들이키는 두보의 고독한 형상을 보여준다. 두보가 남긴 1500여 수의 시 가운데 음주 관련 시가 300여 수를 차지할 정도로 많은데 모두 쓴 술잔만 기울였을까? 아니다. 수십 년 만에 만난 친구와는 벅찬 희열과 아쉬움의 술잔을 기울이며 "헤어지면 만나기 어렵다면서 단숨에 열 잔을 들이킨다. 열 잔을 들이켜도 취하지 않는 것은 친구의 깊은 우정에 감격했기 때문主稱會面難, 一擧累十觴, 十觴亦不醉, 感子故意長"(「위팔처사에게 주는 시贈衛八處士」)이라고 읊었다. 다음에 소개하는 시는 즐거운 술잔을 들이키는 내용인데 이런 시는 흔하지 않다.

초당의 남쪽 북쪽 모두가 봄 강물,
끼룩끼룩 갈매기 떼만 날마다 찾아온다.
꽃길은 손님 온다고 쓸어본 적 없는데,
오늘에야 사립문 그대 위해 열었네.
반찬은 시장이 멀어 맛 좋은 게 없고,
술동이엔 가난하여 묵은 술밖에 없소.
이웃집 영감님과 함께 마셔도 좋다면,
담장 너머 불러서 남은 술 모두 마시지요.
舍南舍北皆春水, 但見群鷗日日來.
花徑不曾緣客掃, 蓬門今始爲君開.
盤飧市遠無兼味, 樽酒家貧只舊醅.
肯與隣翁相對飲, 隔籬呼取盡餘杯.

이 시의 제목은 「객지客至」이다. 그 아래에는 '희최명부상과喜崔明府相過'라는 짤막한 글이 붙어 있다. 명부明府는 당나라 사람들이 현령을 칭하는 말. 상과相過는 '방문하다'의 뜻. 상相자는 행동이 대상을 향해 진행되는 것을 나타내므로 여기서는 '서로'라는 뜻으로 봐서는 안 된다. 과過는 보통 '지나다'라는 뜻을 생각하는데 '과'에는 '방문하다'라는 뜻도 있다. 따라서 이 시는 최 현령의 방문을 즐거워하며 지은 것이다. 두보 어머니의 성씨가 최 씨이므로 두보에게는 외아저씨뻘 되는 친척이 방문한 것이다. 두보가 오랫동안 여기저기 표박하던 생활을 끝내고 친구 엄무嚴武의 도움으로 사천성 성도 완화계浣花溪에 초당을 짓고 안정적인 삶의 한적함을 맛보던 때이다. 마음이 편안하고 안정되어서인지 이때 지은 시는 이전의 괴롭고 침울했던 분위기와는 다른 풍격을 보여준다.

두보가 처음으로 장만한 초당은 강가의 뷰가 아름다운 곳, 찾아오는 것은 언제나 갈매기 떼뿐이다. 짐짓 아름답고 한적한 은자의 삶을 느끼게 한다. 고전 시가에서 갈매기는 세속의 욕망을 잊은 은자의 이미지를 나타낸다.

『열자列子·황제黃帝』편에 이런 고사가 전해진다. 바닷가에 사는 어느 소년이 매일 갈매기와 친하게 놀았는데 함께 노는 갈매기의 수를 헤아릴 수 없을 정도였다. 아버지가 그 이야기를 듣고 자기도 데리고 놀게 다음에 바닷가에 나가면 한 마리를 잡아오라고 하였다. 바닷가에 간 소년이 갈매기를 잡으려는 마음을 가지고 접근하자 공중에서 훨훨 날 뿐 가까이 오지 않았다고 한다. 소년의 마음을 읽었기 때문이다. 따라서 갈매기가 가까이 온다는 것은 사심이 없는 심경을 은유한다. 이것이 압구狎鷗 고사이다. 한명회의 '압구정'도 그 배경이 여기에 있다.

집안으로 통하는 꽃길은 손님이 온다고 쓸어본 적이 없다는 것으로 보아 최 명부는 초당을 찾은 첫 손님임을 알 수 있다. 대접할 음식과 술은 변변치 않지만 이웃집 영감을 불러다 함께 마시면 어떻겠느냐고 최 명부의 의중을 떠본다. 중국인들은 지금도 손님을 모실 때는 페이커陪客라고 해서 주빈을 함께 모시고 떠들썩하게 환대하는 모습을 볼 수 있는데, 이 시에서 이웃집 영감은 바로 술자리의 흥과 왁자지껄한 분위기를 돋우는 페이커 역할을 한다.

갈매기 떼만 찾던 쓸쓸한 두보의 집에 오랜만에 흥겨움과 즐거움이 넘친 술자리가 펼쳐진 것이다. 이러한 안정과 한적한 생활도 엄무의 죽음으로 2년여 만에 끝이 나고, 두보는 다시 가족을 이끌고 장강 유역을 떠도는 생활을 하다 58세를 일기로 최후를 맞이한다.

두보는 역대로 유가를 신봉하고 관리 생활을 하던 집안의 후손이었다. 진晉나라 때 유명한 정치가이자 군사가이자 학자인 두예杜預의 13대 후손으로 할아버지 두심언杜審言은 당나라 초기 유명한 시인이자 관리였고, 아버지 두한杜閑 역시 관리였다. 두보는 일곱 살 때 이미 시를 지을 줄 알았고 일찍부터 관리가 되고자 준비하였으나 24세 때 과거시험에 응시하였다가 고배를 마신다. 그 후 약 10년간 오나라 월나라 제나라 조나라 등지를 유람하며 당시의 명사들과 교유하며 식견을 넓혔다.

두보의 청소년 시기는 유복한 가정환경으로 인해 하고 싶은 것을 맘대로 할 수 있는 물질적 요건이 충족되었다. 34세 되던 해 다시 장안에서 과거에 응시하였으나 낙방하였다. 이후의 삶은 아버지의 서거로 경제적 타격도 컸고 개인적으로도 불우한 생활의 연속이었다. 가난으로 생후 2개월 된 아들을 잃고 안록산의 난을 몸소 경험하면서 직접 목격한 백성의 고통과 전쟁의 잔혹함을 거침없이 노래하였다. 당시의 전란과 시대상을 사실적으로 묘사한 '삼리'(「동관리潼關吏」 「석호리石壕吏」 「신안리新安吏」) '삼별'(「신혼별新婚別」 「무가별無家別」 「수로별垂老別」)은 현실주의의 대표작으로, 이로 인해 시사詩史라는 칭호를 얻기도 하였다.

　귀공자의 신분에서 인생 밑바닥까지 떨어져 이리저리 표박하는 삶을 살았던 두보는 결국 홍수로 고립되어 굶기를 밥 먹듯 하다가 구조되어 허겁지겁 밥을 먹다 급체로 죽었다. 파란 많은 인생과 곡절 많은 삶을 살다간 두보를 보면서 그가 읊은 이런 시구가 떠올랐다. "천추만세명千秋萬歲名, 적막신후사寂寞身後事", 천년 만년 이름을 날리면 뭐하나, 모두가 죽고 난 이후의 일인 것을!

제9장

술은 사람이 만들었지만
술도 사람을 만든다

사람들 술 권하면 못 들은 척하지만,

오늘 그대 집에서 술 청해 권하는 것은,

자리에 모인 손님 모두 시문에 능하기 때문이지.

그대의 시는 정취 뛰어나, 뭉게뭉게 피어나는 봄 하늘의 구름
  같고,

맹교의 시는 번번이 세상을 놀라게 하는 것이, 마치 기이한 꽃
  에서 오묘한 향기가 뿜어 나오는 것 같다.

장적의 시는 고아하여, 닭 무리에서 홀로 우뚝 서 있는 학과 같고,

조카는 시문에 정통하지는 않으나, 팔분체에 뛰어나니,

완성된 시 서예로 쓰게 하면, 우리의 흥취 돋을 만하지.

내가 술 마시려 하는 것은, 모두 취해 시문 짓게 하기 위함이다.

맛좋은 술 마시고, 술기운 거나해지니,

점점 기분 좋아져, 서로 웃으며 한 구절 한 구절 읊어댄다.

실로 술 마시려 한 뜻 이루었으니, 이 밖의 것은 모두 잡스러운
  일에 지나지 않네.

장안의 부잣집 도련님들, 고기반찬 늘어놓고 술 마시지만,

시문 짓는 즐거움 알지 못하고, 예쁜 기생에게 홀딱 빠져 있구나.

잠깐 즐거울 수는 있지만, 마치 떼거리로 나는 모기 같구나.

나와 그대들의 시문, 실로 우열 가릴 필요 없으니,

기이한 문사는 귀신의 간담을 서늘하게 하고, 고묘한 시문은 삼황의 전적에 견줄 만하네.

지극히 귀중한 보물은 조탁하지 않고, 신령한 솜씨는 수식할 필요 없는 법.

바야흐로 태평성세 이루어, 현명하고 재주 있는 신하들 요순처럼 어진 우리 임금 받들고 있다.

우리 다행히 아무 일 없으니 이처럼 아침저녁 보내기 바랄 뿐.

人皆勸我酒, 我若耳不聞. 今日到君家, 呼酒持勸君.

爲此座上客, 及余各能文. 君詩多態度, 藹藹春空雲.

東野動驚俗, 天葩吐奇芬. 張籍學古淡, 軒鶴避鷄群.

阿買不識字, 頗知書八分. 詩成使之寫, 亦足張吾軍.

所以欲得酒, 爲文俟其醺. 酒味既冷冽, 酒氣又氛氳.

性情漸浩浩, 諧笑方云云. 此誠得酒意, 餘外徒繽紛.

長安衆富兒, 飯饌羅膻葷. 不解文字飲, 唯能醉紅裙.

雖得一餉樂, 有如聚飛蚊. 今我及數子, 固無猶與薰.

險語破鬼膽, 高詞媲皇墳. 至寶不雕琢, 神功謝鋤耘.

方今向泰平, 元凱乘華勛. 吾徒幸無事, 庶以窮朝薰.

한유의 시 「취하여 장 비서에게 주다醉贈張秘書」이다. 사람은 책을 만들고, 책은 사람을 만든다고 하듯 술은 사람이 만들었지만, 술도 사람을 만든다. 어떤 사람이 술을 마시느냐에 따라 술이 빚어낸 사람도 형형색색이다. 여기 술이 빚어낸 모범적인 사람이 있다. 당나라 문장을 수식 위주에서 자연스럽고 조탁하지 않은 생활문으로 바꾼 산문 혁신가이자 공자·맹자와 한나라 이래 단절되었던 유학의 명맥을 다시금 이어주어 송나라 이학의 흥성에 큰 역할을 한 사상가이기도 한 그는, 문학가·사상가·철학가를 겸한 관리였으니, 한유가 바로 그 주인공이다.

한유는 평소 술을 입에 잘 대지 않았던 사람인 듯하다. 이 시의 첫 구절 "사람들 술 권하면 못 들은 척하지만"에서 미루어 짐작할 수 있다. 평소 술을 권해도 시큰둥하던 한유가 오늘따라 웬일인지 먼저 술을 청해 사람들에게 권한다. 알고 보니 오늘 모인 구성원 모두 시 꽤나 쓰는 사람들이었던 것이다. 술은 시인의 흥취를 돋우는 촉매이기에 시적 재능을 지닌 사람들에게 술 한잔 먹이고 절창의 탄생을 기대했던 것이다. 이날 주회酒會에서 어떤 명작이 탄생하였는지 알 길은 없으나 시인들의 면면을 보니 장서張署, 맹교孟郊, 장적張籍 등 당시 시단에서 주목받던 한유 일파에 속하는 시인, 틀림없이 소기의 성과를 이루었을 것이다.

여기서 시가 끝났다면 한유가 아니다. 언제나 학업에 정진하고 한 치의 소홀함과 나태함도 경계했던 한유는 유가의 명맥을 이어준 근엄한 학자의 면모를 이윽고 드러낸다. 이들과 대비되는 술 모임을 묘사한 것이다. 단지 감각적 쾌락에 빠져 술을 즐길 뿐, 문인들의

학자(즉 교육을 받은 관료)는 붓, 벼루, 책,
기타 비품들이 놓여 있는 낮은 돌 탁자에
앉아 술을 따르고 있다. 왼쪽에 있는
다른 학자들은 술과 모자를 장식하는
모란에 이끌려 즐거움을 얻는다.

고아한 흥취와는 거리가 먼 장안 부잣집 젊은이들의 모습을 부각한 것이다. 한유는 그들의 모임을 모기 떼에 비유하였다.

　모기 떼 하면 나는 대만 유학 시절 모기 떼에게 혹독하게 뜯긴 일이 생각난다. 땅거미가 서서히 지고 건물에 하나 둘 전깃불이 들어오기 시작한 어느 저녁, 교수 휴게실에 들러 교수님과 잠시 면담하고 나왔는데 갑자기 종아리가 가려워 미칠 것 같아 팔짝팔짝 뛰었다. 도대체 무슨 일인가 싶어 자세히 들여다보니 모기에 물려 이곳저곳 툭툭 불거져 차마 눈 뜨고 못 볼 지경이었다. 너무나 기가 막혀 도대체 몇 군데나 습격을 당했는지 세어보니 무려 50군데, 그야말로 조용히 몰려와 사정없이 물어뜯었던 것이다. 그런 모기 놈도 밉지만 교수 휴게실을 모기 천국으로 만들어놓은 학교 당국의 처사도 이해되지 않았고, 그곳에서 조용히 책을 보거나 차를 마시고 계신 교수님들이 존경스럽다 못해 신기하기까지 했다.

　당나라 시인 유우석劉禹錫도 엥엥거리며 몰려와 물어뜯는 모기 떼의 습격에 진노하여 「노문요怒蚊謠」라는 시를 지었는데 이런 구절이 있다. "어둠 틈타 날아든 모기 천둥소리 같구나飛蚊伺暗聲如雷." 이는 『한서漢書·중산정왕전中山靖王傳』에 나오는 '중후표산衆煦漂山 취문성뢰聚蚊成雷' 대목을 암암리에 사용한 것으로, 많은 사람이 입김을 모아 불면 산도 날릴 수 있고, 모기 떼가 모여 날아다니면 천둥소리가 난다는 뜻인데, 이는 나쁜 말을 하는 사람이 많으면 생사람을 잡을 수 있다는 뜻이다. 그러니까 이 시에서 모기 떼는 부잣집 자제들이 모여 술 마시며 쑥덕거리거나 나쁜 말을 만들어 생사람

잡는 루머나 퍼뜨리는 것을 함축한다.

또 「노문요」에는 "시끌벅적 날아다니며 암흑을 즐기니, 어리석은 자 알지 못하고 총명한 사람 미혹된다喧騰鼓舞喜昏黑, 昧子不分聽者惑", "홀로 있는 나를 무리지어 물어뜯는 너我孤爾衆能我傷"라는 구절도 있는데, 이는 정직한 사람을 해치기 위해 암중 활동하며 헛소문을 만들거나 세를 규합해서 중상모략하여 불의의 일격을 가하는 부패한 조정관료들을 연상시키기도 한다.

전자의 술 모임과 후자의 술 모임을 선명하게 대비시켜 독자들의 공감을 이끌어내었으니 과연 한유다운 시다. 그런데 이런 시는 이지적이고 논리적이어서 딱딱하다. 시는 역시 경치와 감정이 어우러진 서정시가 말랑말랑하고 여운이 길고 울림이 크다.

다음은 술 몇 잔에 취해 떨어지고, 취하면 또 깨어나서 시를 읊조리고, 읊조리고 나면 또 술에 취하고, 시 짓기와 술 마시기를 반복 순환하였던 사람, 그리하여 호를 취음선생醉吟先生이라고 하였던 백거이에 대해 이야기하고자 한다.

'취할 취醉'자의 본뜻은 '술을 알맞게 마심'이다. 그러나 우리는 '취할 취'자를 보면 일단 엄청난 양의 술을 마시는 것으로 생각한다. '취할 취'자는 '유酉'(술 항아리)와 '졸卒'자로 이루어져 있으니 술 단지의 마지막 한 방울까지 다 비우는 것으로 오해하는 것이다. 그러나 우리의 상식을 깨고 술을 좋아하였던 백거이는 서너 잔이면 술에 취하였고 그럴 때마다 시를 읊어대었으니, 이것이 바로 알맞게 취한 것이다. 시구 두 구절 얻느라 삼 년간 문을 닫아걸었던 가도賈島나

시 한 줄에 한 사발 피를 흘렸다는 이하李賀 같은 사람이 보면 부러움을 살 일이다.

아침에도 홀로 취해 노래 부르고, 저녁에도 홀로 취해 잠드노라.
한 병 술 아직 다 비우지 못했는데, 벌써 세 번이나 홀로 취했다.
너무 적게 마신다고 타박하지 말게, 쉬 취하는 걸 좋아하노니.
한 잔 또 두 잔, 많아야 서너 잔을 넘기지 않네.
서너 잔에 마음이 즐거워지고, 세상사 모든 일 잊어버리네.
거기에 한 잔 더 마시면, 세상 근심 걱정 즐겁게 잊네.
한번에 열 말 마시는 자, 많이 마신다고 자랑하지만
술에 취했을 때는 나와 다를 것 없지.
많이 마시는 자에게 웃으며 고하노라, 술값을 헛되이 썼노라고.
朝亦一獨醉歌, 暮亦獨醉睡.
未盡一壺酒, 已成三獨醉.
勿嫌飲太少, 且喜歡易致.
一杯復兩杯, 多不過三四.
便得心中適, 盡忘身外事.
更復強一杯, 陶然遺萬累.
一飲一石者, 徒以多爲貴.
及其酩酊時, 與我亦無異.
笑謝多飲者, 酒錢徒自費.

술 한 병이면 깨었다 취하기를 세 번이나 하고, 마음속 근심과 세상사를 다 잊을 수 있으니 백거이는 술도 참 경제적으로 마신다. 누군들 속을 버려가며 열 말씩 들이켜고 싶을까? 누군들 술값이 아깝지 않을까? 아무리 먹어도 맹숭맹숭 취하지 않고, 온갖 근심 걱정이 찌든 때처럼 사라지지 않으니 어찌하랴? 그러나 백거이는 석 잔 마시고도 열 말 마신 효과를 누렸고 누에가 뽕잎 먹고 실을 토해내듯 술 마시고 끊임없이 시를 짓는다. 비록 명예직이지만 나이 들수록 복록은 높아지고, 술친구 시친구와 더불어 산수를 즐기며 많은 시작을 남겼으니 그야말로 복노인이 따로 없다. 당나라 시기를 살았던 시인들 가운데 이만한 복을 누린 시인이 누가 있었던가!

이 시기 그가 노래했던 시는 대부분 늘그막의 술친구 황보랑皇甫朗과 시친구 유우석과 더불어 산수를 즐기는 한정일치가 주류를 이룬다. 오로지 나라와 백성을 위해 시를 짓겠다고 표명했던 꿈 많고 포부 가득했던 젊은 시절과 비교하면 선명한 대조를 이룬다. 29세에 관리로 첫걸음을 떼었던 백거이는 오래지 않아 황제의 측근이 되어 국정의 잘못을 지적하는 간관에 임명되었다. 책에서 배운 대로 황제를 성군으로 만들고자 잘못된 정책을 비판하였고, 사회의 부조리를 개선하고자 기득권 세력에 대항하여 치열하게 싸웠다. 그러나 결국 그들의 눈 밖에 나서 좌천되기에 이른다. 그의 나이 44세 때의 일이다.

오지에서의 유배 생활을 경험한 그는 전제 군주하에서 신하의 힘이 얼마나 미약한지 깨닫고 마음을 고쳐먹는다. 적극적으로 정치에 관여하지도 않고 그렇다고 관직를 내던지고 은거하지도 않는 생활, 바로 중은中隱 생활을 선택한 것이다. 장안에서 멀지 않은 낙양을 중은 생활의 근거지로 삼았다. 관직에 있되 중책을 맡지 않아 자유롭고, 산수의 즐거움을 만끽하며 은자의 삶을 누리되 장안 가까이 있기에 유배지의 소외감과 쓸쓸함을 느끼지 못한다. 그러고도 날짜만 되면 또박또박 나오는 월급이 있으니 생계 걱정도 없다. 백거이는 이렇게 현실정치에 대한 비판을 접고 마음 맞는 친구들과 산수를 유람하며 술 마시고 음풍농월하는 생활에 안주한다. 위의 시는 이 시기에 지은 시로 도연명의 시를 본받아 지었다고 하여 「효도잠체시效陶潛體詩」라 한다.

그러나 백거이는 마음이 따듯한 휴머니스트였다. 짐짓 고통받는 백성들의 삶을 외면하고 산수나 즐기며 술 마시고 시나 짓는 생활을 영위한 듯했지만, 언제나 가난한 백성들의 삶과 고통을 걱정하는 마음이 부채의식처럼 마음속 깊이 자리하고 있었다. 죽기 3년 전인 73세에, 그는 드디어 사재를 털어 마을 주민들의 목숨을 종종 앗아갔던 험난한 팔절탄 확장 공사를 벌인다. 좁은 팔절탄을 파고 확장하여 암초를 제거하고 험난한 물살을 잔잔하게 만든 것이다. 다음은 이 용문산 팔절탄의 암초들을 뚫은 뒤에 지은 「개용문팔절석탄시開龍門八節石灘詩」 2수 중 그 두 번째 시다.

일흔세 살 늙은이 언제 죽을지 모르는 몸,
험난한 물길 순탄하게 넓혀주리라 맹세했지.

한밤중 지나던 배 이제는 더이상 전복되지 않을 거고,

아침에 찬물 건너던 종아리 이제는 고통 면하리라.

십 리 울부짖던 거센 물결 은하처럼 고요해지고,

감옥처럼 차가운 물결 봄날처럼 따듯해지리라.

내 몸은 없어져도 이 마음은 길이 남으리니,

남몰래 자비 베풀어 후세 사람에게 주노라.

七十三翁旦暮身, 誓開險路作通津.

夜舟過此無傾覆, 朝脛從今免苦辛.

十里叱灘變河漢, 八寒陰獄化陽春.

我身雖歿心長在, 暗施慈悲與後人.

팔절탄은 낙양 용문산 부근에 있는 여울이다. 워낙 물길이 좁
고 험난하여 밤이면 이곳을 지나던 배들이 전복되기 일쑤였고 추운
겨울이면 이곳을 맨발로 건너는 사람들을 고통스럽게 하였다. 백거
이는 사회의 고통받는 약자들을 외면하지 않고 자신의 것을 내어
이웃과 나누는 나눔의 삶을 실천하였다. 입으로만 떠들지 않고 구
체적인 행동으로 사랑을 실천에 옮긴 것이다. 그것도 드러내놓고
떠드는 게 아니라 남몰래 말이다. 고아한 삶의 향기와 지혜롭고 따
듯한 삶을 일깨워준 그야말로 노블레스 오블리주를 실천한 선각자
였다.

제10장

주흥이 일어날 때 포부를 말하다

술을 마시면 고성방가하거나 곤드레만드레 취해 헛소리만 하는 걸로 생각하면 편견이다. 중국 고전 시가를 보면 '대주對酒'라는 제목의 시가 많다. 대주는 '술을 마주하다'의 뜻인데, 주로 술을 마신 후 흥취가 일어날 때 마음속 포부를 나타낸 시를 지칭한다. 지성과 감성이 남달랐던 시인들은 주흥을 틈타 자아를 성찰하고 인생을 논하는 시를 노래하였다. 시인들은 '대주'라는 시제하에 시를 지었지만 주제와 내용은 각각 다르다. 시인의 처지, 환경, 포부 등 주관과 객관의 다름이 작용한 결과이다. 여기서는 조조, 이백, 백거이, 육유의 「대주」 시를 살펴보고자 한다. 하고많은 「대주」 시 중에 이 네 시인의 「대주」 시를 소개하는 것은 시인들의 처지와 환경에 따라, 술 마시고 난 후의 달라진 인생관을 잘 보여주기 때문이다. 먼저 조조의 「대주」 시이다.

술을 마주하고 노래 부른다.
태평시기에는 아전이 백성들 괴롭히지 않았지.
왕이 된 자는 어질고 명철하고,

재상과 대신은 모두 충성스럽고 착했지.

모두 예의로 양보하여,

백성들은 송사가 없었지.

삼 년 농사지으면 구 년 먹을 양식 저장하여,

창고에는 곡식이 가득 찼었지.

흰머리 성성한 노인은 무거운 짐 지지 않았지.

임금님의 은택 이와 같았고 백곡이 잘 자랐지.

전쟁터 달리던 말은

이제는 농사지을 거름을 나르지.

공후백자남 모든 관리는 백성들 사랑하여

죄지은 자 벌주고 공 세운 자 상 받았지.

자식은 부형을 잘 모시고,

예법을 범한 자는 경중에 따라 벌을 주었지.

길거리에 물건이 떨어져 있어도 줍는 자 없고,

감옥은 텅 비어 형 집행 계절인 겨울에도 처단할 자 없었지.

늙으신 어른들 모두 천수 누리고,

임금님의 은택 미물 짐승에게까지 미쳤지.

對酒歌, 太平時, 吏不呼門.

王者賢且明, 宰相股肱皆忠良.

咸禮讓, 民無所爭訟.

三年耕有九年儲, 倉穀滿盈.

班白不負戴. 雨澤如此, 百穀用成.

卻走馬, 以糞其土田.

爵公侯伯子男, 咸愛其民, 以黜陟幽明.

子養有若父與兄. 犯禮法, 輕重隨其刑.

路無拾遺之私. 囹圄空虛, 冬節不斷.

人耄耋, 皆得以壽終. 恩澤廣及草木昆蟲.

조조의 정치적 포부를 노래한 시다. 묘사한 대로 된다면 요순 시대 태평성세가 재현될 것이다. 주지하다시피 조조는 한나라 말기에 국정을 농단하고 심복을 조야에 널리 심어놓고 황제를 참칭하였던 동탁에 대항하기 위하여 자신의 재산을 풀어 병사를 일으켰고, 원소 등과 협력하여 동탁 토벌에 참여하였다. 동탁은 결국 왕윤王允의 반간계로 그의 심복 여포에게 살해되었다. 조조는 헌제를 끼고 그의 정치적 야망을 위해 당시 천하에 야심을 품었던 원술, 도겸, 여포 등의 세력을 하나하나 꺾고 마침내 관도전官渡戰을 통해 원소의 주력군을 대파한 후 원상·원담의 세력을 약화시키고 북쪽으로 오환烏桓을 격파하여 북방을 통일하는 데 성공한다. 그 후 천하를 통일하기 위해 적벽전 등 숱한 전쟁을 치르면서 위나라의 기초를 닦고 66세에 생을 마감하였다.

살아생전 그는 전쟁터를 누비는 고난의 연속이었으며 이상적인 나라를 세우기 위해 어떻게 인재를 등용하고 어떻게 정치를 해야 할지 고민했으며 그 생각을 시로 남겼다. 위에서 소개한 시는 바로 그의 정치적 포부를 노래한 대표작이다. 아전들은 백성을 괴롭히지 않고 백성들 간에 다툼이 없는 나라, 대신들은 백성을 사랑하며 나쁜 놈은 벌주고 좋은 사람은 상을 받는 나라. 창고에는 곡식이 넘쳐나고 말을 전쟁에 이용하는 게 아니라 거름을 나르는 데 사용하는 나라. 범법자는 죄의 경중에 따라 처벌하고 길거리에 물건이 떨어져도 줍는 사람이 없는 나라. 감옥은 텅 비어 형 집행 계절인 겨울이 와도 처형할 죄인이 없는 나라, 노인들 모두 천수를 누리고 왕의 은택이 널리 미물 짐승에게까지 이르는 나라. 요순시대 이후 최고의 태평성세를 이룩하고 싶은 정치적 포부를 이렇게 노래한 것이다.

조조는 또 정치적 포부를 실현하기 위해 함께 일할 인재를 널리 구하였는데, 그 간절한 마음을 읊은 시가 바로 「단가행短歌行」이다.

술잔을 앞에 두고 노래하노니, 우리 인생 그 얼마나 되는가.
아침 이슬처럼 짧은 인생, 흘러간 세월은 많기도 하여라.
격앙된 목소리로 목청껏 노래하리라, 근심 걱정 잊기 어려우니,
무엇으로 근심 걱정 풀어볼까? 오로지 술뿐이라네.
푸르고 푸른 당신의 멋진 옷깃, 그리움에 내 마음 터질 듯해요.
오로지 그대 때문에, 오늘도 나지막이 그리운 맘 읊조립니다.
휘이익 휘이익 사슴이 웁니다, 저 들판에서 풀을 뜯고 있습니다.
나에게 귀한 손님 많이 있지요, 슬을 울리고 생황을 연주하며
　극진히 대접합니다.
달님처럼 밝은 인재 언제나 모셔올까,

근심 걱정 마음에서 떠나질 않는구나.

먼 길 마다지 않고 달려와 도와주신다면,

연회 베풀고 담소하며, 그 은혜 잊지 않으리라.

달은 밝고 별빛은 희미한데, 까막까치 남쪽으로 날아가다

나뭇가지 빙빙 맴돌며, 앉을 곳 찾는구나.

산은 높은 걸 마다하지 않고, 바다는 깊은 걸 싫어하지 않는 법.

주공은 먹던 밥 뱉어내고 인재를 대접하여 천하의 민심 얻었지.

對酒當歌, 人生幾何. 譬如朝露, 去日苦多.

慨當以慷, 憂思難忘. 何以解憂? 唯有杜康.

靑靑子衿, 悠悠我心. 但爲君故, 沉吟至今.

呦呦鹿鳴, 食野之蘋. 我有嘉賓, 鼓瑟吹笙.

明明如月, 何時可掇? 憂從中來, 不可斷絶

越陌度阡, 枉用相存. 契闊談讌, 心念舊恩.

月明星稀, 烏鵲南飛. 繞樹三匝, 何枝可依.

山不厭高, 海不厭深. 周公吐哺, 天下歸心.

이 시의 제목은 「단가행」, '가행'은 노래, '단'은 짧다는 뜻, 무엇
이 짧다는 걸까, 바로 인생이 짧다는 것이다. 그 짧은 인생을 아침
이슬에 비유하고 있다. 이 시의 첫 구 '대주당가對酒當歌'는 인구에
회자되는 명구이다. 이 시의 제목이 대주는 아니지만 시 첫 구에 대
주가 나오니 술을 마주하고 인생을 성찰하며 포부를 노래하는 대주
시의 기능을 제대로 해냈다고 할 수 있다. 인생은 짧고 살아온 날은

이미 많은데 할 일은 태산처럼 많다. 할 일은 아직 이루지 못했는데 인생은 쏜살처럼 흘러간다. 그래서 근심 걱정이 태산처럼 마음을 짓누르고 그 걱정 잊어보려고 술잔을 드는 것이다.

그렇다면 시인의 근심 걱정은 도대체 무엇일까? 이어지는 구절에서 우리는 조조의 근심 걱정이 구체적으로 청청자금靑靑子衿, 즉 푸른 옷을 입은 멋진 사람, 그 사람에 대한 그리움으로 마음이 터질 듯한 데서 비롯됨을 알 수 있다. "청청자금靑靑子衿, 유유아심悠悠我心"은 조조가 창작한 시구가 아니라 『시경·정풍鄭風·자금子衿』편의 구절을 그대로 옮겨 쓴 것이다. 이 시는 사랑하는 연인의 열렬한 연정을 읊은 것인데 조조는 한대 이후의 전통적 해석을 따라 그 구절을 인재를 그리워하는 뜻으로 사용하였다. 인재를 그리워하는 마음이 너무 열렬하여 사랑하는 연인 못지않다는 것을 나타내기 위한 시적 장치인 것이다.

이어서 조조는 『시경·소아小雅·녹명鹿鳴』의 시구 네 구절을 통째로 가져다가 쓴다. "유유록명呦呦鹿鳴, 식야지빈食野之蘋. 아유가빈我有嘉賓, 고슬취생鼓瑟吹笙"이 바로 그러하다. '녹명'은 사슴이 운다는 뜻인데, 사슴은 맛있는 풀을 보면 혼자 머리 처박고 먹지 않고 휘익휘익 울어 주변의 사슴들을 불러모아 함께 먹는다고 한다. 「녹명」의 작가는 분명 이러한 정경으로부터 군신들이 함께 모여 즐겁게 마시는 연회를 연상하여 시적 형상화를 통해 드러낸 것이다. 『시경·녹명』은 나라를 통치하는 데 조언을 아끼지 아니하고 백성들의 모범이 되는 신하들을 극진히 대접한다는 취지의 노래이다. 조조는 그러한 마음을 「녹명」의 구절을 그대로 들어다가 신하를 극진하게 대접하겠다는 마음을 오롯이 보여준 것이다.

이렇듯 조조는 「단가행」에서 『시경』을 텍스트로 하여 무려 여섯 구나 표절하였다. 요즘 그런다면 도덕성을 들먹이며 파렴치한 인간이라고 엄청 매도하겠지만 당시에도 물의가 없었고 지금도 없다. 문제를 삼기는커녕 남의 시구를 가져다가 이렇듯 훌륭하게 흉금을 토로하였다고 칭찬을 아끼지 않는다. 표면으로는 족보 있는 기존 시구를 그대로 베낀 것 같지만, 시는 표면 뜻 이외에 의도를 포함한 내포의 뜻이 있고, 구절과 구절들이 합쳐서 만들어낸 의경도 있다. 조조는 『시경』에서 여섯 구절이나 글자 한 자 안 바꾸고 통째로 사용하여, 천의무봉한 의경을 이루어 찬사를 받았다. 이제 이 시의 마지막 단락을 소개하겠다.

마지막 부분은 인재는 많을수록 좋다는 뜻을 여러 방면에서 묘사하였다. 우선 보름달처럼 밝은 인재를 초빙하지 못해 애타는 마음을 읊었고, 이어서 인재가 찾아온다면 극진히 대접하겠다는 뜻을 밝혔다. "달은 밝고 별빛은 희미한데, 까막까치 남쪽으로 날아가다 나뭇가지 빙빙 맴돌며, 앉을 곳 찾는구나"에서 나뭇가지는 조조 자신을 의미하고 빙빙 맴돌며 앉을 곳을 찾는 까막까치는 인재들을 비유한다. 이어서 "산은 높은 걸 마다하지 않고, 바다는 깊은 걸 싫어하지 않는 법"은 인재는 많을수록 좋다는 의미를 비유한 것이다.

마지막 구절은 주공이 먹던 밥을 뱉어내고 인재를 대접했다는 고사를 인용하여 조조도 주공처럼 인재를 극진히 모셔 천하를 잘

「단가행」은 인재를
갈구하는 조조의 간절한
심경이 그대로 드러난다.
까막까치 앉을 나뭇가지가
되겠노라고, 산은 높은
걸 마다하지 않고 바다는
깊은 걸 싫어하지
않노라며 인재를 모셔
천하를 다스려보겠다고
포부를 드러낸다.

다스려보겠다는 포부를 드러냈다. 그런데 조조의 인재관은 매우 독
특했다. 윤리 도덕적으로 아무리 큰 하자가 있는 사람이라도 정치
적 재능만 있다면 중용하겠다는 것이었다. 이는 「구현령求賢令」이라
는 그의 포고문에 잘 드러나 있는데, 형수와 간통했다는 혐의와 뇌
물을 받은 전력이 있는 한나라 개국공신 진평 같은 사람도 인재의
전형으로 꼽았다. 요즘 같으면 청문회에서 개망신 당하고 탈락되었
을 것이 자명하다. 위의 두 시를 통해서 우리는 조조의 정치적 포부

가 얼마나 원대한지, 인재를 구하고자 하는 마음이 얼마나 간절한지 알 수 있다.

그러나 소설 『삼국지연의』를 본 독자라면 조조의 이런 모습이 몹시 생소할 것이다. 나관중에 의해 난세의 간웅 내지 의심 많고 냉혹한 인간으로 묘사되었기 때문이다. 의심 많고 냉혹한 인간의 전형을 만들어내기 위해 나관중은 조조를 이렇게 묘사하였다.

한번은 조조가 동탁을 암살하려다 들키자 조조는 즉시 땅에 엎드려서 보검을 승상께 바치려고 칼을 꺼내든 것이라고 둘러댔다. 때마침 동탁의 심복 여포가 외출에서 돌아오자 조조는 말이 잘 달리는지 시험해보겠다는 핑계를 대고 말에 올라타서 서둘러 도망쳤다. 뒤늦게 조조의 음모를 파악한 동탁은 조조 체포령을 내렸다. 조조는 말을 달려 고향 땅 초군譙郡을 향해 달려갔는데 도중에 모현牟縣을 지날 때 관아의 졸개에게 붙잡혔다. 조조의 담력과 충성심에 탄복한 현령 진궁陳宮은 그를 몰래 석방하였을 뿐 아니라 조조를 따라 함께 도망쳤다. 성고成臯 일대쯤 왔을 때 조조는 아버지 조숭曹嵩의 의형제 여백사呂伯奢의 집에 투숙하였다. 그날 밤 조조는 문밖에서 칼 가는 소리가 들려오자 여백사가 관아에 고발하여 상금을 노리는 줄 알고 먼저 손을 써서 진궁과 힘을 합쳐 여백사의 가족을 죽였다. 죽이고 난 후 살펴보니 여백사의 가족이 칼을 간 이유는 돼지를 잡아 그에게 대접하기 위해서였다. 일은 저질렀고 하는 수 없이 즉시 현장을 떠나 도망칠 수밖에 없었다. 그러나 여백사의 집에서 멀지 않은 곳에서 이번에는 주막에서 술을 사들고 돌아오는 여백사와 마주쳤다. 여백사가 조조에게 이렇게 늦은 밤에 또 어디로 가냐고 묻자 관부의 추격이 급박하여 한시도 머무를 수 없다고 했다. 여백사는 이왕 돼지도 잡고 술도 사왔으니 하룻밤 더 묵고 가라고 하였다. 조조는 이 말에 아무 대꾸도 않더니 갑자기 "뒤에 있는 사람은 누구지?"라며 소리 질렀다. 여백사가 뒤를 돌아보자 기다렸다는 듯이 단칼에 그의 목을 쳤다. 이 장면을 본 진궁은 어안이 벙벙하여 눈이 휘둥그레졌다. 방금 우리에게 호의적으로 대한 그의 가족을 죽이더니 왜 또 이 사람을 죽이느냐고 물었다. 그러자 조조가 대답하기를 "우리가 그의 가족을 죽였다는 사실을 알면 분명 우리를 가만 놔두지 않을 터, 그렇게 되면 우리가 위험해진다"고 했다. 그 이야기를 듣고 진궁은 그런 식으로 하면 천하 사람들이 어찌 당신에게 복종하겠느냐고 했다. 이에 조조는 냉소적으로 말했다. "차라리 내가 남을 배반할지언정 남이 나를 배반하게 두지 않을 것이다." 이 말을 들은 진궁은 아무런 대꾸도 하지 않았고 그날 밤 조조가 잠에 곯아떨어졌을 때를 틈타 조조를 떠났다.

이 대목을 읽는 독자라면 의심 많고 냉혹한 조조의 모습에 몸서리쳤을 것이다. 그러나 이건 어디까지나 소설 속의 조조이다. 현실에서 조조는 사실상 문무를 겸비한 탁월한 리더요 시인이었다. 전쟁터를 누비면서도 틈만 나면 창을 내려놓고 술잔을 기울이며 정치적 포부를 시로 읊조렸고, 위진시대 시문학 발전에 지대한 기여를 한 문단의 종장이기도 하다. '문학'이 학문으로부터 떨어져나와 '독립'한 기원을 삼조三曹, 즉 조조와 그의 두 아들 조비·조식의 문학활동으로 보는 것이 중국문학사가들의 공통된 견해인 것이다.

다음으로 이백의「대주」시를 보겠다.

포도주 한잔 금빛 술잔에 부어 마시고,

오나라 계집 작은 말에 비스듬히 올라탄다.

까만 먹으로 눈썹 그리고 붉은 비단 신발 신고,

애교 섞인 소리로 노래 부른다.

화려한 연회석, 님의 품 안에서 취하였네,

화려한 부용 장막 속에서 그대를 어찌할꼬.

蒲萄酒, 金叵羅, 吳姬十五細馬馱.

青黛畫眉紅錦靴, 道字不正嬌唱歌.

玳瑁筵中懷裏醉, 芙蓉帳底奈君何.

이 시는 이백이 고향 촉 땅을 떠나 경험을 넓히고 식견을 쌓기 위해 남쪽으로 여행하던 시기에 지은 것으로 보인다. 당시 청년들은 과거시험에 응시하기 위해 우선 책상 앞에서 지식을 충분히 쌓은 후, 직접 세상 물정을 경험하기 위해 여행을 떠난다. 이른바 '독만권서讀萬卷書, 행만리로行萬里路'인 것이다. 이백이 고향을 떠날 때의 나이는 24세, 책으로 충분히 지식을 쌓은 후 견문을 넓히고 세상을 알기 위해 여행을 떠난 것이다. 집을 떠난 지 얼마 되지 않기에 주머니 사정도 넉넉할 터, 나이가 나이인 만큼 술 대하는 소회도 부잣집 도련님처럼 낭만적이다.

시 첫 구부터 서역에서 들여온 수입산 포도주와 사치스러운 술잔, 그리고 오나라 창기唱妓의 애교 섞인 노랫소리가 나온다. 오나라는 미인의 고장, 열다섯 살 나이 어린 창기의 꽃처럼 하늘하늘한 자태가 연상된다. 예쁜 입에서 나오는 소리는 애교 섞인 노랫소리, 마지막 구에는 화려한 부용 장막에서의 낭만적인 밤을 연상시킨다. 이백은 낭만적인 장면을 상상하면서 이런 생각을 했을지도 모른다. 재능과 아름다움을 겸비한 저 오나라 창기가 사랑을 흠뻑 받는 것처럼 나도 뛰어난 재능으로 황제의 총애를 받았으면…….

다시 인생의 우여곡절과 창상을 경험하고 난 후 만년에 지은 이백의 「대주」 시를 보자.

술잔 권하노니 그대 거절하지 마오,
봄바람이 우리를 비웃고 있소.
복사꽃은 옛 친구인 듯,
날 향해 아름다운 꽃 피우고,
꾀꼬리는 푸른 나무에서 울고,
밝은 달님은 금 술항아리를 엿보고 있네.
어제는 젊고 팽팽했는데,
오늘은 백발이 허옇다.
그 옛날 화려했던 석호전에는 가시나무 자라고,
사슴은 고소대에서 뛰어논다.
옛부터 제왕이 살던 궁궐은,

누런 먼지 뒤덮였지.

그대 술 마시고 즐기시오,

옛 영웅호걸들 지금까지 살아남은 자 아무도 없소.

勸君莫拒杯, 春風笑人來.

桃李如舊識, 傾花向我開.

流鶯啼碧樹, 明月窺金罍.

昨日朱顔子, 今日白髮催.

棘生石虎殿, 鹿走姑蘇臺.

自古帝王宅, 城闕閉黃埃.

君若不飮酒, 昔人安在哉.

시인은 영원한 우주의 시간 속에 순식간에 늙는 인간의 속성을 우선 읊었다.

봄바람 복사꽃 꾀꼬리 밝은 달님은 분명 작년의 그 봄바람 복사꽃 꾀꼬리 밝은 달님이 아니건만, 자연의 시간과 공간은 영원하다고 믿는다. 그에 비하면 인간은 순식간에 늙어버린다는 것을 어제와 오늘의 대비를 통해 묘사하였다. 인간이 이루었던 찬란한 문명 역시 언젠가는 세월을 이기지 못하고 가시나무가 자라나고 사슴들이 뛰어노는 황무지로 변한다. 이러한 역사의 창상을 공간 이미지의 변화로 나타냈다.

이것이 바로 인생의 속성이거늘, 무얼 슬퍼하고 무얼 아쉬워하랴? 이백이 늘그막에 얻은 인생의 교훈이다. 모든 걸 내려놓고 순

응하려는 시인의 모습에서 인생을 달관한 현자의 모습이 느껴지기보다는 여의치 않은 인생을 살아온 이백의 풀 죽은 모습이 느껴지는 건 나만의 느낌일까? 자유분방하고 거침없고 활달한 기백으로 "세찬 바람 풍랑 가르고 나아갈 날 있을 터이니, 곧장 하늘 높이 돛 달고 창해를 건너가리라長風破浪會有時, 直掛雲帆濟滄海"(「행로난行路難」)고 소리 높여 노래하던 이백의 그 호탕한 기백은 어디로 간 것일까?

백거이의 「대주」 시 다섯 수를 보자.

잘나고 못나고 어질고 어리석고 옳고 그름은 모두 상대적인 것,
어이하여 술 한잔하고 모든 욕망 잊지 못하는가?
그대는 천지 중에 넓고 좁은 곳이 있어,
독수리 물수리 난새 봉황 각자 분수에 맞게 나는 것을 알리라.
巧拙賢愚相是非, 何如一醉盡忘機.
君知天地中寬窄, 雕鶚鸞皇各自飛.

달팽이 뿔 위에서 무엇을 다투는가,
부싯돌 불꽃 속에 이 몸 부치고 살거늘,
부유한 대로 가난한 대로 즐기며 살자,
하하 웃지 않으면 그대는 바보.
蝸牛角上爭何事, 石火光中寄此身.
隨富隨貧且歡樂, 不開口笑是癡人.

단사에서 불을 보려 해도 흔적 없이 사라지고,

백발은 끈질기게 쉬지 않고 오는구나.

다행히 술을 좋아하여 따듯해지니,

취하자마자 적송자와 왕자교가 눈앞에 있구나.

丹砂見火去無跡, 白髮泥人來不休.

賴有酒仙相暖熱, 松喬醉即到前頭.

백년 인생 사는 동안 건강할 때 많지 않고,

봄 한철에 청명한 날 며칠이나 되는가.

우리 서로 만났으니 취하는 거 사양 말고,

이별의 양관곡 들어보세.

百歲無多時壯健, 一春能幾日晴明.

相逢且莫推辭醉, 聽唱陽關第四聲.

어제는 슬픈 얼굴로 문병하고 돌아오고,

오늘은 눈물 거두고 문상하고 돌아온다.

눈앞에 일어나는 일 그대 모두 보았으니,

비파소리 들으며 한잔 술로 울적한 맘 달래보세.

昨日低眉問疾來, 今朝收淚弔人回.

眼前流例君看取, 且遣琵琶送一杯.

백거이의 「대주」는 모두 5수. 그중 우리에게 잘 알려진 시는

"달팽이 뿔 위에서 무엇을 다투는가蝸牛角上爭何事"로 시작되는 두 번째 시이다. 다섯 수의 일관된 주제는 부자든 빈자든 모두에게 주어진 삶은 길어봤자 백 년, 생로병사에서 벗어날 수 없는 것이 우리의 인생이라고 말한다. 그러니 아웅다웅 다투지 말고 서로의 처지를 인정하고 위로하며, 마음 맞는 친구 만나 서글픈 인생 술로 울적한 맘 달래보자는 것이다.

이제 첫 번째 시부터 꼼꼼하게 살펴보자. 잘나고 못나고 어질고 어리석고 옳고 그르다는 개념은 절대적이 아니라는 것을 시인은 우리에게 다시 한번 각성시킨다. 그러고는 그것을 인정하지 못하고 욕망을 거두지 못하는 우리에게 술에 취해 그런 것들을 모두 잊으라고 주문한다. 맨 정신으로는 절대 그럴 수 없다는 것을 시인은 이미 알고 있다. 그래서 시인은 각자 분수에 맞게 하늘을 나는 독수리, 물수리, 난새, 봉황 등을 거론하며 우리에게 안분지족의 삶을 권유한다. 그러나 인간은 새가 아닌 이상 새와 같은 삶을 살기 쉽지 않다. 얼핏 그런 삶을 수긍하려다 이내 회의적이 된다.

두 번째 시는 우리의 인생을 달팽이 뿔 위에서 서로 큰 공간을 차지하려고 다투는 것과 같고, 부싯돌 불꽃처럼 찰나刹那를 사는 것으로 비유한다. 일회성에 한정되어 그 무엇과도 바꿀 수 없으며 끝내 세계를 변화시키기도 하는 우리의 삶을 한갓 달팽이 뿔 위의 싸움처럼 그렇게 단순하고 치졸하고 하찮은 것으로 일거에 재단해버리다니, 너무나 하찮게 비유하여 혹 기분 나쁠 독자도 있겠지만 삶의 실제를 곰곰이 돌이켜보면 쉽게 부인하기도 어렵다. 진리나 대의로 명분을 그럴듯하게 포장하고 자질구레한 잡사에 얽매여 아등바등 다투며 살고 있으니까. 이 멋진 비유가 우리 삶의 속성을 공간적으로 묘사한 것이라면 뒤이은 구절 "부싯돌 불꽃"이라는 낯익은 비유는 짧고도 순간적인 삶의 속성을 시간적으로 형상화한 것이다. 영원한 우주의 시간과 비교하면 우리 인생은 잠깐 반짝했다 찰나에 사라지는 부싯돌처럼 참으로 짧고 허망하다.

그래서 시인은 권유한다. 가난하면 가난한 대로, 부유하면 부유한 대로 즐겁게 살자. 빈부에 매여 괴로워하거나 무리하지 말고, 그것은 그것대로 내버려두고 즐겁게 살자고 말이다. 빈부의 길은 의식주를 위해 마땅히 가야 하는 길이기도 하지만 끝없는 욕망의 길이기도 하기에, 정도를 지나치기 쉽고 타인에게 해악이 되기 쉬운 게 아닐까? 그렇다면 빈부에 매일 경우, 어느 쪽이든 결국 상처와 직면하게 되어 있다. 여기에서 우리는 빈부를 초월한 낙천의 자세를 중히 여기며 이를 누리려 하는 시인의 의도에 공감하지 않을 수 없다.

세 번째 시는 단약을 만들어 불로장생을 추구해보지만 좀체 성공하지 못하고, 끈질기게 찾아오는 늙음은 막을 수 없다고 노래한다. 전설상에 신선들의 일은 보통 인간들은 실현 불가능한 것, 공연히 헛수고하며 안 될 일에 정신 팔지 말자. 술 마시고 취하면 불로장생한 적송자와 왕자교 같은 신선이 되니까, 마시자 술!

네 번째 시는 우리의 인생은 어차피 생로병사에서 벗어날 수 없고, 건강하고 즐거운 날 그리 많지 않다는 것을 상기시킨다. 함께 만난 이 순간을 소중히 여기고, 한잔 술로 원초적 슬픔을 잊어보자는 것이다.

다섯 번째 시는 우리 인생 늘그막에는 병문안과 문상이 주요 일상임을 환기시킨다. 친한 벗과 친지의 죽음을 목도할 때마다 이제는 내 차례가 되었음을 실감한다. 하나 둘 사라지는 친지들을 보며, 나도 곧 그들과 같은 신세가 되겠지……. 인생이란 그런 것임을 진작 알고 있지만 코앞에 다가오지 않는 한, 나와는 거리가 아득한 일로 생각하기 마련이다. 이때 필요한 건 한잔 술, 슬픔을 잠시 잊게 해주는 망우물, 어찌 한잔하지 않을 수 있을까.

"공간의 광막함과 시간의 영겁에서 행성 하나와 찰나의 순간"이 인생이라고 말한 천체 물리학자 칼 세이건의 말이 오버랩된다. 인생의 본질을 꿰뚫고 애정어린 마음과 연민의 눈으로 우리 모두에게 위안을 주려는 시인의 따뜻한 마음이 느껴진다.

다음은 육유의 「대주」 시이다.

빈둥거리며 노는 슬픔 흩날리는 눈발처럼,
술 속에 떨어지자마자 흔적 없이 녹아버린다.
아름다운 꽃은 친구와 같아,
즐겁게 웃으니 술잔 절로 빈다.
정 많은 꾀꼬리 내 생각해주느라,
버드나무 주위에서 종일토록 봄바람 속에 울어댄다.
장안에 가본 지 십사 년,

술꾼은 대부분 늙은이 되었지.

번쩍번쩍 땅을 비추는 고관대작의 혁대도,

두 뺨 붉게 물들여주는 술만은 못하지.

閑愁如飛雪, 入酒卽消融.

好花如故人, 一笑杯自空.

流鶯有情亦念我, 柳邊盡日啼春風.

長安不到十四載, 酒徒往往成衰翁.

九環寶帶光照地, 不如留君雙頰紅.

이 시를 지을 당시 송나라는 금나라의 침입으로 장안에서 현재의 항주인 임안으로 수도를 옮겼다. 조정은 주화파가 장악하여 이민족의 손아귀에서 국토를 회복하려는 주전파를 한직으로 쫓아냈다. 당시 촉 땅에서 범성대의 막료로 있던 육유는 이민족의 말발굽 아래 만신창이가 된 조국을 일으켜 세우고 싶은 의지와는 달리 하릴없는 한직에서 세월만 헛되이 보내며 늙어가고 있었다. 그런 슬픔을 달래고자 술잔을 비우는 시인은 눈발 같은 슬픔이 술에 떨어지자마자 사라진다고 하여 슬픔에서 자유로워진 듯하다. 그리하여 번쩍이는 고관대작의 허리춤을 장식하고 있는 혁대도 두 뺨에 홍조를 띄우게 하는 술보다 못하다고 큰소리치지만, 그 외침은 적막한 메아리로 돌아오는 듯하고 슬픔은 슬픔을 불러온다.

이 시는 보시다시피 '한수閑愁'로 시작된다. 글자 그대로라면 한가한 슬픔이다. 한가한 슬픔이라는 게 과연 무엇일까? 어떤 사람은 쓸데없는 슬픔, 혹은 공연한 슬픔으로 해석하기도 했는데 탐탁지 않았다. 그러다 이 시를 보면서 '한수'의 정확한 의미를 알게 되었다. 일은 하고 싶은데 하릴없이 빈둥거리며 세월을 죽이고 있어야만 하는 슬픔, 즉 수한愁閑, 한가로움을 슬퍼한다는 뜻이다.

한가로움을 슬퍼하는 마음을 가장 잘 형상화한 구절로 우리의 뇌리에 떠오르는 시구는 송나라 하주賀鑄의 「청옥안靑玉案」의 시구 "일천연초一川煙草, 만성풍서滿城風絮, 매자황시우梅子黃時雨"이다. 추상적인 슬픔을 구체적인 3개의 이미지, 즉 온 시냇가에 자욱하게 자라난 봄풀, 성안 가득 날리는 버들개지, 매실이 익어갈 때 내리는 장맛비로 형상화하였다. 시냇가에 자욱하게 자란 봄풀은 슬픔의 양에 치중하였고, 성안 가득 날리는 버들개지는 슬픔으로 인한 마음의 상태, 즉 심란함에 주안점을 둔 것이다. 매실이 익어갈 때 내리는 장맛비는 지루한 심리와 슬픔의 양을 동시에 형상화한 이미지이다.

반면 육유는 한수閑愁를 날리는 눈발로 형상화하였는데 발상이 독특하고 참신하다. 하늘에서 소용돌이치며 휘날리는 눈발은 근심과 걱정으로 심란한 심리 상태를 형상화한 것이고, 물에 닿자마자 녹아 없어지는 눈의 속성을 포착하여, 술이 목을 넘어가는 순간 마음속 시름이 온데간데없이 사라지는 걸 나타냈다. 시름을 잊는데 이보다 즉각적인 효과가 또 어디 있을까? 천고의 절창이 될 자격이 있다. 육유의 다른 「대주」 시를 보자.

따듯하기는 봄볕 같고 시원하기는 가을 같다.

술통 하나 등잔 앞에 두고 스스로 주거니 받거니

칭칭 감싼 백만 개 시름 항복시킬 수 없어

술아, 널 무기 삼아 대적하련다.

溫如春色爽如秋, 一榼燈前自獻酬.

百萬愁魔降未得, 故應用爾作戈矛.

시인은 말한다. 술은 따듯한 봄볕 같기도 하고 시원한 가을 같기도 하다고. 홀로 술잔을 드는 시인의 마음은 한기를 느낄 정도로 고독하다. 마음의 한기를 따듯하게 녹여주는 것이 바로 술의 힘이기에 봄볕 같다고 한 것이다. 왜 마음의 한기를 느끼는 걸까? 마음속 쌓인 울분이 많기 때문이다. 그 울분을 시원하게 씻어주는 게 술이기에 가을 같다고 했다. 마음속 쌓인 울분을 백만 개라고 하여 구체적인 숫자로 울분을 드러내었다. 그 울분과 대적하려면 술이 가장 효과적이라고 시인은 말한다. 얼마만큼의 술을 마셔야 그 울분다 씻어낼 수 있을까……. 다음은 위 「대주」의 두 번째 시이다.

사람은 실로 쉬 알지 못하는 걸 탄식하노니,

늘그막에야 비로소 술의 신기함 알았노라.

그 가운데 오묘한 맛 그 누구에게 말하랴,

얼큰하게 갓 취했을 때가 가장 좋아라.

歎息人真未易知, 暮年始覺麯生奇.

個中妙趣誰堪語, 最是初醺未醉時.

그 누가 술은 첫 두 잔이 가장 행복하고 이후는 그 기분을 유지하려고 애쓰는 짠한 발버둥이라고 했던가? 육유의 이 시는 그런 마음과 궤를 같이한다고 할 수 있다. 이런 간단한 진리를 만년에야 알게 되었다는 육유, 얼큰하게 갓 취했을 때 술잔을 내려놓으라고 우리에게 권한다. 이백은 이렇게 말한 적이 있다. "거배소수수갱수擧杯銷愁愁更愁"(「선주사조루전별교서숙운宣州謝朓樓餞別校書叔雲」), 곧 아무리 술로 시름을 잊어보려 하지만 시름은 시름을 불러오고 술은 술을 불러온다. 아무리 술 마셔봤자 헛수고라는 것이다. 이런 경험을 한 사람이라면 육유가 늘그막에 깨달은 "얼큰하게 갓 취했을 때가 가장 좋다"는 이 말에 고개를 끄덕일 것이다.

제11장

금주령禁酒令 내리면 밀주 담아 마시지요

위에서 정책을 만들면 아래서는 대책을 세우기 마련이다. 음주의 폐해를 막기 위해 정부에서 금주령을 만들면 민간에서는 이에 맞서 밀주를 담근다. 동서고금 어느 사회든 있었던 현상이다.

　중국역사 기록에 보이는 첫 금주령은 『상서尚書·주서周書』에 수록된 「주고酒誥」이다. 이는 주공이 동생 강숙康叔을 위衛나라 왕에 봉할 때 주지육림으로 멸망한 상나라를 교훈 삼아 음주를 경계하라고 내린 글이다. 요지는 술은 자주 마시지 말고 제사 때에만 마시고, 본업에 힘써 임금과 부모에게 좋은 음식과 술을 올릴 수 있으면 마셔도 좋다는 것이다. 음주를 완전히 금한 것이 아니라, 그 행동강령을 정해준 것이라 할 수 있다. 여럿이 무리 지어 마시다 발각되면 전부 잡아다 주공 자신이 직접 죽이겠다는 상당히 높은 처벌 수위의 내용도 포함되어 있는데, 이는 적절히 마시는 것은 허용하지만 탐닉에 빠져 사회풍토를 흐리지 말라는 경고이다. 역사적으로 금주령이 발령되지 않은 시기는 없을 것이다. 하지만 주공 때와 달리 후대에는 주로 경제 상황과 관련하여 금주령이 내려졌다. 북송의 왕우칭王禹偁이 지은 「관온官醞」이라는 시에는 이러한 사실이 잘 나타나 있다.

「주고」에서는 술 많이 마시는 일 경계하라 하고,

임금께서는 무리 지어 술 마신 자들 모두 죽이셨다.

한나라 문제文帝 또한 술 마시는 것 금하였는데,

곡식이 낭비되는 것을 걱정해서였지.

효무제孝武帝 이래로

재정은 항상 부족하여,

국가는 술 만들어 팔아 백성의 이익 빼앗고,

술 팔아 번 돈은 모두 관청에 귀속시켰다.

고금의 일 서로 완전히 어그러지고,

제왕의 도는 회복되기 어려우니,

내 어찌할 도리 없어,

다시 잔 속의 술만 비우네.

彝酒書垂誡, 群飲聖所戮. 漢文亦禁酒, 患在糜人穀.

自從孝武來, 用度常不足. 榷酤奪人利, 取錢入官屋.

古今事相倍, 帝皇道難復. 吾無奈爾何, 更盡杯中淥.

효무제 유철劉徹은 잦은 전쟁으로 인해 바닥난 재정을 메우려
고 소금, 철, 술 등을 국가에서 독점하는 재정 정책을 펼쳤다. 금주
령 역시 흉년으로 식량이 부족하거나 국가 재정을 충당할 필요가
있을 때 일시적으로 발령하는 통치 수단의 하나였다. 시 제목의 '관

온官醞'의 '醞'은 술을 빚는다, 시 속의 '각고榷酤'의 '榷'은 전매하다, '酤'는 판다는 뜻이므로 국가가 양조와 판매를 관장하는 것을 일컫는 말이다. 국가가 양조와 판매를 독점하는 것과 금주령은 어떤 상관이 있을까? 술을 못 마시게 금한 것도 아닌데 말이다. 하지만 술을 빚거나 판매한 개인과 이를 사서 마신 사람이 모두 처벌 대상이라면, 역시 변형된 금주령이라 할 수 있다. 이때 가장 큰 문제는 민간이 운영하는 양조장이나 주막은 당장 폐업으로 내몰릴 수밖에 없다는 것이다. 왕우칭이 "백성의 이익을 빼앗"는 일이라고 한탄한 것도 바로 이 때문이다. 이는 지나친 음주로 인한 망신이나 망국을 경계하기 위해, 또 곡식의 낭비를 줄이기 위해 발령하는 금주령과는 다른 차원의 일이다. 재정 부족을 초래한 책임은 결국 통치자에게 있는데, 왜 죄 없는 백성만 피해를 봐야 하는 걸까?

왕우칭은 시에서 또 이런 말도 했다.

자사刺史 벼슬 얻어 관청에서 담근 술 받고,
월급은 곡식 30석이나 되네.
외진 곳이라 사신들 오가는 수레 드물고,
태평성대라 옥에 갇힌 죄수 드물다.
나이 들어 또 좌천되니,
적적하기 그지없구나.
아름다운 달빛 누대 위를 비추고,
활짝 피었구나 연못가의 국화여.

동쪽 정원과 서쪽 정원에는,

살랑살랑 부는 바람이 대나무를 희롱하네.

이런 경치 마주하고 술 마시지 않으면,

시인들 통곡하고 말리라.

홀로 마시며 거나하게 취하여,

기분 좋아 두 눈 감는다.

술에서 깨어나면 장탄식만 나오니,

어찌하여 먹는 것만 일삼는 것일까?

爲郡得官醞, 月給盈三斛.

地僻少使車, 時清罕留獄.

老大復遷謫, 吾懷頗幽獨.

嬋娟樓上月, 爛漫池邊菊.

東院與西亭, 脩脩風弄竹.

對此不開樽, 騷人應慟哭.

獨酌入醉鄉, 陶然瞑雙目.

醒來成浩嘆, 胡爲事口腹.

당시 왕우칭은 좌천되어 한직으로 밀려나긴 했지만 술도 공급받고, 월급도 부족하지 않을 정도로 받았다. 일도 많지 않아 술과 자연을 벗하며 보낼 수 있는 여유까지 있다. 그런데 기분 좋게 마시고도 깨고 나면 탄식만 나오고 술을 탐하는 자신이 한심스럽기까지 하다. 왜일까? 관직에 있어 정당하게 받은 술이지만 결국은 백성의 고통과 바꾼 것이라는 데에 생각이 미쳤기 때문이다. "고금의 일 서로 완전히 어그러지고, 제왕의 도는 회복되기 어려우니"라는 구절에서 알 수 있듯, 제왕이란 백성을 돌봐야 할 의무가 있는 자인데 오히려 백성의 이익을 침해하고 있으니, 이는 군신의 본분을 강조하여 금주령을 내렸던 주공의 본의에 완전히 위배되는 것이다. "내 어찌할 도리 없어, 다시 잔 속의 술만 비우네"라는 그의 탄식 속에는 자신의 무기력을 자책하는 마음과 이를 잊기 위해 또 술잔을 들이키는 이율배반적인 행동이 잘 드러나 있다.

어느 날 갑자기 내려진 금주령에 애주가들은 어떤 반응을 보였을까? 우선, 한나라 건안建安 시기의 문단을 대표하던 건안칠자建安七子의 한 사람으로, 술을 좋아하기로 이름났던 공융孔融이 있다. 당시 조조는 식량 부족을 이유로 금주령을 내렸는데, 공융은 즉시 「조공께서 내린 금주령에 대해 질의하는 글難曹公表制酒禁書」을 지어 올린다. 그는 요순의 태평성세도, 공자가 성인이라 불릴 수 있었던 것도, 유방劉邦이 황제가 되고 경제景帝가 한 왕조를 부흥시킨 것도, 번쾌樊噲·원앙袁盎·우정국于定國·역이기 등이 역사에 남은 인물이 될 수 있었던 것도 모두 술의 덕분이라고 하였다. 또 굴원이 초나라를 떠나 고난을 겪을 수밖에 없었던 것도 세상 사람들과 함께 취하지 않았기 때문이라고 하였다. 그러면서 이렇게 반박하였다. "서徐나라 언왕偃王은 인의仁義를 시행해 나라가 망했는데 왜 인의를 금하는 명령은 내리지 않았고, 번쾌는 겸양하여 나라를 잃었는데 왜 겸양을 금하는 명령은 내리지 않았으며, 노魯나라는 유학儒學을 추진하여 손해를 입었는데 왜 문학을 금하는 명령은 내리지 않았고, 하나라와 상나라는 여자 때문에 천하를 잃었는데 왜 혼인을 금하는 명령은 내리지 않은 것입니까? 술에 대해서만 금하는 명령을 내린 것이 단지 식량을 아끼기 위한 것인지 의심스럽습니다."

공융은 어려서부터 재주가 뛰어나고 사고가 남달라 일을 논할 때 독특한 견해를 많이 내놓았으며, 그 언사가 상당히 격렬하였다. 평소 조정에서 조조의 의견에 반대하는 의견을 주도하였기 때문에 조조에게는 정말 눈엣가시 같은 존재였다. 그런 그가 이런 글을 올렸으니 얼마나 미웠겠는가? 들어보면 모두 틀린 말은 아니기에 딱히 반박할 말도 찾지 못했을 것이다. 정말 재미있는 문장이다. 조조는 속으로 얼마나 울화통이 치밀었을까? 하지만 공융은 "자리에 항상 손님 가득하고, 잔 속에 술이 비지 않으니, 나는 걱정이 없네坐上賓常滿, 樽中酒不空, 吾無憂矣"라는 말을 입에 달고 살 정도로 술과 술자리를 좋아하였던 사람이다. 그에게 술이 없다면 무슨 낙으로 살았겠는가? 후에 공융은 결국 조조에 의해 죽임을 당하는데, 이런 일들이 쌓여 이루어진 결과라고 할 수 있다.

공융처럼 과감히 나서서 금주령에 반박했던 사람이 얼마나 될까? 대부분은 착실히 법을 지키며 살았을 것이다. 그러면 그들은 그 고통을 어떻게 이겨냈을까? 다음은 당나라 시인 노동盧仝이 지은 「어제를 한탄하며嘆昨日」라는 작품이다.

천하의 천박한 사람들 술에 빠져 있고,

나도 술에 빠져 있다오.

천박한 사람은 돈 있어 마음껏 풍악 울려대지만,

나는 돈 없어 담박하게 산다오.

돈이 있든 없든 모두 가련하니,

인생은 흐르는 물처럼 빨리 지나가는구려.

평생 마음속 걱정 모두 사라지고,

하늘에 해님은 오래오래 떠 있으면 좋으련만.

야속한 하늘 무슨 일 있기에,

해를 이리도 빨리 저물게 하는가.

예로부터 성현도 어쩔 수 없어,

도를 행하지 못하고 모두 백골이 되었지.

백골은 흙이 되고 귀신 되면 저승으로 가니,

살아 있을 때 평소의 뜻 저버리지 말기를.

어느 때에야 금주령에서 벗어나,

술 가득한 항아리 옆에 누워 햇볕 쬐며 잠들 수 있을까?

天下薄夫苦耽酒, 玉川先生也耽酒.

薄夫有錢恣張樂, 先生無錢養恬漠.

有錢無錢俱可憐, 百年驟過如流川.

平生心事消散盡, 天上白日悠悠懸.

上帝板板主何物, 日車劫劫西向沒.

自古賢聖無奈何, 道行不得皆白骨.

白骨土化鬼入泉, 生人莫負平生年.

何時出得禁酒國, 滿甕釀酒曝背眠.

시 제목의 '어제'는 지나온 모든 세월을 가리키는 말이다. 인생의 어느 시점이 되면 누구나 세월 가는 게 너무 빠르다는 생각과 함께 지난날을 되돌아보게 되는 것 같다. 달 밝은 고요한 밤, 평생 간직해온 뜻 하나도 이루지 못한 채 허송세월했다는 생각만 든다면 얼마나 처량하겠는가? 성현들도 모두 그러했다, 인생은 결국 그런 거야, 잘나든 못나든 인간은 모두 불쌍한 존재야 등의 말로 위안 삼아보지만 밀려오는 회한과 아쉬움은 어찌할 수 없는 듯하다. 이럴 때 술이 있으면 잠시라도 근심을 잊을 수 있지 않을까? 다른 사람이라면 달빛의 유혹을 떨쳐버리지 못하고 술 한잔했겠다 싶지만 노동은 그 유혹을 용케도 참고 금주령이 풀릴 날만을 고대한다. 인내심이 대단한 사람이 아니었나 싶다. 아니면 자신이 말한 것처럼 돈이 없어 담박한 마음으로 살아가는 사람이라 그랬을까? 보아하니 다른 사람들은 금주령 같은 것은 안중에도 없었던 것 같은데 말이다.

사실 노동은 '다선茶仙'이라 불릴 정도로 차를 좋아했고, 20세가 되기 전부터 숭산嵩山에 은거하며 세상에 나오려고 하지 않았다. 나중에 낙양으로 옮겨 살았는데 집 옆의 스님이 쌀을 대주어 먹고 살 정도로 가난했다. 그럼에도 집에는 책이 가득하고, 온종일 책만 읽으며 세월을 보냈다. 이런 사실을 알고 나니 '돈 없어 담박한 마음으로 살아간다'라고 한 말이 비로소 이해가 된다. 그 말이 전혀 과장이 아닌 것이, 한유韓愈가 노동의 인품이 워낙 고고하여 두 차례나

노동은 '다선茶仙'이라 불릴 정도로
차를 좋아했다. 차를 끓이며 고고하게
기다리고 있는 노동과 달리 옆의
하인은 누워서 태평스럽게 자고 있다.
아마 그 하인은 다도에는 영 관심 없이
노동의 차 마시는 시간을 지루하게
기다리다가 깜박 잠이 든 걸까? 청대
화가 민정閔貞의《잡화도책雜畫圖冊》에
실린 〈노동과 하인〉 그림이다.

기용하려 했지만 모두 거절하였다.

경제적 문제 때문이 아니더라도 담박한 인품을 가진 사람이었던 것은 맞는 것 같다. 그러면 그가 평생 간직했던 뜻은 무엇이었을까? 관직에도 뜻이 없고, 온종일 책만 읽었다는 것으로 보아 형이상학적인 이상세계를 추구한 것이 아니었나 하는 생각이 든다. 하지만 노동은 40세가 되던 해에 감로지변甘露之變에 연루되어 생을 마감한다. 감로지변은 문종文宗이 환관 세력을 없애고 약화된 왕권을 회복하기 위해 벌인 사건이나 결국 실패로 끝난다. 노동은 재상 왕애王涯의 막료들과 함께 술을 마신 후 그의 집에서 하룻밤 묵었다가 이들과 함께 잡혀가 화를 당한다. 그것도 머리카락이 없어 뒤통수에 못이 박힌 채 끌려가서. 담박한 성정을 유지하며 평생 속세를 멀리했던 그가 이런 죽음을 맞이할 줄 누가 알았겠는가? 인생이란 참으로 아이러니하다.

법은 착실히 지키는 사람도 있으나 술의 유혹을 뿌리치지 못하고 금주령을 어기기도 하니, 바로 중국 술 역사에서 빠질 수 없는 사람인 소식이다. 그는 애주가에 그친 것이 아니라 직접 밀주密酒, 송자주松子酒, 계화주桂花酒, 죽엽주竹葉酒, 나부춘羅浮春, 중산송료中山松醪, 동정춘색洞庭春色 등을 담그기도 했고, 후에는 술을 빚는 과정과 음주의 즐거움을 적은 「동파주경東坡酒經」이라는 글을 쓰기도 했다. 소식은 음식 방면에도 조예가 깊어 지방관으로 좌천되면 그 지역의 특산물을 이용해 새로운 요리를 개발하여 사람들과 함께 즐겼다. 그래서 나온 요리가 동파육東坡肉, 동파량분東坡涼粉, 동파주

같은 화가 민정이 그린 〈소동파도蘇東坡圖〉다.
그림의 주인공은 소식(소동파)으로 짐작되지만,
그는 문방사우나 음식, 술을 들고 있는 것이
아니라 향로를 들고 있다. 소식은 향초를
배합하여 좋아하는 향을 만들고, 직접
디자인한 향로에 태우며 즐겼다고 한다.

자東坡肘子, 동파어東坡魚, 동파두부東坡豆腐, 동파갱東坡羹, 동파병東坡餠, 동파반구회東坡斑鳩膾······ 다 열거할 수 없을 정도로 많고, 일부는 지금도 음식점에서 볼 수 있다.

소식은 술을 잘 빚는 사람이 있다는 말을 들으면 직접 찾아갈 정도였다. 그는 「벌꿀주를 노래하다蜜酒歌」라는 시의 서문에서 서촉西蜀 지방의 도사 양세창楊世昌을 찾아가 그 비방秘方을 얻었고, 이를 세상에 전하기 위해 시를 지었다고 하였다. 이쯤 되면 그 대단한 정성에 절로 감탄하지 않을 수 없다. 그 비법에 따라 실제로 벌꿀주를 빚는 과정은 그의 동생 소철의 「소식의 벌꿀주를 노래한 시에 화답하여和子瞻蜜酒歌」에 잘 나타나 있다.

천만 마리 여왕벌 가족,

밀랍을 곡식 삼고 꿀로 술을 삼는다.

입에는 물 머금고 꽃술 모으니,

방안에는 진펄만 가득하네.

산중에서 취하면 누가 알까?

유충방의 당밀 또한 한 방울도 남기지 않았지.

술 만드는 것과 같은 방법으로 섞는 것 알기에,

누룩 넣어 보았더니 정말 안성맞춤이네.

성안에서는 술 금하기를 도둑 금하는 것처럼 하니,

두보는 술값 있다 해도 근심에 빠졌으리.

선생은 여러 해 동안 녹봉 받지 못해,

한 말술 사려면 돈주머니 탈탈 털어야 했네.

뜻 굽혀 세상 사람들 따라 술에 취해 살라던 어부의 말 듣지 않고,

밀주 만들었으니 『신선전』에 부끄러울 뿐이네.

선약仙藥인지 아닌지 상관 않는 것은,

배고픔 참느니 취하여 깊은 잠에 빠지는 것이 낫기 때문이라네.

蜂王擧家千萬口, 黃蠟爲糧蜜爲酒.

口銜潤水拾花須, 沮洳滿房何不有.

山中醉飽誰得知, 割脾分蜜曾無遺.

調和知與酒同法, 試投曲糵眞相宜.

城中禁酒如禁盜, 三百靑銅愁杜老.

先生年來無俸錢, 一斗徑須囊一倒.

餔糟不聽漁父言, 煉蜜深愧仙人傳.

掉頭不問辟穀藥, 忍饑不如長醉眠.

"술 금하기를 도둑 금하는 것처럼" 하는 엄중한 시기에 술을 빚었으니 정말 담대하다 아니할 수 없다. 그런데 한두 번 해본 솜씨 같지 않다. 산속이니 쉽게 들키지 않을 거라는 계산이 있을 뿐만 아니라, 흔적 하나 남기지 않는 치밀함까지 보이니까 말이다. 여기서 잠시 소철의 「재미삼아 집에서 술 담근 일을 읊다戲作家釀」라는 시의 일부분을 소개해보려 한다.

여름 돌아오니 누룩 쌓아놓고,

가을 되니 찰벼 찧고,

동백산에서 샘물 길어오고,

이웃집 노파에게 불의 세기 묻는다.

그릇에서 부글부글 술 익어가는 소리 들려오고,

안에 넣은 대추 말갛게 변해,

한번 휘저어보니 기쁘게도 이미 익었구나,

급히 체로 거르는데 왜 이리 더디냐.

병색 짙은 얼굴은 발그레 윤기 돌고,

수척한 몸은 놀라 쓰러지고 만다.

금주령 아직 풀리지 않아,

도둑처럼 항아리 사이를 오가는 것 참으로 부끄럽지만,

한 번 취하면 찌꺼기 하나 남지 않는데,

이미 뱃속에 들어가버린 것을 누가 또 말하리오.

方暑儲曲蘗, 及秋春秫稻.

甘泉汲桐柏, 火候問隣媼.

唧唧鳴甕盎, 暾暾化梨棗.

一撥欣已熟, 急摣嫌不早.

病色變渥丹, 羸軀驚醉倒.

未出禁酒國, 恥爲甕間盜.

一醉汁滓空, 入腹誰復告.

과연 형제는 용감했다. 들켜도 증거가 없으니 끝까지 오리발

내밀면 그만이라니 말이다. 이쯤 되면 가풍이 그런가, 뭐 이런 생각을 하는 분들도 있을 것이다. 하지만 술 담글 재료를 준비하기 위해 동분서주하고, 술이 익기를 애타게 기다리고, 마침내 완성된 술을 마시고 취해 얼굴이 빨개져 쓰러진 시인의 모습이 한 장면 한 장면 눈앞에 펼쳐지는 듯해 생동감 넘치는 훌륭한 시라 생각된다.

위법하면 대가를 치러야 한다는 사실을 잘 알면서 소식은 왜 그랬을까? "젊어서 병을 많이 앓아 술잔이 무서웠다少年多病怯杯觴"(「술을 보내준 악저작랑의 시에 차운하여次韻樂著作送酒」), "나는 종일 술을 마셔도 반 병이 채 안 되니, 천하에 나보다 술을 못 마시는 사람은 없을 것이다余飲酒終日, 不過五合, 天下之不能飲, 無在余下者"(산문 「동고자전을 쓰고 나서書東皐子傳後」), "나는 술잔을 다 비우지 않으니, 반쯤 취했을 때 기분이 가장 좋다我飲不盡器, 半酣尤味長"(「호수에서 밤에 돌아가며湖上夜歸」)에서 알 수 있듯 결코 술이 없으면 하루도 못 살거나 말술을 마다하지 않는 호주가도 아니고, 기분 좋을 정도로만 술을 즐기는 사람이었는데 말이다.

소철의 입을 통해 표현된 소식의 상황을 보면 산속에 들어가 술이나 빚을 정도로 한가하고, 여러 해 동안 녹봉을 받지 못해 술도 못 사 먹을 정도로 경제적 어려움을 겪고 있었다. 당시 소식은 황주黃州로 폄적되어 단련부사團練副使라는 그야말로 서류에 도장 찍을 일이 없는 한직을 맡고 있었다. 그가 황주로 가게 된 것은 왕안석을 필두로 한 신당新黨이 소식이 쓴 시에 황제와 조정을 비판하는 내용이 있다고 참소하였기 때문이다. 역사에서는 이 사건을 오대시안

烏臺詩案이라 칭한다. 「소식의 벌꿀주를 노래한 시에 화답하여」에서 소철이 소식을 술값이 없어 입고 있던 옷을 벗어 저당 잡혔던 두보에 비유한 것은 결코 과장이 아니다. 생계가 어려웠던 소식은 황주 동쪽에 있는 땅을 빌려 직접 농사를 지어 생활해야 했다. 자신을 동파거사東坡居士라고 칭했던 것도 바로 이 때문이다. 많은 술 가운데서 벌꿀주를 택한 것도 가난과 관계가 있다. 쌀이 필요 없고 꿀과 꽃만 있으면 되는 벌꿀주는 당시의 소식에게 최선의 선택이었다.

소식 역시 "근년에 가난이 뼛속까지 스며들었지만, 남에게 쌀 꾸어 달라고 해서 얻은 적이 있었던가. 세상만사 참으로 황당하니, 벌이 감하후보다 낫구나先生年來窮到骨, 問人乞米何曾得. 世間萬事眞悠悠, 蜜蜂大勝監河侯"(「벌꿀주를 노래하다」)라고 하였다. 오죽하면 그 옛날 장자에게 쌀을 꾸어주지 않았던 감하후보다 벌이 낫다고 했겠는가?

당시 소식의 상황으로 볼 때, 술에 취해 깨어나지 않고 싶은 이유가 어디 단지 가난뿐이겠는가? 그는 황주에서 44세부터 48세까지 5년을 지냈다. 한창때인 40대에 귀양지에서 속절없이 세월만 보내야 하는 자신의 인생을 생각하면 얼마나 막막했을까? 금주령을 어기긴 했지만 그래야만 했던 그 심정 충분히 이해되고도 남는다.

평소 유유상종이라는 말 가끔 입에서 나올 때가 있다. 좋은 의미에서든 나쁜 의미에서든. 소식의 「조 씨가 이미 화답하는 시를 보내와 다시 차운하여 화답하다趙旣見和復次韻答之」라는 시를 보면 그와 친하게 지내는 이 중에도 금주령을 어긴 자가 있었다.

장안의 말단관리 천자께서 놔주시어,

밤낮으로 노래 부르며 승상께 화답하오.

후세에 조조曹操가 나와

공융孔融과 술자리에서 밀주 마시게 될 줄 어찌 알았으리오?

선생은 아직 금주령이 내려진 나라를 벗어나지 못했으면서,

오만하고 독특한 시어는 항상 비방에 가깝지요.

몇 번이나 술이 없어 그대에게 사주고 싶었지만,

관리가 장부에 기록할까 두려웠지요.

우스울 정도로 형편없는 술이지만 한 말 나누어 드릴 테니,

원앙袁盎처럼 하는 일 없이 온종일 술만 드시구려.

또다시 위험한 말로 이 몸 놀라게 하면,

아마도 귀하는 다시 술대접을 받지 못할 것이요.

長安小吏天所放, 日夜歌呼和丞相.

豈知後世有阿瞞, 北海樽前捉私釀.

先生未出禁酒國, 詩語孤高常近謗.

幾回無酒欲沽君, 卻畏有司書簿帳.

酸寒可笑分一斗, 日飲無何足袁盎.

更將險語壓衰翁, 只恐自是臺無餉.

이 시는 소식이 밀주密州에서 지주知州라는 벼슬을 지낼 때 지은 것이다. 밀주로 간 것은 좌천이 아니라 복잡한 정치 현실에서 벗어나고 싶어 자청한 것이다. 그래서 "장안의 말단관리 천자께서 놔

주시어"라고 한 것이다. 이 시는 지인 조趙 씨가 보내온 시의 운을 그대로 따서 다시 화답한 것이고, 조 씨는 소식이 밀주에서 만나 친하게 지낸 조고경趙杲卿을 말한다. 두 사람 사이에 오고갔던 시가 여러 편 전해지는 것으로 보아 절친이었던 것 같다. 조고경은 밀주 사람으로 박학다재하고 정의로우며 의리가 있는 사람이었다. 술을 좋아하고, 취하면 춤추고 노래하며 "술 맛없어도 찻물보다 낫고, 마누라 못생겨도 독수공방보다 낫네薄薄酒, 勝茶湯, 醜醜婦, 勝空房"라고 하였다. 이를 듣고 소식은 그를 위해 「박박주薄薄酒」라는 시를 지어주기도 했다. 그런데 "마누라 못생겨도"라는 표현 때문에 조고경은 아내와 부부싸움이 일어나고, 소식은 세 편의 시를 써 두 사람을 화해하게 했다는 재미있는 이야기도 전해지고 있다. 뜻 통하고 술 좋아하는 두 사람이 만났으니 어떤 일이 벌어졌을지 안 봐도 훤하다.

"밤낮으로 노래 부르며 승상께 화답하오", 이는 당시 그들의 실제 상황이다. 그런데 여기서 '승상'은 누구를 가리키는 것일까? 이는 『사기史記·조상국세가曹相國世家』에 보이는 조참曹參의 전고를 활용한 것이다. 조참은 유방을 도와 한나라 건국에 이바지하고, 유방이 죽은 후에는 혜제惠帝를 잘 보필하여 국정과 경제 안정에 큰 공을 세운 인물이다. 조참 역시 술을 대단히 좋아하여 온종일 술을 마셨다고 한다. 주변 사람들이 정사에 힘쓰라는 충고라도 하려고 찾아가면 취할 때까지 술을 권하여 매번 말을 꺼내지도 못하고 돌아갈 수밖에 없었다. 후에는 이런 일이 일상이 되었다. 조참의 집 정원 옆에는 관리들이 묵는 숙소가 있었는데, 관리들이 온종일 술을 마시고 떠들어대자 조참의 수행 관리는 일부러 그가 듣게 하려고 정원으로 유인하였다. 조참이 벌주길 바랐던 것이다. 그러나 조참은 오히려 술자리를 만들어 함께 떠들며 즐겼다.

"장안의 말단관리"는 소식 자신이고, 그와 함께 술 마시고 떠들어대는 '승상'은 조고경을 비유한 것이다. 지방의 말단관리인 조고경을 왜 '승상'에 비유하였을까? 상대를 높여준 것이다. 함께 술 마시고 떠들며 타향에서의 외로움과 마음속 번민을 달래주는 조고경이 소식에게 조참보다 못할 게 뭐가 있겠는가? 문장에 뛰어나고, 인재를 알아보는 눈이 있고, 한번 기용하면 실수가 있어도 감싸안았던 조참에 충분히 견줄 만한 사람이었던 것이다. 그런데 이 두 사람, 금주령이 내려졌는데 직접 술까지 담가 즐긴다. 조조와 공융의 일을 빌어, 또 술을 살 때 허용된 양을 초과하면 장부에 적힐 것이라며 당시 상황에 대한 불만도 드러내면서. 친구에게 술대접 많이 하고 싶은데 그러지 못하니 소식은 아예 술을 직접 담가버린 것 같다.

하지만 이렇게 주거니 받거니 즐기면서도 소식의 마음 한편에는 조고경에 대한 걱정이 자리잡고 있다. 그의 시어는 비방에 가깝고, 위험한 말로 자신을 놀라게 하니까. 이에 한 문제文帝 때 중랑中郎을 지내고, 후에 제齊·오吳·초楚 등에서 재상을 지낸 원앙의 일을 들어 조심하라고 당부한다. 원앙이 조카 원종袁種의 말을 따라 술만 마시고 정치에 깊이 관여하지 않아 화를 면했던 것처럼 세상사에 관심 두지 말라고. 또다시 그런 말로 나를 놀라게 하면 그때는 술 대접받지 못할 거라는 말은 협박처럼 들려도 사실은 친구에 대한 깊은 걱정과 애정의 다른 표현이다.

소식은 이 시를 지을 때까지만 해도 조고경에게 일어날까 걱정했던 일이 불과 몇 년 후 자신에게 닥칠 줄은 꿈에도 생각하지 못했을 것이다. 과연 어디로 흘러갈지 한 치 앞도 알 수 없는 것이 인생이다.

제3부

이 세상에서
가장 슬픈 술잔

제12장

사랑, 사랑, 어이하나

그대는 부드러운 섬섬옥수로

나에게 황등주를 부어주었지.

성안에 넘친 봄볕 실버들로 늘어질 제

사나운 봄바람은 우리의 사랑 날려버렸지.

가슴 가득 슬픔 안고

외로운 나날들 몇 해였던가.

아, 돌이킬 수 없는 나의

잘못이여!

잘못이여!

잘못이여!

紅酥手, 黃縢酒, 滿城春色宮牆柳. 東風惡, 歡情薄.

一懷愁緖, 幾年離索. 錯, 錯, 錯.

봄은 예나 다름없건만 사람만 부질없이 야위어갔네.

연지 묻은 손수건 눈물로 흠뻑 적시고,

복숭아꽃 스러져

연못의 누대마저 쓸쓸하구나.

사랑의 맹세 변함없건만,

이 내 사랑 담은 편지 전할 길 없어라. 아!

그만두자!

그만두자!

그만두자!

春如舊, 人空瘦, 淚痕紅浥鮫綃透. 桃花落, 閑池閣.

山盟雖在, 錦書難托. 莫, 莫, 莫.

우리는 육유가 이민족 금나라에 빼앗긴 산하를 되찾고자 노력했던 행동하는 지식인이었음을 안다. 그러나 열혈남아였던 그는 가슴속 깊이 씻을 수 없는 사랑의 상처를 꾹꾹 누르고 산 순정파이기도 하다. 바로 사랑하는 아내와 강제로 이혼하고 평생을 그리워한 사연 때문이다. 서로 미워해서 이혼해도 유감일 텐데 그는 아내 당완과 굉장히 금슬 좋은 부부였다. 당완은 육유의 외사촌 동생, 어려서부터의 소꿉놀이는 결혼으로 이어졌고, 꿈같은 신혼을 보내느라 공부를 게을리한 것이 화근이었다. 육유 어머니는 저렇게 사랑놀이만 하다가는 과거시험이고 뭐고 다 물 건너갔다고 보았다. 과거시험에 합격하여 입신양명하고 조상을 빛내도록 뒷바라지해주는 것이 어머니의 사명이라고 여긴 그녀는 초조한 마음에 아들과 며느리의 사이를 떼어놓으려고 작정하고 달려들었다.

천생이 효자인 육유는 어머니 말을 안 들을 수도 없었다. 겉으로는 당완과 헤어진 척하면서 다른 곳에 방을 얻어 밀회를 거듭하다 어머니에게 들키고 만다. 노발대발하는 어머니를 더는 속일 수 없어 하는 수 없이 이혼의 길을 택한다. 마누라야 버리면 또 얻을 수 있지만, 어머니는 그야말로 세상에 하나뿐이라는 봉건시대의 효 콤플렉스에 기인한 이데올로기의 작태라고 육유를 비난할 수 있을까? 아무리 시대의 가치와 규범이 그렇다 할지라도 아무나 사랑을 버리고 효를 따르는 건 아니다. 하지만 어머니의 성화에 못 이겨 이혼을 택한 육유는 사랑으로 방황하는 삶이 이어질 수밖에 없었다. 이혼을 선택했지만 아내에 대한 영원한 사랑은 변함없었기 때문이다. 이혼은 하되 변함없이 사랑한다는 모순적인 해결 방식을 선택한 그의 사정은 시인이 화자이기도 한 위 시에 잘 드러나 있다. "사랑의 맹세 변함없건만, 이 내 사랑 담은 편지 전할 길 없어라." 하지만 이 작품에서도 드러나듯, 이혼 후 육유는 평생 두고두고 이혼을 후회하며 당완을 그리워하고 자책을 거듭한다.

첫 세 구절 "그대는 부드러운 섬섬옥수로 나에게 황등주를 부어주었지. 성안에 넘친 봄볕 실버들로 늘어질 제"에서는 옛 아내와 우연치 않게 만난 장소와 계절을 묘사하였다. 이때 육유의 나이 31세, 스무 살에 당완과 결혼했고 3년 만에 이혼한 육유는 8년 만에 뜻하지 않게 꿈에도 그리던 옛 아내를 만난 것이다. 바야흐로 계절은 봄, 실버들이 휘영청 늘어졌는데 육유는 홀로 절강성 소흥 심씨 집안의 정원으로 유명한 심원沈園을 찾았다. 옛 추억을 더듬으며 당완을 그리워하기 위해서였을까. 재혼한 아내는 그의 곁에 없다.

그런데 거짓말처럼 당완이 눈앞에 나타난 것이다. 재혼한 남편과 함께. 둘 다 모른 척하고 지나칠 수도 있으련만 당완은 새 남편에게 양해를 구한 후 봄나들이 음식과 함께 술 한잔을 따라준다. 섬섬옥수 부드럽고 예쁜 손으로 황등주를 따라주는 당완의 손길을 지켜보면서 육유는 만감이 교차한다.

마음에서 울컥울컥 올라오는 감정을 주체하지 못한 육유는 심원 담벼락에 일필휘지하여 천고의 절창 「채두봉釵頭鳳」을 남긴다. "사나운 봄바람." 봄바람을 사납다고 표현했다. 부드럽고 따뜻하며 만물을 소생시켜주는 봄바람을 사납다고 표현한 것은 두 사람이 타의에 의해 헤어졌음을 암시한다. 헤어져 살아온 그간의 세월, 후회와 회한만이 가슴을 가득 채운다. 錯, 錯, 錯. 같은 글자를 세 번씩이나 되풀이한 것은 그 회한이 단계적으로 심화하고 있음을 나타낸다. 모든 게 잘못됐어…… 모두가 내 잘못이야……. 하지만 이제 다 틀렸어!! 한 글자 한 글자마다 피눈물 나는 회한의 절규이다.

그렇게 뼈저리게 후회해봤자 모두가 부질없는 짓, 이미 남의 아내가 된 그녀를 또 어찌하랴? "봄은 예나 다름없건만 사람만 부질없이 야위어갔네. 연지 묻은 손수건 눈물로 흠뻑 적시고, 복사꽃 스러져 연못의 누대마저 쓸쓸하구나." 봄은 예전과 다름없지만, 이제는 각각 남이 된 현실이다. 부질없이 사람만 야위었다는 것은 그간의 세월이 고통스러웠음을 의미한다. 이제라도 다시 그녀와 재결합을 시도한다? 이루어질 수 없는 허망한 꿈을 꾸어본다. 하지만 결론은 안 돼, 그럴 수 없지…… 그만두자 그만둬…… 그만둬야지. 莫,

莫, 莫. 이 세 글자 역시 층층이 내심의 고통과 갈등이 심화되고 있음을 나타낸다.

한편 심원에서 뜻하지 않은 재회를 이룬 당완은 가슴속에 묻어놓았던 사랑의 불씨가 꺼지지 않았음을 확인하는 계기가 된다. 피차 사랑하면서도 헤어져야만 했던 사람, 영영 죽을 때까지 만나지 않았다면 아련한 그리움 안고 그냥 살아갔을 텐데, 뜻밖의 만남은 강물 같은 그리움을 이루어 그녀 마음의 제방을 무너뜨려놓았다. 걷잡을 수 없는 눈물과 슬픔, 이제 이성으로는 통제 불능이었다. 당완은 육유의 「채두봉」에 화답하는 시를 남기고 시름시름 앓다가 죽고 말았다.

사랑의 제전에 바친 그녀의 절명시, 육유를 위하여, 그녀를 위하여, 사랑을 위하여 우리 한번 읽어봐야 하지 않을까?

야박한 세상아,
야속한 사람아,
봄비가 황혼을 전송하니 꽃도 쉬이 지는군요.
새벽바람 그쳤지만,
눈물자국 남았어요.
마음속 시름 적어 보내려다 말고,
난간에 기대어 혼잣말해요.
어렵군요,
어렵군요,

어렵군요.

世情薄, 人情惡,

雨送黃昏花易落.

曉風幹, 淚痕殘.

欲箋心事, 獨語斜闌.

難, 難, 難.

이제는 서로 남남이 되어,

옛날처럼 함께 살 수가 없군요.

병든 영혼 언제나 흔들리는 그네줄 같았지요.

차가운 뿔피리 소리,

이 밤도 깊어만 가는군요.

남들이 왜 그러냐 물어볼까봐,

눈물 삼키며 즐거운 척하면서,

속였지요,

속였지요,

속였지요.

人成各, 今非昨,

病魂常似秋千索.

角聲寒, 夜闌珊.

怕人尋問, 咽淚裝歡.

瞞, 瞞, 瞞.

釵頭鳳

世情薄人情惡雨
送黃昏花易落曉
風乾淚痕殘欲箋
心事獨語斜闌難

難難
人成各今非昨病
魂常似秋千索角
聲寒夜闌珊怕人
尋問咽淚妝歡瞞

瞞瞞

唐琬

육유의 「채두봉」에 화답한 당완의 시이다.
절강성 소흥 심원을 방문하면 여전히
이 슬픈 사랑의 시를 감상할 수 있다.
"어렵군요, 어렵군요, 어렵군요難, 難,
難." 사랑은 이처럼 어려운 것일까.

한 글자 한 글자 피눈물을 토해내듯 아리고 아프다. 그네처럼 흔들리는 마음, 눈물을 삼키며 아닌 척 즐거운 척해 보지만 남의 눈이야 속일 수 있어도 그녀 자신은 속일 수 없는 법. 그리움과 안타까움과 슬픔이 병이 되어 심원에서 해후한 지 오래지 않아 당완은 저 세상으로 갔다. 사나운 봄바람이 없는 곳에서, 남의 눈치 보지 않고, 마음 놓고 사랑할 수 있는 곳으로.

육유는 그로부터 44년이 지난 75세 때 또다시 심원을 찾아 옛 사랑을 추억하며 슬픔에 젖어 「심원 2수」를 남겼다.

성 위에 걸린 석양 뿔피리 소리 구슬픈데,
심원의 연못 누대 옛날 모습 아니어라.
슬퍼라 교각 아래 푸른 봄물에는,
그 옛날 선녀처럼 고운 그녀 모습 비치었었지.
城上斜陽畵角哀, 沈園非復舊池臺,
傷心橋下春波綠, 曾是驚鴻照影來.

그녀 떠난 지 이미 사십여 년,
심원에 버드나무도 늙어 솜털조차 날리지 못하는구나.
이 몸도 곧 죽어 회계산 흙 되련만,
여전히 옛 자취 더듬으며 눈물 흠뻑 흘리노라.
夢斷香消四十年, 沈園柳老不吹綿.
此身行作稽山土, 猶吊遺蹤一泫然.

육유는 44년 전, 심원에서 뜻하지 않게 만났던 당완과의 해후를 회상하며, 75세 노인이 된 봄날에도 심원을 찾는다. 석양과 일모를 알리는 호각 소리는 그렇지 않아도 회한과 슬픔에 젖은 그의 마음을 구슬프게 만든다. 눈길 닿는 곳마다 그녀와의 추억이 서려 있어 마음을 더욱 아프게 만든다. 40여 년이 지난 지금 시인도 사물도 모두 변했지만, 추억 속에 그녀만 여전히 "선녀처럼 고운" 모습이다.

두 번째 시에서는 죽은 지 44년 된 그녀를 여전히 잊지 못하고 또 죽어서도 잊지 못할 그녀에 대한 사랑의 한과 슬픔으로 눈물 줄줄 흘리는 시인의 모습을 묘사하였다. 저토록 한을 품고 평생을 살아야 했으니……. 내가 육유는 아니지만 그의 시를 읽는 것만으로도 눈시울이 붉어진다.

육유는 죽기 일 년 전인 84세에도 그녀를 잊지 못해 심원을 찾아 다음과 같은 시를 남겼다. 제목은 「춘유春遊」.

심원에 비단처럼 아름다운 꽃,
절반은 그 옛날 나를 알았지.
고왔던 그 사람도 끝내 죽어 흙이 될 줄 알았지만,
꿈결처럼 너무나 총총히 사라졌구나.
沈家園裏花如錦, 半是當年識放翁.
也信美人終作土, 不堪幽夢太匆匆.

아름다운 꽃을 봐도 송이송이 당완의 모습이 아른거려 슬픔이 밀려온다. 봄꽃 그 경치는 옛 모습 그대로인데 그 사람만 없구나. 그 슬픔 이젠 잊을 만큼 오랜 세월 흘렀건만 어제처럼 생생하다. 여든 네 살이면 나무토막처럼 무감각할 나이도 되었건만 육유는 60년 전 그때 그 마음 그대로인 듯하다.

육유는 송나라 문단에서 시를 가장 많이 지은 시인으로 유명하다. 남긴 작품은 구천삼백여 수. 85세를 일기로 생을 마감한 그의 한 많은 인생이 예민한 시심을 촉발시켜 그토록 많은 작품을 쓰게 했을까.

제13장

술, 옛사랑의 추억을 마시다

옛사랑이 그립고 애틋한 것은 미완성이고 가보지 않은 길이기 때문이라는 것에 토를 달 사람은 많지 않을 것 같다. 봄바람에 분분히 날리는 낙화를 볼 때, 가을밤에 내리는 빗소리를 들을 때, 눈이 시리도록 푸른 하늘을 바라볼 때, 교교한 달빛이 휘영청 밝을 때, 우수수 낙엽 지는 만추의 황혼을 바라볼 때, 왠지 모를 허전함에 그리움은 봄풀처럼 쑥쑥 올라온다. 죽도록 아프고 괴로웠던 옛 기억마저 시간이 흐르면 애틋한 그리움으로 변하는 것, 이게 바로 옛 추억이 만들어내는 마술이 아닐까.

떠나간 옛사랑을 못 잊어 겪는 아픔은 시대가 변하면서 그 양상도 달라진 것 같다. 우리 같은 구세대는 그저 그 슬픔과 절망을 오롯이 홀로 감당하였다. 꽃을 봐도 남몰래 울음을 삼켰고, 함께 걷던 길을 다시 걸으며 슬며시 눈시울 적셨으며, 라디오에서 흘러나오는 모든 가요가 구구절절 자신의 사연처럼 느껴져 귀를 틀어막기도 했다. 그런데 신세대들은 어떠한가? 일단 사귄다고 선언하면 오직 일편단심이어서 절대 딴 방향을 보지 않지만 헤어지면 미련 없이 다른 사랑을 찾아 떠난다고 한다. 한때는 어장 관리한다면서 남친 후보 혹은 여친 후보를 몇 명씩 관리하던(?) 시절도 있었고, 상처 받지 않은 것처럼 사랑하라, 오는 사랑 막지 말고 가는 사랑 붙잡지 말라는 등 매우 쿨한 이별과 사랑을 추구하기도 한다. 먹고사는 일이 힘들어진 요즘은 연애도 결혼도 모두 포기하고 이.생.망.을 부르짖는 젊은이들이 있는가 하면, 감정을 소모하는 연애도 자유를 구속하는 결혼도 싫다며 독신과 비혼을 즐기는 젊은이들도 많다. 또 뉴스에 종종 보도되듯 스토킹, 가스라이팅 등으로 상대방을 구속하고 사랑이라는 미명으로 범죄를 저질러 비극적 결말을 맺기도 한다.

상업의 발달과 함께 통속문학이 발전했던 송나라 사람들의 사랑과 이별은 어떠했을까? 도시 서민의 사랑과 이별을 곡진하게 묘사하여 대중의 사랑을 받았던 작품으로 유영의 「접련화蝶戀花」가 있다.

하염없이 누대에 기대어 있노라니 바람은 살랑살랑,
봄날의 슬픔은
아득히 하늘 끝에서 피어난다.
안개 자욱한 초목엔 석양이 비치는데,
말없이 난간에 기댄 심정 그 누가 알까?
佇倚危樓風細細,
望極春愁, 黯黯生天際.
草色煙光殘照裏, 無言誰會憑闌意.

홀홀 털고 기분 내며 술에 취해보려고,

술잔을 앞에 놓고 노래 불러보지만,

억지로 즐기려니 재미가 없네.

허리띠 헐렁해져도 끝내 후회 않으리,

그대 위해 기꺼이 초췌해지리.

擬把疏狂圖一醉,

對酒當歌, 強樂還無味.

衣帶漸寬終不悔, 爲伊消得人憔悴.

끈질긴 그리움과 슬픔을 노래한 시다. 그리우면 한 발자국이라도 더 가까이 가고 싶어 목을 빼고 바라보기 마련이다. 바라보는 시간과 그리움은 비례하는 것, 그래서 오랫동안 높다란 누대에 올라 바라보는 것이다. "슬픔은 아득히 하늘 끝에서 피어난다." 대지를 가득 채운 듯한 슬픔도 알고 보면 조그만 마음에서 나온 것. 그리운 임 바라보아도 보이지 않기에 슬픔은 마음에서 흘러넘쳐 하늘 끝으로 퍼져간다. 작중 경치인 "안개 자욱한 초목", "석양"은 말없이 난간에 기댄 화자의 고독과 쓸쓸함을 잘 부각하여준다. 즉 경치 속에 화자의 감정이 이미 녹아 있는데 이를 '정경교융情景交融'이라 한다.

　2절에서는 고독과 슬픔에서 벗어나고자 억지로 노래도 불러보고 술도 마셔보지만 결국 부질없음을 자인하고야 만다. 통제 불가능한 끈질기고 강렬한 고독과 슬픔, 그래서 화자는 차라리 이렇게 탄식한다. 벗어나기를, 망각하기를 아예 포기하고 "허리띠 헐렁해

저도 끝내 후회 않으리, 그대 위해 기꺼이 초췌해지리"라고. 그런데
미안하게도 이 탄식에는 사랑의 헌신뿐 아니라 우중유락憂中有樂의
기미도 희미하게 엿보인다. 그렇다면 사실 화자는 사랑과 미련의
영원한 포로이다. 이제 유영의 시 한 수 더 소개하고자 한다. 제목은
「우림령雨霖鈴」.

가을 매미 처량하게 운다. 십 리 정자 길 황혼에 대고.
퍼붓던 소나기 이제 막 그쳤다.
도성 문밖 이별의 술좌석, 울적하게 쓸쓸히 마시며,
차마 발길이 떨어지지 않는데 배는 가자고 재촉하누나.
두 손 마주 잡고 젖어 드는 눈동자 바라보다가
끝내 말 한마디 못하고 목이 메인다.
이제 떠나서 가고 또 가면 천 리 물안개 길,
저녁 안개 가득한 남녘 하늘 아득하겠지.
寒蟬淒切, 對長亭晚, 驟雨初歇.
都門帳飮無緖, 留戀處, 蘭舟催發.
執手相看淚眼, 竟無語凝噎.
念去去, 千里煙波, 暮靄沉沉楚天闊.

예부터 다정한 사람 이별을 서러워하였으니
어찌 견딜까? 차갑고 쓸쓸한 이 가을의 이별을!
오늘 밤 마신 술 어디에서 깰까?

버드나무 언덕일까? 새벽바람 지새는 달 아래서일까?

이제 떠나가면 여러 해를 넘기리니,

아름다운 시절, 좋은 경치 모두 부질없으리라.

마음속에 일어나는 수많은 연정 있다 해도,

그 누구에게 말할까?

多情自古傷離別, 更那堪, 冷落淸秋節!

今宵酒醒何處? 楊柳岸, 曉風殘月.

此去經年, 應是良辰好景虛設.

便縱有千種風情, 更與何人說?

한 연인의 이별을, 그 이별의 정황과 이별 후의 상황을 현장에서 읊은 노래이다. 사랑하는 남녀의 이별, 돌덩이처럼 무감각할 심장이 어디 있을까? 그 애달픔을 절절히 묘사한 이 작품은 송대 초기의 여느 작품과는 사뭇 다르다. 즉 이별의 아쉬움과 슬픔을 다각도로 묘사하였는데 사물과 감정, 시간과 공간 모두 곡진한 묘사가 진행된다.

첫 세 구절은 눈앞의 경치로 이별의 분위기를 암시하였다. 처절하게 우는 가을 매미 소리가 소나기 막 그친 역참의 여관 주위에서 요란스럽게 울어댄다. 쓸쓸하고 스산한 주변이 벌써 이별의 분위기를 돋우고 있다. 이별의 정서와 정경을 생동감 있게 묘사하기 위한 안배이다. 다시 말해 시인이 작품에서 제시한 경치는 모종의 정서를 환기하기 위한 하나의 장치이다. 경치와 감정이 각각 따로 노는 것이 아니라 유기적인 관련을 맺고 서정의 분위기를 조성하는 것이다.

"도성 문밖 이별의 술좌석, 울적하게 쓸쓸히 마시며, 차마 발길이 떨어지지 않는데 배는 가자고 재촉하누나"는 헤어지기 싫지만 헤어지지 않을 수 없는 상황을 묘사한 것이다. 이별의 술잔을 기울이는 건 슬픔을 달래보기 위해서이다. 한 잔 두 잔 자꾸만 들이켜는 건 잔을 기울이는 시간만큼 이별의 시간을 끌어보려는 것이기도 하다. 하지만 예정된 이별을 피할 수 없는 게 현실, "두 손 마주 잡고" 이하의 행들은 헤어지기 힘들어하는 모습을 한층 더 세세하게 묘사하였다. 미련 때문에 두 손 꼭 잡고 마음속 말을 하려 하지만 목이 메어 단 한마디 말도 못한 채 서로 바라보면서 흐느낄 뿐이다. 흐르는 눈물 속으로 아련히 넘실대는 물길이 보인다. 저녁 안개 자욱한 천 리 물길, 아득한 남녘 하늘 아래 홀로 뱃전에 서 있을 임의 고독한 모습이 눈과 머릿속을 가득 채운다. 보내는 사람도 떠나는 사람도 이별 이후 펼쳐질 고독한 환경을 떠올리면서 애처로워하고 비감에 젖는다.

2절 첫 부분은 이제 서경도 서정도 아닌 설리(이치를 담론)를 펴고 있다. "예부터 다정한 사람 이별을 서러워하였"다는 것이다. 특수하고 개별적인 이별을 보편적이고 전형적인 이별로 만들어 독자의 공감을 이끌어내고 있다. 가슴 아픈 이별, 그중에서도 쌀쌀한 가을날의 이별이 가장 견딜 수 없다고 한다. 그러잖아도 울적한 마음인데 싸늘한 가을 풍경은 눈에 닿는 것마다 온통 처량한 색깔이다.

정자와 버드나무가 있는 풍경화.
명대 화가 심주沈周의 그림으로 추측된다.
"예부터 다정한 사람 이별을 서러워하였으니."
버드나무 아래에서 이별하는 이들의 마음은
사랑하는 임이건 다시 만나기 힘든 먼 곳으로
떠나는 친구이건 쓸쓸할 뿐이다. 그래서
한시라도 헤어짐을 늦추고 싶어 술 한 잔
또 한 잔 권하고 싶은 걸지도 모르겠다.

"오늘 밤 마신 술 어디에서 깰까? 버드나무 언덕일까? 새벽바람 지새는 달 아래서일까?" 평범한 감상으로 평가될 수도 있던 이 작품이 유명해진 이유는 이 구절 덕택이라 할 수 있다. 버드나무 언덕, 새벽달, 그저 평범한 경치이지만 이 노래 안으로 들어오면 그 의미가 달라진다. 숱한 나무 중에 하필 버드나무일까? 버드나무는 바로 이별의 상징물이기 때문이다. 버드나무는 한자로 '류柳', 이것은 '붙들다' '잡다'는 의미를 지닌 '류留'와 음이 같다. 가지 말라고 붙드는 그 애틋한 마음을 버드나무를 잡는 동작으로 나타낸 것이다. 즉 만류挽柳와 만류挽留의 동음 관계에 착안하여 연상작용을 불러일으킨 것이다. 중국 고전시가에서 버드나무가 이별의 이미지를 담고 있는 데는 이러한 사정이 있다. 이별을 더욱 아프게 상기시키는 그 버드나무를 술에서 깨어나 보았을 때 그 심정 어떠했을까? 희미한 새벽달에도 외로움이 잔뜩 묻어 있다.

마지막 세 구절은 이별 후의 세월을 상정하여 묘사하였다. 아름다운 풍경, 감미로운 풍정이 있다 해도 이제는 함께 나눌 사람이 없을 것이라며, 피차 임의 부재로 가슴 아파할 미래의 모습을 그렸다. 정면에서 측면에서 현재에서 미래에서 느끼고 느낄, 감정과 풍경을 곡진하게 묘사하여 독자의 공감과 감동을 자아냈다.

이 시를 지은 유영은 송나라를 대표하는 문학 장르인 사詞 창작에 주력한 첫 번째 작가이다. 유영 역시 여느 지식인과 마찬가지로 과거시험을 통해 포부를 펼쳐보고자 하였지만, 첫 번째 응시에서 실패하자 실망과 분노의 감정을 이렇게 표현하였다. "내 차라리 헛된 명성을 추구하느니 기녀들에게 노래나 지어주고 술 마시고 노래하며 풍류생활이나 하려 하네. 이렇게 살면 관리는 되지 못하더라도 고관대작의 삶보다 나으리라"며 오만함을 드러내었다. 홧김에 말은 그렇게 하였지만 유영은 여전히 과거급제를 갈망하였고 또다시 과거에 응시하였다. 이번에는 좋은 성적을 거두었으나 당시 황제였던 인종이 유영은 사나 지으며 살겠다고 공언하였으니 합격자 명단에서 이름을 지우라 하여 또 한 번 고배를 마셨다. 그 후에도 두어 차례 더 과거에 응시하여 결국 관리가 되긴 하였지만 지방의 미관말직을 전전했을 뿐이다. 그가 특히 나그네살이의 서러움을 묘사하여 불우한 문인들의 실의에 찬 삶을 잘 표현한 데는 이러한 사정이 작용했다.

불우한 인생은 그를 기생집인 청루로 내몰았으며 그곳에서 목도한 가련하고 기구한 기생들의 삶은 그의 작품의 소재가 되었다. 그는 평이한 언어로 정경을 상세히 서술하고 인물의 형상을 세세하게 묘사하는 데 뛰어났다. 물긷는 여자들이 모이는 우물이 있는 곳이면 어디든 유영의 사를 노래한다고 할 정도로 대중의 사랑을 널리 받았다. 만년에 둔전원외랑屯田員外郞이라는 직함으로 퇴직하였으므로 세상에서는 그를 유둔전이라 부르기도 한다. 둔전원외랑은 종6품 벼슬이지만 당나라 때는 이미 유명무실한 실권 없는 직책으로 전락하였다. 그가 죽은 후 기생들이 돈을 모아 장사를 치러주었다는 일화가 전한다.

다음은 송나라 안기도晏幾道의 「완랑귀阮郞歸」를 살펴보자.

옷에 남은 향기와 분 냄새 옛날 같건만,

사랑은 식어 예전만 못하니 한스러워라.

봄 내내 소식 몇 줄 적어 보내더니,

가을 되니 편지 더욱 뜸해졌다.

봉황 이불 싸늘하고 원앙 금침 외롭다.

슬픈 마음은 술이나 마셔야 풀어질까.

설령 꿈속에서 만난다 해도 깨고 나면 그만인데,

꿈조차 꾸이지 않으니 어찌 견딜까?

舊香殘粉似當初, 人情恨不如. 一春猶有數行書, 秋來書更疏.

衾鳳冷, 枕鴛孤. 愁腸待酒舒. 夢魂縱有也成虛, 那堪和夢無?

떠나간 사랑, 식어버린 사랑을 홀로 붙잡고 슬퍼하는 화자의
모습이 안쓰럽다. 영원할 줄 알았던 사랑이었는데 이렇게 서서히
식어버리다니……. 송나라 때도 또 지금도 사랑이 식는 과정은 변
치 않은 것 같다. 처음에는 띄엄띄엄 소식을 전하다가 시간이 지나
면 아예 소식을 끊어버리니 말이다. 상처받은 마음은 술이라도 마
셔야 풀어질까? 술에서 깨면 그 슬픔 또 치밀어올 텐데…… 그럼 꿈
에서라도 한번 만나면 그리움 해소될까? 아니다. 어차피 꿈은 환상
이기에 깨고 나면 그리움만 더 깊어질 텐데……. 그러나 꿈조차 꾸
이지 않는 현실에 화자는 절망한다.

이 시를 강의하면서 버림받은 사람이 남자인지 여자인지 학생
들에게 물어본 적이 있다. 대부분의 학생들이 여자라고 대답해서

놀랐던 기억이 지금도 생생하다. 21세기를 사는 여대생들의 무의식 속에 사랑의 주도권은 남자에게 있고, 버림받고 슬픔에 빠지는 쪽은 여자라는 생각이 박혀 있다니……. 사회적으로 만들어진 성에 의해 길들어진 관습을 강력히 거부하고, 남성 중심 사회의 문제성을 파헤치며, 양성평등을 주장하는 여성학이 성행하는 시기였던지라 더 충격적이었다.

사랑이란 감정은 억지로 요구해서 생기는 것도 또 영원한 것도 아니라는 것을 멀쩡한 정신으로는 수긍하고 인정하지만, 막상 자신의 일이 되고 보면 그걸 받아들이기까지 시간이 필요하다는 게 문제다. 기형적이고 엽기적인 사랑의 결말로 인해 자신도 상대방도 망가지는 결과를 초래해서야 되겠는가? 떠난 사랑 붙잡는다고 붙잡을 수 있는 게 아니니, 바보처럼 사랑의 포로 되지 말고 더 멋진 사랑을 위해 마음을 비워두자고 했는데, 지금 그들은 억만금으로도 살 수 없는 진정한 사랑을 얻어 행복한 삶을 영위하고 있을까?

다음 시 역시 안기도의 작품 「접련화蝶戀花·취별서루성불기醉別西樓醒不記」이다.

술 취해 서루에서 헤어졌는데, 깨고 나니 아무것도 기억 안 나,
봄날 꿈처럼 가을날 구름처럼,
만났다 헤어지긴 너무나 쉬워.
비낀 달빛 창가에 다가와 잠 못 이루는 이 비추고,
병풍 위엔 푸른 산 쓸쓸히 펼쳐 있다.

醉別西樓醒不記, 春夢秋雲, 聚散真容易.

斜月半窗還少睡, 畫屏閑展吳山翠.

옷 위의 술 자국 시 속의 글자,

자국마다 시행마다,

모두가 처량한 마음.

붉은 촛불 가여워 어쩔 줄 몰라,

차가운 밤 부질없이 눈물 흘려준다.

衣上酒痕詩裏字, 點點行行, 總是凄涼意.

紅燭自憐無好計, 夜寒空替人垂淚.

이별의 슬픔을 그린 작품이다. "술 취해 서루에서 헤어졌는데, 깨고 나니 아무것도 기억 안 나"에서 이별의 슬픔이 얼마나 컸는지 알 수 있다. 이별의 고통을 잊어보려고 필름이 끊길 때까지 마셔 댔음을 알 수 있다. "봄날 꿈처럼 가을날 구름처럼, 만났다 헤어지긴 너무나 쉬워"에서는 봄날 꿈, 가을 구름처럼 이별 또한 매우 쉽게 이루어지고 흔적 없이 떠났음을 알 수 있다. 그녀와 공유했던 공간과 시간의 흔적들은 모두가 이별의 아픔을 자극한다. "옷 위의 술 자국 시 속의 글자, 자국마다 시행마다, 모두가 처량한 마음"에서 알 수 있듯, 그들은 처지를 비관하며 인사불성이 될 때까지 술을 마셨고 그 심정을 시로 읊었음을 알 수 있다. 헤어지기 싫지만 헤어져야만 하는 상황, 그 슬픔 잊으려고 흠뻑 취했으나 술에서 깨고 나니 슬픔은 사라진 게 아니라 이별의 아픔을 더욱 실감하게 한다.

홀로 잠에서 깨었을 때 달빛이 비스듬히 창 안으로 들어와 그녀에 대한 그리움을 더욱 깊게 하고, 그녀와의 심리적·물리적 거리감을 병풍 위에 그려진 첩첩 산으로 암시하였다. 이렇게 보고 싶은데 저렇듯 첩첩산중으로 사라져 자취를 감춘 그녀, 이별의 아픔이 또 밀려온다. 마음속 슬픔은 이제 주변의 사물로 흘러들어간다. 촛농을 떨구며 타고 있는 촛불까지도 우는 것으로 보이니 말이다. 옷 위에 떨어진 술자국과 종이 위에 쓰인 시구가 얼마나 처량하고 가여웠으면 촛불이 대신 눈물을 흘려준다고 하였을까? 화자도 울고 촛불도 울고 방안은 온통 눈물바다이다.

이 시의 작자 안기도는 북송 초기 유명한 문학가이자 고위 관료를 지냈던 안수安殊의 막내아들이다. 아버지 덕분에 다복한 유년 시절을 보냈으며 일찍부터 아름다운 가기家妓에 둘러싸여 낭만적인 소년 시절을 보내기도 하였다. 송나라 초기 고관대작들은 경제적으로 넉넉하였다. 국가에서 생활 보장과 품위를 유지할 수 있을 만큼 처우를 잘해 주었다. 안기도 역시 집 안에서는 늘 연회가 열리고 춤추고 노래하는 아리따운 무희 누나들에 둘러싸여 어린 시절을 보냈을 것이다. 행복하고 쾌활한 웃음과 꿈처럼 달콤한 환경은 소년 안기도의 다정다감한 영혼과 순수하고 우직한 천성을 길러주었는지 모른다. 안기도를 『홍루몽』의 남주인공 가보옥과 비견하기도 하는데 일리가 있다. 한번 믿은 사람은 아무리 배신해도 원망하지 않았고 한번 믿은 사람은 끝까지 의심하지 않았다는 안기도는 여의치 못한 삶을 살면서도 아버지 후광을 업고 출세해볼 생각은 한 번도 하지 않았다. 그의 작품 속에 등장하는 여인은 대부분 가기이며 첫사랑의 상대이기도 하다. 안기도는 일생 동안 벼슬길이 시원찮았으며, 아버지의 죽음과 함께 집안마저 몰락하였다.

안기도는 집 안의 너른 정원에서 느긋하게 비파 연주를 듣기도 했을 것이다. 안기도는 집안이 몰락하고 나서도 아버지 안수의 후광을 바라지 않는 강직하고 다정다감한 성품의 소유자였다고 한다. 남송대 이숭李嵩 그림, 〈청완도聽阮圖〉.

제14장

그저 단 한 사람의 연인으로
살고 싶었을 뿐

'고대 여성'과 '술'이라는 키워드를 주면 중국인들은 누구를 가장 먼저 떠올릴까? 아마 양귀비가 아닐까 싶다. 당나라 현종과 양귀비의 비극적인 러브스토리는 오래도록 여러 장르에서 자주 다루어졌던 제재이다. 백거이가 「장한가長恨歌」에서 "옥루의 연회 끝나자 취하여 봄을 즐기네玉樓宴罷醉和春"라고 읊은 후, 청대 홍승洪昇은 희곡 『장생전長生殿』에 양귀비가 현종과 함께 술을 마시다 취하는 장면을 넣었고, 근대 경극京劇의 대가 매란방梅蘭芳은 이 부분만 독립시켜 〈귀비취주貴妃醉酒〉를 창작했다.

〈귀비취주〉에서 양귀비는 현종이 함께 꽃구경하자 약속해놓고 밤늦도록 오지 않아 홀로 술을 마시고 대취하고 만다. 사실 현종이 오지 않은 것은 다른 후궁의 거처에 갔기 때문이니, 당시 양귀비는 배신감과 총애를 잃지 않을까 하는 두려움으로 심정이 상당히 복잡했을 것이다. 이런 상황에서 대취하지 않을 사람이 누가 있겠는가? 전체 극의 4분의 3에 해당하는 30여 분이 전부 양귀비가 술에 취해 비틀대고, 환관의 모자를 벗겨 자신의 머리에 쓰고, 환관의 뺨을 때리는 등 술주정하는 장면으로 이루어져 있다. 지금도 중국에서는 주요 명절이나 특별한 날 텔레비전을 켜면 어김없이 〈귀비취주〉를 볼 수 있으니, 중국인들이 양귀비를 술을 잘 마시는 여자로 인식한 것은 당연하다. 그러나 양귀비가 술을 잘 마셨다는 기록은 전해지지 않는다.

고대에는 사회 구조나 인식으로 인해 여성은 분명 남성만큼 술을 접할 기회가 없었을 것이다. 『시경』 중 「패풍邶風 · 백주柏舟」는 한 여성이 다른 사람에게 말할 수 없는 걱정 때문에 괴로워하는 심정을 읊은 시이다. 이 시에서 "내게는 술이 없는 게 아니지만 잠시 이리저리 돌아다녀봅니다微我無酒, 以敖以遊"라는 구절은 고대 사회에서도 여성이 술을 마셨음을 보여주는 방증이라 할 수 있다.

서한西漢 시기의 부잣집 청상과부 탁문군卓文君은 사마상여司馬相如의 거문고 소리에 반해 한밤중에 그의 집을 찾아가 부부의 연을 맺는다. 사랑을 위해 모든 것을 버리고 야반도주를 감행해 술을 팔며 생계를 이어갔던 용감한 여인이다. 후에 남편이 다른 여자를 첩으로 맞으려 하자 「백두음白頭吟」이라는 시를 지어 결국 남편의 마음을 돌려놓는다. 사랑에만 용감한 게 아니라 문학적 재능도 뛰어났음을 알 수 있다. 이 시 구절에서 "오늘은 만나 한 말술 들이켜고, 내일이면 개울가에서 이별하리니今日斗酒會, 明日溝水頭" 역시 여성도 술을 마셨다는 것을 보여준다. 그러나 이런 기록은 어쩌다 간혹 보이기에 술과 여성은 연관지어질 수가 없었다.

중국 시가의 황금기라 일컬어지는 당나라 시기에는 여성 시인의 수가 200여 명에 달했고, 술에 대한 시도 이전보다 약간 늘었다.

그중 당나라 4대 여성 시인 가운데 이야李冶, 설도薛濤, 어현기魚玄機의 음주시를 차례대로 살펴보려고 한다. 먼저 이야의 시 「호수에서 병으로 누워 있는데 육우陸羽가 찾아와준 것을 기뻐하여湖上臥病喜陸鴻漸至」이다.

옛날 그대 떠날 때 하얗게 서리 내린 하늘 달님이 비추었는데,
지금은 안개가 자욱하군요.
서로 만났으나 여전히 병으로 누워 있으니,
말보다 눈물이 먼저 앞서요.
억지로 술 권하시니
고마워 그대의 시를 읊어드려요.
어쩌다 한번 취할 뿐,
이외에 또 무엇을 할 수 있겠어요.
昔去繁霜月, 今來苦霧時.
相逢仍臥病, 欲語淚先垂.
强勸陶家酒, 還吟謝客詩.
偶然成一醉, 此外更何之?

이야는 6세에 지은 시 한 수 때문에 평범치 않은 인생을 살았던 여인이다. 담장의 장미를 보고 "지지대를 세우지 않았는데, 꽃가지가 이리저리 퍼진 것 보니 심란하여라經時未架卻, 心緒亂縱橫"(「영장미詠薔薇」)라고 읊었다. 그런데 그녀의 아버지는 '가架'의 음이 '시

집가다'라는 뜻의 글자 '가嫁'와 같다고 하여 '아직 시집도 안 갔는데, 이성을 그리는 마음이 마구 솟구친다'는 뜻으로 받아들이고, 장차 딸이 혹시 조신한 부인이 되지 못할까 불안한 마음에 11세에 도교道敎의 수련장인 도관道觀으로 보냈다고 한다. 도사가 된 후에는 시를 잘 지어 유명 인사들과 교류하며 지냈는데, 육우 역시 그중 한 사람이다. 이 시는 병으로 누워 있는 중에 육우가 찾아오자 반가움에 술 마시고 시 읊으며 함께 즐겁게 시간을 보내는 내용이다. 일반 여성들보다 상대적으로 자유로운 생활을 보냈을 그녀에게 이런 자리는 일상이지 않았을까 싶다.

다음은 설도의 시 「서암西巖」이다.

난간에 기대니 이백이 생각나,
술잔 들고 바람 앞에서 손을 들어 불러보네.
보슬보슬 내리는 비에 가던 말 멈추니,
석양 그림자 속에 매미 소리만 어지럽구나.
憑闌卻憶騎鯨客, 把酒臨風手自招.
細雨聲中停去馬, 夕陽影裏亂鳴蜩.

서암은 중경重慶 만주시萬州市에 있으며 이백이 이곳에서 책을 읽고 시를 썼다고 하여 태백암太白巖이라고도 불린다. 지금도 만주에 가면 누구나 이곳을 들르는 것처럼 설도 역시 유람갔을 것이다. 고래를 타고 간 사람이라는 뜻의 "기경객騎鯨客"이 이백을 지칭하는 것은 그가 자신을 "해상기경객海上騎鯨客"이라 한 적이 있기 때문이다. 그래서 이백이 물에 빠져 죽은 후 고래를 타고 하늘로 올라갔다는 전설도 전해지고 있다. "술잔 들고 바람 앞에서 손을 들어 불러보네"는 홀로 술 마시다 술잔 들어 달을 청해 함께 마셨다던 이백의 호방한 풍격을 떠올리며 자신도 그대로 따라해본 것이다.

하지만 똑같이 술이 일으킨 작용이지만 이백의 시 「월하독작」에서와는 사뭇 다른 분위기를 자아낸다. 이백의 이 시는 그가 조정에서 더는 자신의 이상을 실현할 수 없다는 것을 깨닫고 사직한 해에 지어졌다. 그야말로 "갈림길 이리 많은데, 지금 내가 갈 길은 어디에 있는가多歧路, 今安在"(「행로난行路難」)라며 정신적 방황을 하던 때이다. 하지만 그는 호방하고 자유분방한 시인답게 복잡한 심정을 "출세하고 못하고, 오래 살고 못 살고는 본디 하늘이 부여해주는 것. 한 잔이면 삶과 죽음을 동일시하니, 만사는 진실로 예측할 수 없네 窮通與修短, 造化夙所稟. 一樽齊死生, 萬事固難審"(「월하독작 제3수」)라며 호쾌하게 인생에 대한 달관적인 태도로 승화시킨다.

이에 반해 설도는 이 술 한 잔에 시름이 더욱 깊어진 것 같다. 서암을 벗어나서도 설도의 생각은 멈춘 말과 함께 여전히 그곳을 벗어나지 못한다. 무엇이 이리 그녀의 마음을 잡는 걸까? 옛 시인에 대한 흠모? 옛 시인에 대한 회고와 함께 일어난 인생에 대한 감회? 옛 시인과 함께 떠오른 누군가에 대한 그리움? 이유는 알 수 없으나 이 시름은 오래도록 마음 밑바닥에 깔려 있지 않았나 싶다. 빗발은 가늘지만 그칠 줄 모르는 보슬비처럼 언제 그리움이 수그러들지 알 수 없기에 매미 소리만큼이나 마음이 어지러운 것이리라. 경치를 통해 심리 상태를 묘사한, 여백과 함축이 뛰어난 시이다.

설도는 장안에서 관리이던 설운薛鄖의 딸로 태어나 8세부터 시와 음악적 재능을 드러냈다고 한다. 그러나 설운이 권세가의 눈 밖에 나 촉蜀 땅으로 이주하고 몇 년 후 병으로 사망하면서, 설도는 생계를 위해 16세에 관가의 기녀로 입적한다. 기녀의 신분이지만 재능을 인정받아 여러 문인과 교류가 잦았는데, 그중 자신보다 열 살이나 어린 원진元稹과의 러브스토리는 그 진위는 알 수 없으나 지금까지 많은 사람의 흥미를 끌고 있다. 두 사람의 만남은 지방 부임지로 가던 원진이 그녀에 대한 소문을 듣고 일부러 찾아오면서 이루어졌다고 한다. 원진은 그녀의 재주를 "매끄러운 금강과 빼어난 아미산이 탁문군과 설도로 변해서 태어났네. 교묘한 말솜씨는 앵무새의 혀를 훔친 듯, 아름다운 문장은 봉황의 깃털을 나누어 가진 듯錦江滑膩蛾眉秀, 幻出文君與薛濤. 言語巧偸鸚鵡舌, 文章分得鳳凰毛"(「설도에게 부치며寄贈薛濤」)이라고 극찬하였다. 어떤 면이 이처럼 원진 같은 뛰어난 문인의 극찬을 자아낼 수 있었을까? 아래의 시는 설도의 「완화정에서 서천절도사 왕파 및 동료와 함께 일찍 핀 국화에 대해 읊다浣花亭陪川主王播相公暨僚同賦早菊」이다.

가을이 막바지에 접어드는 때,
동쪽 울타리에 국화꽃이 다시 피기 시작했네.
푸른 잎은 맑은 이슬방울에 갓 씻은 듯,

황금 꽃술은 서리를 머금은 듯하네.

본디 재주와 쓸모를 겸하고 있으니,

어찌 뭇 꽃들과 같으랴?

술자리 벌여 잔 주고받으며 즐길 뿐이니,

어찌 조정의 승냥이와 이리를 무서워하랴?

西陸行終令, 東籬始再陽.

綠英初濯露, 金蕊半含霜.

自有兼材用, 那同衆草芳.

獻酬樽俎外, 寧有懼豺狼.

왕파는 당시 재상 황보박皇甫鎛에게 배척당해 서천절도사西川
節度使로 좌천되어 성도成都로 오는데 이곳에서 설도를 알게 된다.
이 시는 설도가 술자리에서 함께 국화를 감상하던 중, 왕파를 국화
에 비유해 위로한 것이다. 늦가을 서리를 무릅쓰고 피어난 국화는
강인함의 상징이고, 황금빛 꽃송이와 이슬 머금은 푸른 잎사귀는
내면의 고결함이 밖으로 드러난 것이다. 또 국화는 식재료나 약재
로도 쓰이기에 활용 면에서 일반 관상용 꽃들과는 비교가 안 된다.
사람으로 치면 재주도 많고 버릴 게 하나 없다고나 할까? 이 모든
것이 왕파를 비유한 것이다. 왕파에게는 최고의 찬사이자 큰 위안
이 되었을 것이다. 한 가지 애석한 점은 왕파가 훗날 권세에 아부하
고 백성을 착취하는 관리로 변한 것이다. 결과만 놓고 보면 설도가
사람 보는 눈이 없었다고 할 수 있겠다. 하지만 인간 됨됨이를 판단

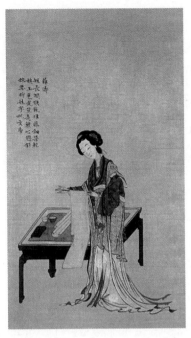

〈천추절염도千秋絕豔圖〉의 설도(청대 작가 미상).
〈천추절염도〉는 중국의 역사적 사실이나
전설상 역대 미인들인 반소, 반첩여, 왕소군,
채문희, 탁문군, 조비연, 양귀비 등 57명을
그린 작품이다. 이 그림에는 설도도 포함된다.

하는 나름의 기준만큼은 분명했던 듯하다.

설도는 기녀의 신분이지만 그 당시 많은 문인 명사들의 연인으로서 시적 영감을 풍부하게 해주고, 시를 주고받으며 시적 재능을 꽃피우게 해주었다. 고숭문高崇文·무원형武元衡·이덕유李德裕 등의 고관들과 창화하였고, 무원형(일설에는 위고韋皐라고 함)이 황제에게 설도를 교서랑校書郞 관직에 임명해 달라고 청했으나 황제는 전례가 없다며 거절했다는 이야기도 전해진다. 그녀는 또 아름다운 종이를 발명했는데, 사람들은 이를 설도전薛濤箋이라 부른다. 곱고 아름다운 종이에 시를 적었다고 한다. 함께 인생을 논하고 세태를 논할 수 있는 식견과 주관이 있었던 그녀는 진정 사랑하는 사람의 단 하나의 연인이 될 수 없는 슬픔을 노래했는데, 이름하여 「춘망사春望詞」. 이 시는 안서岸曙 김억金億이 우리말로 번역하고 김성태金成泰가 작곡하여 육칠십 대 사람들의 심금을 울렸다. "꽃잎은 하염없이 바람에 지고, 만날 날은 아득타 기약이 없네"로 시작하는 〈동심초〉가 바로 그것이다. 여성 시인으로서는 남긴 작품도 많아 90여 수의 시가 전해지고 있다.

어현기에 대해서는 어린 시절의 기록이 거의 전해지지 않아, 10세 무렵에 시인 온정균溫庭筠의 제자가 되고, 15세에 그의 중매로 이억李億이라는 사람의 첩이 되었다는 정도만 알 수 있다. 하지만 이억은 본처의 질투로 어현기를 가까이 둘 수 없었다. 그래도 서로 간의 감정은 좋아 이억은 어현기를 부임지에 동행하기도 하고, 때로는 그녀가 부임지로 찾아가기도 했다. 결국 본처의 매질과 학대를 보다 못한 이억은 삼 년 정도만 떨어져 살면 아내도 마음이 풀어질 것이니 그동안 도관에 들어가 살면 어떻겠느냐고 제안하였다. 어현기는 그 말을 곧이듣고 도관에 들어가 여도사가 되어 이억을 기다린다. 그리움에 지친 그녀는 항상 "문 앞에 쌓인 단풍잎, 쓸지도 않고 마음 알아줄 이 오기를 기다리네門前紅葉地, 不掃待知音"(「감회를 적어 보내며感懷寄人」)라며 남녀의 정을 넘는 인간적이고 정신적인 사랑을 갈망했다. 그러나 이억은 끝내 그녀와의 약속을 저버리고 나타나지 않았다. 이 일을 계기로 그녀는 막가는 인생을 살기 시작한다. 그러던 중 기방에서 만난 악공과 사랑을 나누었고, 그녀의 하녀가 악공과 정을 통하자 매질하여 죽음에 이르게 한다. 그리하여 살인 죄로 사형을 당한다. 그녀의 나이 27세 때의 일이다. 제대로 사랑 한 번 해보지 못하고 이렇게 생을 마감하고 말았으니 정말 허망하 기 그지없는 인생이다. 어현기의 「회포를 풀며遣懷」라는 시를 살펴 보자.

하는 일 없이 한가하여, 홀로 경치 즐기는데,
하늘엔 조각구름 강 위엔 달님, 밧줄 풀어 바다에 배 띄웠네.
소량사에서 거문고 타고, 유량루에서 시 읊으니,
대나무 숲이 벗이 되고, 돌조각이 짝이 되는구나.
제비와 참새 같은 소인들 하는 일 없이 귀해졌지만, 금과 은은
　내가 원하는 바가 아니네.
잔에 봄 술 가득 채우고, 달 마주한다 그윽한 창가에서.
섬돌 구비 도는 맑은 연못에, 비녀 뽑고 졸졸 흐르는 물에 얼굴
　비춰보고,
책이 가득한 침대에 누웠다가, 취기에 일어나 머리 빗는다.
閑散身無事, 風光獨自遊.
斷雲江上月, 解纜海中舟.
琴弄蕭梁寺, 詩吟庾亮樓.
叢篁堪作伴, 片石好爲儔.
燕雀徒爲貴, 金銀志不求.
滿杯春酒綠, 對月夜窓幽.

繞砌澄清沼, 抽簪映細流.

臥床書冊遍, 半醉起梳頭.

이 시는 어현기가 호북湖北으로 유람을 떠났던 861년에 무창武
昌에서 지은 것이다. 이곳에 간 것은 이억을 만나기 위해서였다. 하
지만 아름다운 풍광도, 음악도, 시도, 술도, 그와 함께한 흔적은 보
이지 않는다. 기나긴 밤을 홀로 보내려니 술 마시다가, 연못에 나갔
다가, 책 읽다가 잠들다 깨기를 반복하고, 예쁘게 봐줄 사람도 없건
만 취중에 일어나 머리 빗는 모습에서는 뼛속까지 스며든 외로움이
묻어난다. 당시에도 부귀한 자들의 구애가 있었지만 어현기는 모두
마다하고 이억을 향한 변치 않는 마음과 그리움을 구구절절 호소
했다.

"강남에서 수심에 잠겨 강북 바라보며, 부질없이 그리운 마음
읊조려보아요. 따사로운 모래사장에는 원앙이 누워 있고, 귤 숲에는
물수리가 한가로이 날아다니네요. 안개 사이로 노랫가락 은은히 들
려오고, 나루터에는 달빛이 짙게 내려앉았어요. 그리움에 지척이 천
리처럼 느껴져요, 집집마다 다듬이질하는 소리 멀리서 들려오네요
江南江北愁望, 相思相億空吟. 鴛鴦暖臥沙浦, 鸂鶒閑飛橘林. 煙裏歌聲隱隱,
渡頭月色沉沉. 含情咫尺千里, 況聽家家遠砧."(「한강 너머에서 자안 이억에게 부
치다隔漢江寄子安」)

이억이 3년간 떨어져 있다가 같이 살자는 약속을 저버린 것은
사실 마음이 변했기 때문이다. 처음에는 배신감에 자신을 학대하듯

어현기는 모란처럼 고귀한 자신이
시대와 환경을 잘못 만나 사랑받고
인정받지 못함을 슬퍼했지만,
자신의 시적 재능에 대해서는
대단한 자부심이 있기도 했다.
하지만 결국 사랑 때문에 살인자가
되어 비극적인 죽음을 맞이한다.
『원기시의도축元機詩意圖軸』(부분)

문란하게 살았지만 나중에는 시련의 아픔을 당당히 딛고 일어나 새
로운 삶을 보란 듯이 살겠다고 선언한다. 「이웃집 여인에게贈隣女」
가 바로 그것이다. 그 안에는 이런 구절이 있다. "스스로 송옥도 엿
볼 수 있는 몸이거늘, 왜 왕창을 원망하는가?自能窺宋玉, 何必恨王昌"
초나라 시인 송옥이 지은 「등도자호색부登徒子好色賦」에서 등도자
는 왕에게 송옥은 색을 밝히는 사람이므로 후궁 출입을 금해야 한
다고 말한다. 그러자 송옥은 마을 동쪽에 사는 미인이 자신을 흠모
하여 담장 너머로 3년을 엿보았지만 자기는 기색 한 번 변한 적이
없다며 결코 호색한이 아님을 주장한다. 왕창은 실제로 누구를 가
리키는지 명확하지 않으나 시에서는 주로 미남자를 지칭한다. 이웃

집 여인은 실제 인물일 수도 있고, 전고를 빌어 어현기 자신을 비유하는 것일 수도 있다. 아니면 사랑 때문에 눈물짓는 세상의 모든 여인일 수도 있다. 그녀가 하고 싶은 말은 바로 '송옥 같은 인재도 엿볼 수 있을 만큼 아름다운 당신이 왜 왕창 같은 사람에게 미련을 두나요'라는 다짐과도 같은 심정이 아니었을까? 이 시에는 '이억 원외랑에게寄李億員外'라는 부제가 붙어 있어 이억에게 자신의 사랑이 끝났음을 선언하는 것으로도 볼 수 있다.

어현기는 본래 자존감이 아주 높았던 여인이다. 그래서 자신을 꽃 중의 여왕이라 불리는 모란에 비유하기도 하였다.

"바람에 우수수 떨어지는 꽃잎 보며 탄식하니, 향기 사라지면 이 봄 또한 지나가리. 값 비싸니 높은 사람도 물어오지 않고, 향기 짙어 나비도 가까이 오지 않네. 붉은 꽃 궁중에서 피어야 마땅하리니, 푸른 잎이 어찌 세상 먼지 감당할 수 있으리. 상림원에 그 뿌리 옮겨 심으면, 귀족 도령들 꽃 살 방법 없음을 애석해하리라臨風興嘆落花頻, 芳意潛消又一春. 應爲價高人不問, 卻緣香甚蝶難親. 紅英只稱生宮裏, 翠葉那堪染路塵. 及至移根上林苑, 王孫方恨買無因."

궁궐 정원에나 있어야 할 모란처럼 고귀한 자신이 환경을 잘못 타고 태어나 사랑받고 인정받지 못함을 슬퍼한 시이다. 하지만 마지막 구절을 보면 슬픔에만 머물러 있던 것은 아닌 것 같다. 뿌리를 옮겨 심는다는 것은 변화할 수 있다는 꿈을 품고 있음을 나타낸다. 자신을 알아보지 못한 속인들 나중에 후회하지 말라는 것은 그런 날이 올 것이라는 자신감의 표출이라고 볼 수 있다. 실제로 어현기는 자신의 시적 재능에 대해서도 대단한 자부심이 있어 "여자이기에 시 짓는 재주 가려짐을 원망하며, 고개 들어 합격자 명단에 오른 사람 부질없이 부러워하네自恨羅衣掩詩句, 擧頭空羨榜中名"(「숭진관의 남쪽 누대에 놀러가서 새로 급제한 사람의 이름을 적어놓은 곳을 보고서遊崇眞觀南樓, 睹新及第題名處」)라고 하였다. 원망, 부러움이라는 단어를 썼지만, 사실은 '내 재주 결코 이들에 뒤지지 않아, 남자로 태어났으면 나도 분명 합격자 명단에 이름을 올렸을 거야'라는 자신감을 드러낸 것이다. 하지만 그 포부를 제대로 펼쳐볼 새도 없이 또다시 사랑의 굴레에 걸려들어 살인까지 하고 말았으니, 정말 그 징한 사랑이 뭔지 묻고 싶다. 전해지는 어현기의 시는 약 50수이다.

이전과 비교하면 상대적으로 많은 음주시를 남긴 이야, 설도, 어현기의 공통점은 평범한 부인이 아니라 도사와 기녀라는 특수한 신분을 가졌다는 것이다. 물론 『전당시全唐詩』에는 육몽陸濛이라는 관원의 아내 장 씨蔣氏가 지은 「술을 끊으라는 자매들에게 답하며答諸姉妹戒飮」 같은 시도 있다.

평생 유독 술을 좋아하여,
너희에게 밥 먹으라 권하는 수고를 끼치네.
그러나 잔에 술 가득 채워야만,
세월 보내기 어렵지 않다오.
平生偏好酒, 勞爾勸吾餐.
但得杯中滿, 時光度不難.

짧은 시이지만 배를 술로 채울 정도로 애주가이고, 그것이 일
상이었음을 알 수 있다. 또한 『구당서舊唐書·유종간전劉從諫傳』에는
다음과 같은 내용도 있다. "종간의 아내는 배 씨이다. 처음, 양아들
유진이 조정의 명에 항거하자 배 씨는 장수들의 아내를 소집하여
연회를 가졌다. 술잔을 들고 축수를 하는데 흐르는 눈물을 멈출 수
가 없었다. 여인들이 하명을 청하자, 배 씨는 '그대의 남편들에게 편
지를 보내 우리 남편께서 발탁해준 일을 잊지 말고, 배은망덕한 이
비처럼 조정에 투항하지 말라고 해주시오'라고 했다. 유진이 죽자,
배 씨 역시 그로 인해 극형에 처해졌다從諫妻裴氏, 初, 積拒命, 裴氏召
集大將妻同宴, 以酒爲壽, 泣下不能已. 諸婦請命, 裴曰'新婦與各汝夫文字, 勿
忘先相公之拔擢, 莫效李丕背恩, 走投國家. 積死, 裴亦以此極刑.'

이는 여성사회에서도 의식을 행하거나 관계를 유지하고 단합
하는 데 술이 매우 중요한 작용을 하였음을 보여준다. 하지만 위
의 두 경우는 모두 상류층의 일이고, 그나마 드문 사례이다. 그렇다
면 서민계층에서는 어떠했을까? 당나라 시인 두목杜牧의 「윤주에
서 읊은 시 두 수潤州二首」에서 "절에는 푸른 이끼만 가득하지 말 자
취 보이지 않고, 푸른 물 흐르는 다리 옆에는 술집만 많다靑苔寺裏無
馬跡, 綠水橋邊多酒樓", 잠삼岑參의 「한단의 객사에서 노래하다邯鄲客
舍歌」에서 "한단의 여인 밤중에도 술 파니, 밝은 불빛 아래서 손님에
게 돈 세며 자랑하네邯鄲女兒夜沽酒, 對客挑燈誇數錢" 등을 통해 볼 때
거리에는 술집도 많고 야간 영업을 할 정도로 성업이었음을 알 수
있다. 육구몽陸龜蒙의 「피일휴皮日休의 술을 읊은 시에 창화하다·주

막奉和襲美酒中十詠·酒墟」중 "성도成都의 어여쁜 여인들, 주막에서 술을 파네錦裏多佳人, 當壚自沽酒", 이백의 「소년의 노래少年行」중 "떨어진 꽃잎 밟고 어디로 놀러가나, 웃으며 오랑캐 여인의 주막으로 들어가네落花踏盡遊何處, 笑入胡姬酒肆中" 등을 보면 술집을 운영하는 여성 자영업자도 상당수에 이르렀을 것으로 보인다.

여성은 이처럼 당시의 술 문화 형성에 밀접히 연관되어 있고, 또한 여성 시인의 수도 비약적으로 증가했다. 그런데 왜 여성이 지은 음주 시는 겨우 10여 수 정도만 전해지는 것일까? 당나라 때만 해도 출판문화가 발달하지 않아 여성이 시집을 내기가 어려워서 그랬던 게 아닐까?

제15장

술이 아니면 그 세월을
견딜 수 없었을 거예요

송나라에 들어와 여성 시인이 지은 음주시가 100여 수를 넘었다. 당나라와 비교하면 약 6배 정도가 늘어난 것이다. 이는 개인의 성향도 있겠지만 당시 사회 상황과도 큰 상관이 있다. 송나라 영토는 지금 중국의 3분의 1 정도에 불과하지만 경지 면적은 대폭 늘어 농업 생산량이 비약적으로 증가하고, 인구도 연평균 성장률이 1퍼센트에 달할 정도로 높아져 최고로 많을 때는 총인구수가 1억 명을 넘기도 했다. 도시의 규모도 커져 개봉開封은 인구가 150만 명에 이르렀고, 임안臨安은 100만 명의 인구가 상주하였다. 도시의 발달로 자연히 교통망이 형성되고 이를 따라 국내 상업은 물론 대외교역도 활성화되었다. 경제적 번영은 문화 각 방면에도 많은 영향을 미쳤는데, 그 중 인쇄술과 출판업의 발달로 남녀를 막론하고 누구든 시집이나 문집을 내기가 수월해졌다. 시장경제의 활성화는 사회계층 간의 지위에도 변동을 가져와 서민의 사회적 지위가 급부상하였다. 이로써 과거부터 줄곧 저속한 놀이로 치부되어 무시당하던 희곡, 소설, 기타 설창說唱 등의 민간예술이 비약적으로 발전하였는데, 이는 문화의 중심이 주요 고객층인 서민들을 중심으로 재편성되었음을 말해준다.

오락문화의 발달은 술의 소비도 증가시키기 마련이다. 송나라 진윤평陳允平이 지은 「봄나들이를 읊은 시春遊曲」에서는 "장안의 기방과 술집이 삼백 개에 이른다靑樓酒旗三百家"라고 하였고, 북송 시기의 화가 장택단張擇端이 그린 풍속화 〈청명상하도淸明上河圖〉를 보아도 거리에 주점이 즐비하였음을 볼 수 있다. 이러한 사회 분위기에서는 남녀를 불문하고 자연히 술을 접할 기회가 많아질 수밖에 없다.

송나라를 대표할 만한 여성 시인을 꼽으라면 당연히 북송의 이청조李淸照와 남송의 주숙진朱淑眞이다. 이청조는 대표적인 여성 술꾼으로 명성이 자자했다. 꿈 많던 소녀 시절에도, 달콤한 신혼 시절에도, 행복했던 혼인 생활이 파탄난 후에도 일생의 희로애락이 술 속에 오롯이 녹아 있다. 음주와 관련된 작품의 수도 상당하다. 주숙진 또한 술꾼으로 이름난 것은 아니지만 많은 음주시를 남겼다.

그렇다면 당시 여성들은 몇 살부터 술을 마셨을까? 다음의 사는 이청조가 16~17세 무렵에 지었다고 하는 「여몽령如夢令」이다.

어젯밤 부슬비에 세찬 바람 불었지,
깊은 잠 자고도 취기가 가시지 않네.
주렴 걷는 아이에게 물어보니,
뜻밖에 해당화는 그대로라고 하네.
모르느냐, 모르느냐?

푸른 잎 무성해지고 빨간 꽃 시들었음을.

昨夜雨疏風驟, 濃睡不消殘酒.

試問卷簾人, 卻道海棠依舊.

知否? 知否? 應是綠肥紅瘦.

　　지금 같으면 여고생이 음주를 한 것이지만, 당시는 계년笄年, 즉
시집가 비녀 꽂을 수 있는 나이를 15세 정도로 보았으므로 성인이
라고 할 수 있다. 이 사는 늦봄 해당화가 지는 것이 애석하여 노래
한 것이다. 꽃이 지는 것은 아름다운 청춘이 떠나가고 있음을 비유
한다. 부슬비 내리고 바람 부는 밤에 술을 마신 것은, 그것도 아침

장택단의 〈청명상하도〉는 북송의 수도였던
개봉의 청명절 풍경을 그린 그림이다.
거리에 주점이 즐비하였고, 상업 활동은
물론 대외교역도 활발하였다. 왼쪽의
번화한 거리에서 유유자적 말 타고 가는
갓 쓴 이는 조선의 선비가 분명해 보인다.

까지 취기가 가시지 않을 정도로 많이 마신 것은 이 밤이 지나면 더
는 해당화를 볼 수 없고 아름다운 청춘도 흘러간다고 여겼기 때문
이다.

　"주렴 걷는 아이에게 물어"본 것은 비바람 속에 꽃이 모두 떨어
졌으리라 추측되지만 그래도 혹시 하는 마음에서다. 꽃이 떨어지지
않기를 간절히 원하지만 실제로 그럴 수 없다는 것을 잘 알기에 꽃
이 그대로라는 대답은 의외일 수밖에 없다. 순간 시인의 마음은 기
대와 의혹 사이를 넘나들었을 것이다. 그러나 다시 반문하듯 "모르
느냐, 모르느냐? 푸른 잎 무성해지고 빨간 꽃 시들었음을"이라는 말
을 내뱉는다. 이는 아이를 책망하는 말이기도 하지만 한편으로는

보지 않아도 이치가 자명한데 기대를 저버리지 못하는 자신을 탓하는 것이기도 하다. 계절 변화는 자연의 섭리인데 거기에 비바람까지 불었으니 꽃이 남아 있을 리 없다는 것을 인정하고 결국 완전히 기대를 접은 것이다. "물어보니/시문試問", "뜻밖에/각卻", "모르느냐/지부知否" 등으로 기대·의혹·포기로 이어지는 찰나의 심리 변화를 섬세하게 표현하고, "푸른 잎 무성해지고/녹비綠肥"와 "빨간 꽃 시들었음/홍수紅瘦"을 대비시켜 계절의 변화를 형상적으로 묘사했다.

시 속 사물에는 시인의 마음이 투영되기 마련이다. 꽃이 다 떨어졌을 것이라는 생각만으로도 마음 졸이는 시인과 달리, 아이는 떨어진 꽃으로 땅이 뒤덮였을 텐데도 관심 둔 적이 없기에 그대로라고 대답한다. 시인은 떨어지는 꽃을 안타까워하나 아이의 대답은 무심하기만 하다. 섬세한 질문과 무심한 대답을 대비하여 부각한 것이다. 평이한 시어로 이루어지고 편폭도 짧지만 한 글자 한 구절 모두 세심하고 치밀하게 구성한 절창이다. 남송의 문학가 호자胡仔는 이청조의 문장과 사에는 훌륭한 구절이 많은데 「여몽령」의 "녹비홍수綠肥紅瘦"는 특히 참신하다고 평가했다. 이 구절은 지금까지 줄곧 인구에 회자하는데, 일례로 2018년에 현대소설 『서녀명란전庶女明蘭傳』을 각색하여 나온 드라마의 제목이 바로 '지부지부응시록비홍수知否知否應是綠肥紅瘦'였다.

다음은 주숙진의 시 「봄날 정원에서의 작은 연회春園小宴」이다.

봄날 정원은 꽃구경하기 좋아라,

풀 위를 걸으니 신발에 달라붙고 버들개지는 옷에 점점이 내려
    앉네.

온갖 나무 무성해진 그늘에서 꾀꼬리 울어대고,

막 피어난 꽃들 위로 다정한 나비 날아든다.

감흥에 이끌리니 빼어난 시인 된 듯하고,

술 한껏 마셔도 취하지 않네.

온종일 즐겨도 아쉬움 남아,

석양을 자물쇠로 가두어둘 방법 없어 한스럽구나.

春園得對賞芳菲, 步草黏鞋絮點衣.

萬木初陰鶯百轉, 千花乍拆蝶雙飛.

牽情自覺詩豪健, 痛飮唯覺酒力微.

窮日追歡歡不足, 恨無爲計鎖斜輝.

　주숙진의 시는 아쉽게도 대부분 어느 시기에 지어졌는지 정
확히 알 수 없으나, 풍격으로 볼 때 이 시는 초기의 작품이라 생각
된다. 제목에 연회라는 말이 있어 혼자가 아니라 여러 사람이 함께
술을 마시며 즐기는 자리였음을 알 수 있다. 이는 여성도 남성들처
럼 모여 술을 마시며 즐기는 문화가 보편적이었음을 말해준다. 화
초, 버들개지, 나무, 꾀꼬리, 나비 등은 모두 봄에 흔히 볼 수 있는 경
물이나, "달라붙고/점黏"·"내려앉고/점點"·"무성해진/초음初陰"·
"울어대고/전轉"·"막 피어난/사탁乍拆"·"날아든다/비飛" 등의 동

적 묘사로 모든 사물에서 생동감이 느껴진다. 여럿이 함께 정원을 이리저리 거닐며 봄 경치를 즐기는 고조된 감정이 사물에 그대로 투영된 것이다. 경쾌한 발걸음만큼이나 기분도 최고였음을 알 수 있다. 흥이 무르익자 자기도 모르게 시를 짓는다는 것은 은연중에 그 재능을 드러낸 것이다. 주량이 어느 정도인지 알 수 없지만 한껏 마셔도 취하지 않는 것은 역시 즐거워서이다. 날이 저무니 연회도 막을 내려야 하지만 흥이 아직 수그러들지 않으니 지는 해가 원망 스러울 뿐. 마치 온종일 밖에서 놀고도 집으로 돌아가지 않으려는 아이 같고, 해에 자물쇠라도 채워 못 가게 하고 싶다는 발상이 참으 로 귀엽다. 봄 정취에 흠뻑 취한 소녀의 감성이 느껴지는 시이다.

어린 시절의 작품임에도 호평을 받고, 흥이 일면 절로 붓을 휘 둘러 시를 지으니 이청조와 주숙진의 남다른 재능을 보여준다. 이 는 두 사람의 성장 배경과도 연관이 있다.

이청조의 호는 이안거사易安居士, 지금의 산동성 제남濟南 부근 에서 송대의 대문호 소식의 제자 이격비李格非의 딸로 태어나 자연 스레 문학을 접하며 성장하였고, 18세에 문자학 연구가이자 장서가 로 이름난 조명성趙明誠과 결혼하였다.

주숙진은 호가 유서거사幽棲居士, 지금의 절강성 가흥嘉興 부근 에서 태어났다. 관리 집안에서 성장하였고, 어려서부터 총명하고 책 읽기를 좋아하였다고 한다. 장성해서는 부모님의 강요로 돈 좋아하 고 호색가였던 사법부의 말단관리와 결혼한다. 하지만 문학적 소양 과 섬세한 감정을 지닌 그녀와는 취미와 성격이 완전히 달라 불행한 결혼 생활을 할 수밖에 없었다. 결혼 생활의 고독과 원망, 슬픔이 그녀 작품 세계의 주요 내용이다.

이청조는 작품집으로 『수옥집漱玉集』·『수옥사漱玉詞』가 있고, 현재 90여 수의 시와 사가 전해진다. 주숙진의 작품은 그녀가 죽은 후 부모가 모두 불태웠으나, 몇십 년 후 다행히 위중공魏仲恭이 세간에 전해지는 것들을 모아 수록하고 『단장집斷腸集』이라 명명하여 출판하였다. 현재 340여 수의 작품이 남아 있어 당·송시대의 여성 시인 가운데 작품이 가장 많다고 알려져 있다.

위에서 예로 든 이청조와 주숙진의 시와 사처럼 여성 작가에게서는 그들 특유의 감성으로 개인의 생활과 애정을 노래한 작품을 많이 볼 수 있다. 이청조와 주숙진 역시 그러한 경향이 강하여 이청조는 완약파婉約派를 대표하는 사인詞人이라 불렸고, 주숙진은 어느 일파로 분류되지는 않으나 작품집에 『단장집』이라는 이름이 붙여진 것을 보면 주로 애끓는 감정을 노래하였음을 알 수 있다. 그러나 두 사람에게는 사회현상이나 역사를 통해 인생과 현실을 심도 있게 조명한 작품도 적지 않고, 작품성 역시 뛰어난 남성 작가들과 비교해도 전혀 손색이 없다. 그 예로 이청조와 주숙진의 시를 한 수씩 예로 들어본다. 먼저 이청조의 사 「어가오漁家傲」이다.

하늘과 넘실대는 파도 맞닿은 곳 새벽안개 자욱하고,
은하 빙글빙글 돌고 천 척의 배가 춤을 추네.
꿈결에 하늘 궁전에 간 듯,

들려오네, 하늘의 목소리,

나에게 어디 가느냐고 은근히 물으신다.

갈 길 먼데 슬프게도 해가 저물었다고 대답하였지.

시 배워 부질없이 경이로운 구절 지었네.

구만 리 창공에 부는 바람 따라 붕새 떠오르려 하니,

바람 멈추지 말기를,

내가 탄 배 삼산에 데려다주도록.

天接雲濤連曉霧, 星河欲轉千帆舞.

仿佛夢魂歸帝所,

聞天語, 殷勤問我歸何處.

我報路長嗟日暮.

學詩謾有驚人句.

九萬里風鵬正擧, 風休住, 蓬舟吹取三山去!

이 시는 이청조가 봄날 바다에 나갔다가 풍랑을 겪은 후 쓴 것으로 '꿈을 기록하다/기몽記夢'라는 부제가 붙어 있다. 금나라 침입 후 피난 중에 이곳저곳을 떠돌던 중 생긴 일로 짐작된다. "하늘과 넘실대는 파도 맞닿은 곳 새벽안개 자욱하고"는 치솟는 파도와 하늘이 맞닿은 머나먼 지평선에 시선을 두어 광활한 바다의 원경遠景을 묘사한 것이다. 동動과 정靜의 조화가 자아낸 환상적인 분위기는 상상력을 자극하여 안개 속 수평선 너머에 무슨 일이 있을지 궁금하게 만든다. "은하 빙글빙글 돌고 천 척의 배가 춤을 추네"는 멀미 때문에 하늘이 막 도는 것 같고, 바다 위의 배들도 춤추는 것처럼 느끼는 것이다. 시선을 먼 곳에서 근거리로 이동하여 배 안의 상황과 눈앞에 보이는 정경을 묘사하면서 적막하기만 했던 바다가 역동적으로 바뀌었다. "꿈결에 하늘 궁전에 간 듯"에서는 정말 꿈속의 일인지, 아니면 실제 상황을 꿈속의 일로 느낀 것은 아닌지 하는 생각이 든다. 뱃멀미가 심해 정신이 혼미해지면 비몽사몽이 될 수 있으니까 말이다. 어찌 되었건 '꿈'은 시인을 현실에서 하늘 궁전이라는 환상의 세계로 이끌어 시상의 전환을 유도하는 중요한 작용을 한다. 시인의 마음속에 자리한 '하늘'은 인생을 주재하는 큰 힘을 가진 자이다. 그런데 '하늘'은 시인의 마음에 친근한 존재로 자리하고 있다. 그러니 그 목소리 은근하다 느끼고, 갈 길이 멀다며 하소연하고 투정을 부리는 것이다. 하늘을 원망의 대상으로 삼지 않은 것은 마음에서 희망을 놓지 않았다는 것이고, 갈 길이 멀다는 것은 계속 나아가보겠다는 것이다.

"시 배워 부질없이 경이로운 구절 지었네" 역시 지나온 시절을 한탄하는 것으로 보이지만 실은 그렇지 않다. 자신을 한번 날면 구만 리를 가는 전설 속 붕새에 비유하여 다시 떨치고 날아보겠다고 했으니까 말이다. '삼산三山'은 신선이 산다는 봉래蓬萊·방장方丈·영주瀛洲 세 산을 가리키고, 이곳은 바라볼 수는 있지만 다가가면 바람 때문에 들어갈 수 없다고 한다. 여기에 가려는 것은 번뇌가 가득한 현실에서 벗어나고픈 마음을 표현한 것이다. 하지만 이 또한 결코 세상으로부터 도피하려 하는 것이 아니다. "바람 멈추지 말기를"

하늘에 바라는 것은 스스로 그곳을 향해 나아갈 수 있도록 힘을 달라는 것이니까. 당시 이청조는 사랑하는 남편을 잃었다. 하늘을 원망하고 불운을 한탄해도 충분히 이해되는 상황이지만 슬픔에 침잠하지 않고 변화를 추구하며 역경을 극복하려 하였으니, 인생을 대하는 긍정적 마인드와 호방한 태도를 엿볼 수 있다.

다음은 주숙진의 「자책自責」이라는 시이다.

여자가 문장 짓는 건 정말 죄짓는 일이니,
어찌 음풍농월할 수 있으랴.
벼루가 닳도록 글 짓는 것 내 일 아니니,
바늘 부러지도록 수놓는 일이나 잘해야 하리.
울적한 마음 풀 길 없어 시만 읽는데,
시에서 또 이별 장면만 보았노라.
쓸쓸한 마음만 더해지니,
이제야 알았네, 영리한 것보다 바보스러운 게 낫다는 것을.
女子弄文誠可罪, 那堪詠月更吟風.
磨穿鐵硯非吾事, 繡折金針卻有功.
悶無消遣只看詩, 又見詩中話別離.
添得情懷轉蕭索, 始知伶俐不如癡.

자책이란 자신의 잘못을 뉘우치며 스스로 책망하는 것이다. 하지만 이 시에서는 액면 그대로 받아들이면 안 된다. 세상에서는 여자가 문장 짓는 것을 죄악시하는데 자신은 음풍농월하였으니 그 죄가 더욱 크다느니, 글 짓는 것 나의 일이 아니므로 바느질이나 하며 살려 한다느니, 차라리 글을 몰랐더라면 좋았을 것이니 하는 것은 전부 반어적인 표현이다. 여자의 재주가 인정되지 않는 현실을 비꼬며 자신의 시재詩才를 드러낸 것이다. 자신의 재주를 자부하지 않는 사람이 어찌 회재불우의 감정을 느끼겠는가? "용문에 올라가려는 뜻 있어, 새로 한 차례 우레가 치길 기다리고 있을 뿐非無欲透龍門志, 只待新雷震一聲"(「봄날 정자에서 물고기를 보며春日亭上觀魚」)이라고 하였듯이 그녀의 마음에는 늘 재주가 빛을 발할 날을 기대하는 심리가 자리하고 있었다.

하지만 재주 많고 자부심 강한 이 두 여인의 인생은 그리 순탄치 않았다. 먼저 이청조의 인생에서 최대의 시련을 꼽는다면 사랑하던 남편의 죽음이라 할 수 있다. 더구나 외적의 침입을 피해 피난 중에 일어난 일이라 그 정신적 충격은 말로 형용하기 어려웠다. 다음은 이 시기에 지어진 「성성만聲聲慢」이라는 사이다.

찾고 찾아도 보이지 않으니 적막하고 처참하기 그지없네.
따뜻해졌다가 금방 다시 추워지니 이 몸 견디기 어려워라.
두세 잔 술로 어찌 감당할 수 있으리. 저녁 되어 불어오는 세찬
　　바람을!
날아가는 기러기에 마음 아픈데, 공교롭게도 옛날 그 기러기
　　구나.

마당 가득 쌓인 국화 초췌하게 시들어버렸으니, 이제 누가 꺾
　　으려 할까요?

창가에 지키고 앉아, 어떻게 홀로 어두워질 때까지 기다릴까요?

오동잎 위로 내리는 가랑비, 저녁까지 똑똑 떨어져요.

이 상황을 어찌 근심이라는 한마디 말로 표현할 수 있을까요?

尋尋覓覓, 冷冷清清, 淒淒慘慘戚戚.

乍暖還寒時候, 最難將息.

三杯兩盞淡酒, 怎敵他. 晚來風急!

雁過也, 正傷心, 卻是舊時相識.

滿地黃花堆積, 憔悴損, 如今有誰堪摘?

守着窗兒, 獨自怎生得黑!

梧桐更兼細雨, 到黃昏, 點點滴滴.

這次第, 怎一個愁字了得!

　　"찾고 찾아도/심심멱멱尋尋覓覓"은 필사적으로 무언가를 찾는
화자의 모습을 그린 것이다. "적막하고 처참하기 그지없네"는 화자
의 공허하고 실의에 가득 찬 심리적 상태를 묘사하였다. 화자가 찾
고자 하는 것은 무엇일까? 이청조의 「금석록후서金石錄後序」에는 이
런 내용이 있다.

　　"밥을 먹은 후 귀래당歸來堂으로 돌아와 차를 끓일 때마다, 나
는 쌓인 책을 가리키며 어떤 사건이 어느 책 몇 권 몇 페이지 몇 줄
에 있는지 말하여 맞추는지 못 맞추는지 내기를 해 차를 마시는 순

서를 정하자고 했다. 맞추면 나는 잔을 치켜들어 소리 내어 웃었고, 그 바람에 차를 가슴에 엎질러 못 마시고 자리에서 일어나곤 했다. 이렇게 시골에서 늙어가고 싶었다. 비록 걱정도 많고 가난했지만 이런 생각을 굽혀본 적이 없었다每飯罷, 坐歸來堂烹茶, 指堆積書史, 言某事在某書某卷第幾葉第幾行, 以中否角勝負, 爲飮茶先後. 中即擧杯大笑, 至茶傾覆懷中, 反不得飮而起. 甘心老是鄕矣! 故雖處憂患困窮, 而志不屈."

이는 남편이 죽고 6년 후, 그의 저서 『금석록金石錄』에 서문을 쓰며 지난날을 회상한 것인데 서로 지향과 취향이 같아 행복한 생활을 보냈음을 알 수 있다. "찾고 찾아도"는 이런 추억을 자꾸 되새기는 것이다. 그리움이 깊은 만큼 외로움도 클 테니 처참한 마음이 들 수밖에. 그런데 궂은 날씨와 바람, 기러기와 마당에 떨어진 국화꽃 등의 경물은 그 우울함을 더욱 배가시킨다. 기러기 편에 보내는 글이라는 뜻의 '안서雁書'는 예로부터 편지나 소식을 대신하는 말로 사용되었다. "날아가는 기러기에 마음 아픈" 것은 남편과 서로 편지를 주고받던 일이 떠올랐기 때문이다. 심신을 추스르려 술을 마시나 비까지 내려 울적함만 더해지니, 이제는 인내도 한계에 이르러 근심이라는 말로 표현할 수 있는 상황이 아니라는 탄식을 토해내고 만다. 똑똑 떨어지는 저녁 빗방울 소리 들으며 오늘도 그녀는 잠들지 못할 것이다. 슬픔의 여운이 길게 남는 작품이다.

이청조는 남편을 잃고 27개월 만에 재가한다. 그토록 사이가 좋았던 부부임을 생각하면 이른 감도 있다. 재혼 상대는 장여주張汝舟라는 하급관리이다. 하지만 재혼 후 불과 석 달 만에 이청조는 이

이청조는 금석학자 조명성과 결혼하여 부부가 함께 『금석록』을 집필한 학자이기도 했다. 북송 멸망과 남편의 죽음으로 홀로 떠돌다가 세상을 떠났지만, 파란만장한 인생 역정 속에서도 술을 즐기고 인간에 대한 처연한 애정을 잃지 않았다.

혼소송을 제기한다. 장여주가 이혼해주지 않자 이청조는 그가 관직을 얻을 때 저지른 비리를 고발하여 결국 이혼 판결을 받아낸다. 당시 남편을 고발한 아내는 2년 형을 받는 법률 규정이 있어 이청조도 옥에 갇히나 다행히 지인의 도움으로 9일 만에 석방된다. 이청조는 당시 도움을 주었던 기숭례綦崇禮에게 감사의 편지를 보내는데, 이 안에 사건의 전말이 잘 드러나 있다.

"교묘한 말을 믿고, 감언이설에 속았습니다. 평소 그는 소장하고 있는 금석金石을 빼앗기 위해 저를 죽이려고 하였고, 모욕을 주며 매일 구타하였습니다. 이런 사소한 일은 임금께서 듣지 못하시리라 생각했는데, 이 일을 재판에 부치라는 명령을 내리시어, 목에 칼을 차고 그 흉악한 인간과 대질 심문을 받았습니다. 제가 어찌 반성하지 않을 수 있겠습니까? 가슴을 치며 부끄러워할 따름입니다. 절개를 지키지 않고 이성적 판단을 하지 못하였다는 책망과 함께 후세의 웃음거리가 될 것이고, 도덕성과 명예가 실추되었으니 어찌 조정의 선비들을 볼 수 있겠습니까? 이제는 은거하며 더욱 신중하게 처신하겠습니다信彼如簧之說, 惑茲似錦之言. 彼素抱璧之將往, 決欲殺之, 遂肆侵淩, 日加毆擊. 豈期末事, 乃得上聞. 取自宸衷, 付之廷尉. 被桎梏而置對, 同凶醜以陳詞. 清照敢不省過知慚, 押心識愧. 責全責智, 已難逃萬世之譏. 敗德敗名, 何以見中朝之士. 重歸畎畝, 更須三沐三薰."(「한림학사 기숭례에게 보내며投翰林學士綦崇禮啓」)

　　임금이 재판을 열도록 명한 것으로부터 당시 문단에서 이청조의 위치를 가늠할 수 있다. 그런 그녀가 이혼 사건에 휘말렸으니 아마도 세상의 이목이 다 쏠렸을 것이다. 정신적 충격이 얼마나 컸을까? 이후 그녀는 자신의 말처럼 "나를 불러 고운 수레 좋은 말 보내준, 술 동무 시 친구 고이 사양하고來相召, 香車寶馬, 謝他酒朋詩侶", "차라리 나직하게 주렴 드리우고, 남들 웃고 말하는 소리 들으리不如向, 簾兒底下, 聽人笑語"(「영우락永遇樂」)라며 자중하는 태도로 71세에 여생을 마친다.

　　주숙진의 일생에 관해서는 자료가 많지 않아 자세히 알 수 없지만, 그녀는 시를 통해 우울한 감정을 많이 드러냈고, 그 이유는 불행했던 결혼 생활 때문으로 알려져 있다. 「가을날의 생각秋懷」에는 이러한 내용이 있다.

"해오라기와 원앙새 같은 연못에서 살지만, 날개가 서로 어울리지 않음을 알아야 하네. 봄의 신은 꽃을 책임지지 않으면서, 어찌 연리지를 싹틔웠을까?鷗鷺鴛鴦作一池, 須知羽翼不相宜. 東君不與花爲主, 何似休生連理枝."

첫 두 구는 자신과 남편을 한 연못에서 살 수 없는 해오라기와 원앙새에 비유하여 두 사람이 근본적으로 서로 어우러질 수 없는 사이임을 나타냈다. 다음 두 구는 부부의 인연을 잘못 맺어준 신을 원망한 것이다. 두 나무의 가지가 서로 맞닿아 자라난 연리지는 주로 화목한 부부나 남녀 사이를 비유한다. 연리지를 자라게 했으면 꽃도 거기에 맞도록 피게 해주어야 하는데 그러지 않았다는 것이다. 주숙진의 남편은 하급관리였을 것으로만 추측된다. 그녀는 40세 중반 무렵 갑작스레 죽음을 맞는데 그 원인은 남편과의 불화에서 비롯되었을 것으로 본다. 일설에는 자살했다고도 한다. 그런데 주숙진은 사랑하는 사람이 있었던 것으로 알려져 있다. 다음은 주숙진의 「청평악清平樂」이라는 사이다.

짙은 연무와 영롱한 이슬 마음을 어지럽혀,
잠시 걸음을 멈추었네.
손잡고 연꽃 핀 호수길 걷는데,
갑자기 장맛비가 내렸지.
사랑에 빠지니 남들의 비난 두렵지 않았고,

옷 입은 채 그의 품에 안겨 잠들었지.

제일 괴로운 건 이별할 때,

돌아와 화장대 앞에 앉는 것도 싫었네.

惱煙撩露, 留我須臾住.

攜手藕花湖上路, 一霎黃梅細雨.

嬌癡不怕人猜, 和衣睡倒人懷.

最是分攜時候, 歸來懶傍妝臺.

이 사는 '여름날 호수에서 놀며夏日遊湖'라는 부제가 붙어 있고, 비가 내리기 전 아직 이슬이 있었던 것으로 보아 여름날 아침의 일을 묘사한 것임을 알 수 있다. 연무 자욱한 이른 아침은 남을 피해 밀회하기 딱 좋은 때. 손잡고 호숫가를 걷는 두 연인, 안개와 이슬 때문에 잠시 멈추고, 다시 가다 비 때문에 멈추고, 비를 피해 들어간 곳에서는 품에 안겨 잠들고⋯⋯. 연무에 젖고 비에 젖고 사랑에 젖은 주숙진의 마음이 고스란히 전해진다. 명나라의 진정陳霆은 "주숙진은 재색이 뛰어났으나, 배우자가 아닌 다른 남자를 만나, 작품마다 원망하는 구절이 많았다朱淑眞才色冠一時, 然所適非偶, 故形之篇章, 往往多怨恨之句"(『저산당사화渚山堂詞話』권2)라며 그녀의 외도를 기정사실로 받아들였다. 내용으로 보아도 그렇고, "사랑에 빠지니 남들의 비난 두렵지 않았고"라는 구절까지 있어 상대가 남편이 아닌 것은 분명한 듯하다.

다음은 그녀의 「강성자江城子·봄놀이賞春」라는 사이다.

바람에 가랑비 휘날리는 차가운 봄날,

술잔 바라보니, 지난날 즐거운 시절 떠올라,

배 꽃가지 부여잡고, 쓸쓸히 눈물만 떨어뜨리네.

향기로운 풀 사이로 한 줄기 연기 피어오르는 남포 길,

이별의 눈물 머금은 채 청산만 바라보았지.

어젯밤 꿈속 나타나 애절한 만남 갖고,

구름 자욱한 호수 저 멀리, 말없이 가버렸네.

어찌하랴 꿈에서 깨어나니 슬픔과 원망 여전히 가시지 않아,

이부자리에서 이리저리 뒤척이며 부질없이 괴로워하네,

하늘은 언제나 볼 수 있건만 그대 만나기 어려워라.

斜風細雨作春寒. 對尊前, 憶前歡.

曾把梨花, 寂寞淚闌干.

芳草斷煙南浦路, 和別淚, 看青山.

昨宵結得夢夤緣, 水雲間, 悄無言.

爭奈醒來, 愁恨又依然.

展轉衾裯空懊惱, 天易見, 見伊難.

봄비 속에 술잔을 기울이며 사랑하는 사람을 그리워하는 시
이다. 마지막 구절에서 자주 만나지 못하는 괴로움을 호소한 것으
로 보아 만남을 지속하고 있는 상대임을 짐작할 수 있다. 중국에서
는 '리梨' 자가 이별을 뜻하는 '리離'와 음이 같아 보통 배를 선물하
지 않는다. 배 꽃가지 앞에서 눈물이 솟구친 것은 바로 이별이 연상

되었기 때문이다. 시에서 '남포'는 주로 이별의 장소를 상징한다. 꿈은 현실을 그대로 반영하기 마련이다. 오매불망 그리니 마침내 꿈에서나마 만남이 이루어지나 또 훌쩍 떠나가는 그. 아쉬움과 슬픔만 더해져 잠 못 이루고 한숨만 내쉴 뿐.

송대는 정주程朱 이학理學의 영향으로 여성에 대한 속박이 심할 것 같지만 의외로 이혼과 재혼에 관대했다. 사대부 계층에서도 그러하여 정주학의 창시자인 정이程頤는 남편과 헤어진 여자가 재가할 수 있도록 해야 한다고 했고, 사마광司馬光은 "부부는 의로써 하나가 된 것이기에, 의가 끊어지면 헤어지는 것이다夫婦以義合, 義絶則離"(『가범家範』)라고 하였다. 그러나 이청조의 재혼을 "늙어 수절하지 않고, 처량한 신세로 살다 죽었다不終晚節, 流落以死"(주욱朱彧, 「평주가담萍洲可談」), "만년에 절개를 지키지 않았으나 혼인은 이루어지지 않았다晚節流蕩無歸"(왕작王灼, 「벽계만지碧鷄漫志」)라고 말하는 사람도 있었다. 재혼과 이혼이 허용되어도 '수절'이라는 족쇄는 여전히 여성을 옭아매었다. 재혼도 이러한데 외도는 어떠했겠는가? 주숙진에 대해 전해지는 기록이 많지 않아 자세히 알 수 없지만 "사랑에 빠지니 남들의 비난 두렵지 않았고"라고 한 것과 달리 많은 정신적 고통을 겪었으리라 짐작된다. 그녀의 자살설과 부모가 그 문집을 모두 불태워버린 일도 이와 무관하지 않을 것이다.

하지만 이 점에서도 이청조와 주숙진은 당시의 일반 여성들과는 달랐다. 대부분 여성이 자신에게 닥친 불행을 그냥 숙명이려니 하며 살았던 것과 달리 과감히 행복을 찾아 나섰으니 말이다. 그렇다고 외도를 찬성하는 것은 결코 아님을 밝혀둔다.

　　송나라의 주욱은 이청조에 대해 "하늘은 오직 그녀에게 재주만 후하게 내려주시고 결혼 운에는 인색하였으니, 애석하도다天獨厚其才而吝其遇, 惜哉"(「평주가담」)라고 하였고, 명나라의 진정陳霆은 주숙진에 대해 "가인박명은 예로부터 그러한데, 애간장 녹은 것이 어찌 이 사람뿐이리大抵佳人薄命, 自古而然, 斷腸獨斯人哉"(「저산당산화」권2)라고 하였다. 정말 그런 걸까? 위에서 살펴본 다른 여성 시인들도 하나같이 기구한 삶을 살았으니 말이다. 그들에게 술은 정말 근심을 풀어주는 약이 아니었나 싶다. 술이 없었다면 그 모진 세월을 어찌 견디었을까?

제16장

언제 술 생각이 가장 간절한가요?

뜨거운 태양에 달구어진 말랑말랑한 아스팔트가 쩍쩍 신발에 달라
붙는 오후, 시내버스에도 택시에도 냉방시설이라곤 없던 70년대,
등줄기를 타고 내리는 땀으로 흠뻑 옷이 젖으면, 대형 에어컨이 작
동하는 시원한 맥줏집에 들어가 생맥주 한잔 들이키는 거야말로 주
머니 사정 여의치 않던 여대생의 로망이었다. 목을 타고 창자까지
전달되는 그 시원함이란! 이게 바로 행복이요 즐거움이 아닐까……
그런 생각을 한 적이 있었다. 이제 세월의 흔적이 흰머리며 주름으
로 나타나는 나이가 되고 보니, 사위와 함께 마시는 시원한 맥주 한
잔이야말로 또다른 행복을 안겨준다. 사위는 주량이 세지는 않지만
가끔 반주 삼아 맥주를 즐기는 정도는 된다. 어쩌다 외식하는 날에
는 시원한 생맥주 한잔을 마시기도 하는데, 운전 때문에 마시고 싶
은 마음 꾹꾹 누르고 있는 사위의 마음을 빤히 알면서도 연신 시원
하다는 말을 해대는 짓궂은 장모이기도 하지만, 사위의 그런 모습
을 맥주만큼이나 즐기고 사랑한다.

내가 좋아하는 시인 백거이는「언제 술 생각이 간절한가요何處
難忘酒」라는 제목의 시를 쓴 적이 있다.

언제 술 생각이 간절한가요?

장안에 상서로운 기운 새로 움틀 때지요.

갓 급제한 후,

곧바로 좋은 관리 되었지요.

도성 벽에 합격방 내걸리고,

관복은 몸에 잘 맞았지요.

이때 술 한잔 안 하면,

도성의 봄날을 어찌 보낼까요?

何處難忘酒, 長安喜氣新. 初登高第後, 乍作好官人.

省壁明張榜, 朝衣穩稱身. 此時無一酸, 爭奈帝城春.

언제 술 생각이 간절한가요?

하늘 끝 머나먼 곳에서 옛 친구 만나 이야기 나눌 때지요.

청운의 꿈 모두 이루지 못하고,

허연 머리 보며 서로 놀라지요.

이십 년 전 이별하고,

삼천 리 밖에서 만났으니.

이때 술 한잔 안 하면,

지나온 삶을 어찌 이야기할까요?

何處難忘酒, 天涯話舊情. 青雲俱不達, 白髮遞相驚.

二十年前別, 三千里外行. 此時無一盞, 何以敘平生.

언제 술 생각이 간절한가요?

부잣집 도련님을 부러워할 때지요.

춘분 돌아와 꽃이 만발하고,

한식 돌아와 달빛 훤히 비추지요.

작은 뜰엔 아름다운 여인들 에워싸고,

깊숙한 방에서는 관현악이 흘러나오지요.

이때 술 한잔 안 하면,

아름다운 봄날을 어찌 보낼까요.

何處難忘酒, 朱門羨少年. 春分花發後, 寒食月明前.

小院回羅綺, 深房理管弦. 此時無一盞, 爭過艷陽天.

언제 술 생각이 간절한가요?

서리 내린 정원에 병든 노인.

귀뚜라미 울음소리 끝없이 들려오고,

오동나무 시든 잎 떨어질 때지요.

수염은 근심으로 일찍 세어버렸지만,

얼굴은 취기로 잠시 붉어졌지요.

이때 술 한잔 안 하면,

세찬 가을바람 어찌 견딜까요?

何處難忘酒, 霜庭老病翁. 暗聲啼蟋蟀, 乾葉落梧桐.

鬢爲愁先白, 顔因醉暫紅. 此時無一醆, 何計奈秋風.

언제 술 생각이 간절한가요?

군대에서 제일가는 전공을 세웠을 때지요.

고향에 돌아갈 때 승전보 뒤따르고,

가는 도중 지휘 깃발 하사받지요.

현악기 타느라 고운 손 벗겨지고,

금빛 인장 달린 관복 찬란히 빛나지요.

이때 술 한잔 안 하면,

영웅호걸 드높은 기상 어찌 드러낼 수 있을까요.

何處難忘酒, 軍功第一高. 還鄕隨露布, 半路授旌旄.

玉柱剝蔥手, 金章爛椹袍. 此時無一醆, 何以騁雄豪.

언제 술 생각이 간절한가요?

장안 청문에는 이별도 많지요.

옷자락 여미며 눈물 삼키고,

가던 말도 멈추어 생황 소리 듣지요.

파릉 언덕 나무엔 안개 서려 있고,

장락파엔 먼지만 자욱하지요.

이때 술 한잔 안 하면,

이별을 어찌할까요?

何處難忘酒, 靑門送別多. 斂襟收涕淚, 簇馬聽笙歌.

煙樹灞陵岸, 風塵長樂坡. 此時無一醆, 爭奈去留何.

언제 술 생각이 간절한가요?

쫓겨났던 신하 고향으로 돌아올 때지요.

사면을 알리는 문서 전해지고,

축하하는 손님들 도성 문을 나서지요.

얼굴에는 병색이 가득하고,

도포에는 향수의 눈물 자국 가득하지요.

이때 술 한잔 안 하면,

어찌 정신을 차릴 수 있으리오?

何處難忘酒, 逐臣歸故園. 赦書逢驛騎, 賀客出都門.

半面瘴煙色, 滿衫鄕淚痕. 此時無一酸, 何物可招魂.

　백거이는 술 생각 간절할 때를 7가지 정황으로 각각 나누어 읊었다.

　그중 즐거워서 마신 경우는 2번, 나머지는 모두 슬퍼서 마신 술이다. 인생은 그야말로 즐거움보다 슬픔이 더 많은 것, 그저 뚜벅뚜벅 걸어가며 묵묵히 살다보면 즐거운 날도 더러 있는 법이다.

　백거이 인생 중 가장 즐거웠을 때는 뭐니뭐니해도 과거에 급제했을 때였다. 여의치 않은 환경 속에서 각고 노력하여 나이 쉰에 합격해도 빠른 편이라는 그 어려운 진사과 시험에 합격했으니 그야말로 천하를 다 얻은 기분이었을 것이다. 백거이 나이 29세 때의 일이다. 나라에서도 그것을 알기에 급제한 사람들에게 장안 서쪽 교외 대안탑 남쪽에 있는 행원杏園에서 축하 파티를 열어주었다. 합격자 발표가 나는 시기는 봄이다. 대지에는 생동하는 기운이 충만하고 살구꽃도 활짝 핀다. 만물이 소생하고 무럭무럭 자라나는 봄은 앞날에 대한 희망과 포부로 가득한 합격생들의 모습과 참 잘 어울린다. 합격자는 어사화를 모자에 꽂고 몸에 잘 맞는 관복을 차려입고 축하연에 참석하여 합격의 기쁨을 맘껏 누린다. 그때 그 기분을 백거이는 평생 잊지 못했을 것이다. 그리고 그날 마신 축배의 술은 평생을 통해 가장 달콤한 술이었을 것이다. 어디 백거이만 그러했겠는가? 백거이와 같은 삶을 지향했던 당시의 수많은 청년 역시 그러했을 것이다. 지금까지 살아오면서 언제 가장 행복한 술잔을 들이켰는가? 지나온 발자취 되돌아보면서 추억의 그 순간을 떠올려보면 어떨까?

관리 생활을 처음 시작할 때 가슴 가득한 포부를 펼치고 관리로서 출세하기를 원하는 것은 과거시험 합격자의 로망이다. 그러나 꿈에 부풀었던 관리 생활은 전제군주하에서 관료의 힘이 얼마나 미약한지 그 한계를 절감한다. 황제의 비위에 거슬리면 총애가 저주로 곧장 바뀐다는 것을 알게 되는 것이다. 황제를 보필하여 선정을 베풀고 백성의 삶을 개선해보겠다는 야심찬 계획도 황제가 동의하고 밀어주지 않으면 아무것도 할 수 없다는 것을 절감하게 된다. 백거이는 결국 황제와 권신들의 눈 밖에 나서 44세 때 강주사마로 귀양을 가게 된다. 5년 만에 장안으로 돌아온 백거이는 중앙 정치에 환멸을 느끼며 다시금 외직을 청하여 항주자사에 이어 소주자사로 부임하게 된다. 소주자사 임기를 마치고 낙양으로 돌아가던 중 유우석을 만난다. 유우석은 정치개혁을 도모하다 20여 년의 세월을 오지에서 보내고 나서 겨우 황제의 부름을 받아 낙양으로 가는 중이었다. 두 사람은 양주 부근에서 만나 회포를 풀게 되는데 두 번째 시는 이런 사연을 함축하고 있다.

양주 부근에서 유우석을 만난 백거이는 술잔을 기울이며 그간의 울분과 분노, 비애와 원한을 잊게 해주고자 술자리를 마련한다. 우선 유우석의 파란만장한 삶에 울분을 느끼며 백거이는 그를 위로한다. 천 마디 만 마디 위로의 말보다 한잔 술이 더 위안이 된다. 근심을 잊게 하는 망우물이니까, 즐거움을 가져다주는 환백歡伯이니까. 자, 그럼 백거이가 어떻게 유우석을 위로해주었을까? 관련 시를 한 편 보겠다. 제목은 「취증류이십팔사군醉贈劉二十八使君」. '술에 취해 유이십팔사군에게 지어 주다'라는 뜻이다. 사군使君은 자사刺史를 말한다. 유우석을 '유이십팔'이라고 한 것은 유우석이 유 씨 집안의 같은 항렬 서열로 28번째에 해당하기 때문이다. 당나라 때는 이렇듯 항렬로 이름을 대신하는 경우가 종종 있었다. 이름을 직접 부를 수 있는 사람은 조정에서는 황제요 집안에서는 부모님뿐이었다. 친구들은 호나 자 혹은 항렬을 붙여 이름 대신 불렀다.

그대 날 위해 술잔 가득 부어주니,
젓가락으로 장단 맞추어 노래를 부르노라.
탁월한 시적 재능 국수國手라 칭하면 뭐하나,
사나운 운명이 짓누르니 어찌할 수 없구나.

눈에 보이는 사람마다 폼나게 잘나가건만 그대만 볼품없고,

조정 가득 관원들 자리 차지하였건만 그대만 세월을 헛살았구나.

재주와 명성 때문에 굴곡진 삶 살아야 했던 그대,

그래도 23년 귀양살이 해도 너무했구나.

爲我引杯添酒飮, 與君把箸擊盤歌.

詩稱國手徒爲爾, 命壓人頭不奈何.

擧眼風光長寂寞, 滿朝官職獨蹉跎.

亦知合被才名折, 二十三年折太多.

　　백거이와 유우석은 동갑내기로 서로 이름은 들었지만 직접 만
나 술을 마시기는 이번이 처음이다. 그 이유는 이러하다. 유우석은
21세에 과거에 급제하여 일찍부터 관리가 되었으나 백거이는 29세
에 과거에 급제하였으므로 관리로서의 출발 시기가 달랐다. 더구
나 유우석은 32세 때 정치혁신의 핵심 멤버가 되어 혁신의 수장 왕
숙문을 도와 국가재정관리를 맡았다. 그러나 혁신이 실패하자 왕숙
문은 사형당하고 유우석은 장강 이남의 오지로 귀양 가게 된다. 그
당시 백거이는 갓 관리가 되어 위지현 현령으로 부임했다. 이 정치
혁신운동은 조정을 뒤흔든 역사적 사건이기에 백거이도 알았을 것
이다. 만약 백거이도 유우석처럼 일찍 과거에 급제하여 관리 생활
을 시작하였다면 그 역시 이 사건에 연루되어 큰 화를 면치 못했을
지도 모른다. 여기서 우리는 다시 한번 느낀다. 먼저 잘나가는 게 꼭
좋아할 일은 아니라는 것을 말이다. 노자의 충고대로 복 속에 화禍

가 도사리고 있고 화 속에 복이 도사리고 있다는 것을 안다면 눈앞에 닥친 불행이나 행운에 일희일비하지 말아야 할 일이다.

　30대 초반에 귀양 가서 23년 만에 귀양살이 마치고 돌아오는 유우석을 양주에서 처음 만난 백거이는 만나자마자 오래전부터 알고 지낸 지기처럼 친숙함을 느낀다. 술에 취해 백거이가 먼저 유우석에게 흉금을 열어 보여준다. 시적 재능이 특출한 그대는 명성과 재능을 누렸기에, 관리로서의 복까지 누리기는 힘들 거라는 건 알았지만, 아무리 하늘이 모든 복을 다 주지 않는다 해도 그렇지, 23년 귀양살이는 너무했다며 친구의 불우한 조우에 대해 분노와 울분을 쏟아낸다. 백거이는 사실 그대로 직설적으로 시를 쓰는 경향이 있는데 이 시에도 그런 특색이 잘 드러나 있다. 이 시를 보고 유우석도 즉석에서 답시를 썼다. 「수락천양주초봉석상견증酬樂天揚州初逢席上見贈」이 바로 그것이다. 제목을 해석하면 '양주에서 처음 만난 자리에서 낙천(백거이의 자)의 시를 받고 답시를 지어 주다'이다.

　　파촉 산 초나라 강 처량한 땅에,
　　이십삼 년 버려졌던 나의 신세여
　　고인된 옛 친구 그리워 슬픈 노래 부르고,
　　오랜만에 돌아온 고향 다른 세상 같구나.
　　침몰한 배 곁으로 뭇 돛단배 지나가고,
　　병든 나무 앞에는 온갖 나무 꽃피었네.
　　오늘에야 그대 노래 한 곡조 들으면서,

23년 귀양살이는 해도 너무했다며 위로하는
친구. 친구가 건네는 위로주 마시며 인생
고달파도 술 한잔하니 되었다며 씩씩하게
웃는 친구. 술은 이렇게 사람의 교류를
깊고 풍요롭게 한다. 명대 문가文嘉의
〈위항원변화산수도爲項元卞畫山水圖〉(부분).

잠시 한잔 술로 용기 북돋우노라.
巴山楚水淒涼地, 二十三年棄置身.
懷舊空吟聞笛賦, 到鄕翻似爛柯人.
沉舟側畔千帆過, 病樹前頭萬木春.
今日聽君歌一曲, 暫憑杯酒長精神.

첫 연의 "처량한 땅" "버려졌던 나의 신세" "이십삼 년", 이런 시어들이 오랜 유배지에서의 불우한 삶을 개괄해준다.

둘째 연은 이십삼 년 사이에 변해버린 세상을 묘사한 것이다. 유배지에서 돌아와보니 친구들은 이미 고인이 되어버렸고, 세상은 너무나 낯설게 변해버렸다. 이러한 격변을 진나라 때 왕질이라는 사람이 나무하러 산속에 들어갔다가 노인 둘이서 장기 두는 걸 구경하느라 도끼자루가 썩는 줄 몰랐고 집으로 돌아왔을 때는 완전히 딴 세상으로 바뀌었다는 고사를 이용하여 귀양 갔던 23년 동안 몰라보게 변한 세상을 생생하게 묘사하였다.

셋째 연의 "침몰한 배" "병든 나무"는 유우석 자신의 모습을 형상화하였다. 배의 생명은 돛을 달고 항해할 때 그 성능을 발휘한다. 나무는 생기를 뿜으며 싱싱하게 자라야 정상이다. 침몰한 배 옆에 다른 배들도 함께 침몰했다면 그래도 위안이 되겠지만 다른 배들은 쌩쌩 잘도 달린다. 병든 나무 앞에 시들어 비실대는 나무만 있다면 그래도 위안이 되겠지만, 다른 나무들은 화려하게 눈부신 꽃을 피우고 있다. 이미지의 대비를 통해 초라하고 불우한 자신의 처지를 형상적으로 잘 부각시켰다. 셋째 연은 앞서 백거이가 지은 시 "눈에 보이는 사람마다 폼나게 잘나가건만 그대만 볼품없고, 조정 가득 관원들 자리 차지하였건만 그대만 세월을 헛살았구나"와 의미의 지향점은 같지만, 백거이는 직설적으로 읊었고 유우석은 "침몰한 배"와 "병든 나무" 이미지로 형상적으로 드러내어 함축성을 더하였다. 이 점이 바로 유우석과 백거이 시풍의 차이라 할 것이다.

마지막 연은 친구가 따라주는 술을 마시면서 다시금 삶에 대해 희망을 지니는 유우석의 모습을 잘 드러냈다. 지난날의 불우함에 대해 원망과 분노를 드러내는 게 아니라 미래지향적인 모습을 보인다. 지금 한창 잘 달리는 배라고 해서 늘 잘나가는 건 아니다. 언젠가는 좌초당할 날도 있을 것이다. 지금 병든 나무라 해서 영원히 꽃피우지 말라는 법도 없다. 기적처럼 새순 돋아 찬란한 꽃 피울 날도 있을 것이다. 세상의 행과 불행은 돌고 도는 법, 지난날 이렇게 고통스러운 삶을 살았지만 앞으로 언젠가 옛이야기하며 웃을 날 올지도 모른다. 술잔을 들이키며 그렇게 용기를 북돋웠을지도 모른다. 아무리 운명이 꼬이고 엇갈린다 해도 의기소침하거나 위축되지 않고 꿋꿋하게 살아가리라는 긍정적이고 낙관적인 유우석의 인생관이 돋보이는 시이다.

이제 「언제 술 생각이 간절한가요」의 세 번째 시를 보자. 이 시는 시쳇말로 금수저를 부러워하는 마음을 읊었다고 할 수 있다. 백거이는 지방관리의 아들로 태어났고 아버지마저 일찍 돌아가셨기에 가정형편이 몹시 어려웠다. 그런 환경을 벗어나 신분 상승할 수 있는 유일한 길은 바로 과거시험에 합격하여 관리가 되는 것이다. 생후 6개월에 이미 '갈 지之' 자와 '없을 무無' 자를 알았던 신동 백거이는 손에 굳은살이 박이도록, 입에 부스럼이 날 정도로 열심히 학업에 열중하였다고 한다. 자신의 시적 재능을 알리기 위해 16세 되던 해에 시 한 수 써 들고 장안으로 가서 당시 문단의 실력자 고황顧況에게 자작시 한 편을 바쳤는데, 그로 인해 장안 인사들에게 백거이라는 이름 석 자가 알려졌다는 일화가 전해진다.

시골 촌놈 서울에 와서 문화적 충격을 받고 귀족자제들의 삶을 부러워하는 마음을 읊은 것이 바로 "언제 술 생각이 간절한가요? 부잣집 도련님을 부러워할 때지요"로 시작되는 세 번째 시이다. 꽃 피고 달 오른 춘삼월, 부잣집 도련님들은 아름다운 여인들에 둘러싸여 감미로운 음악 들으며 낭만적인 봄밤을 즐긴다. 그런 처지가 못되는 소년 백거이는 그들을 동경하다 이윽고 낙망하여 술잔을 기울인다. 하늘과 땅처럼 아득히 먼 신분의 격차를 절감하면서.

이를 제외한 나머지 상황은 각각 안개 자욱한 봄날 이별할 때, 귀뚜라미 서글피 울고 오동나뭇잎 떨어지고, 늙음을 재촉하는 서리가 내릴 때, 전쟁터에서 공을 세우고 돌아올 때, 좌천되었다가 병들고 늙어서 고향으로 돌아올 때 술 생각이 간절하다고 하였다. 앞의 세 개의 상황이 주관적 정서가 농후한 기쁨과 슬픔을 당했을 때를 노래한 것이라면, 뒤의 네 개는 보편적 상황과 객관적 정서가 주를 이룬다. 여러분은 어떨 때 술이 가장 땡기는지…….

제4부

'혼술', 홀로
유유자적하며
즐기다

제17장

달을 벗 삼아 그림자를 친구 삼아

봄이 오면 매화를 필두로 복수초, 산수유, 진달래, 개나리, 목련, 벚꽃이 차례로 피면서 거리와 산야는 온통 울긋불긋 꽃 대궐을 이룬다. 옥항아리 같은 달이 아름다운 꽃을 교교히 비추는 밤이면 옷깃을 스쳐 지나갔던 인연들이 떠오르면서 추억에 잠겨 미소 짓기도 하고 눈썹을 찡그리기도 한다. 세월도 사람도 되돌릴 수 없고 혼자라는 사실이 엄습할 때, 홀로 달 아래서 술잔을 기울였던 이백을 떠올린다. 다음은 「월하독작月下獨酌」, '달빛 아래서 홀로 술잔을 기울이며'라는 제목의 첫 번째 시이다.

꽃숲에서 술 한 병 들고,
대작할 친구 없이 홀로 따른다.
술잔 들어 달님을 초대하고,
그림자와 마주하니 셋이 되었다.
달님은 술 마실 줄 모르고,
그림자는 나를 따라 움직이기만 하네.
잠시 달님과 벗하고 그림자를 거느리고,

즐겁게 놀아보리라 이 봄이 가기 전에.

내가 노래하니 달님은 서성이고,

내가 춤추니 그림자는 너울너울.

취하기 전에는 사이좋게 즐기다가,

취하고 나면 제각기 흩어지리라.

영원히 담담한 우정을 맺어,

아득히 먼 은하수에서 만나리라.

花間一壺酒, 獨酌無相親.

擧杯邀明月, 對影成三人.

月既不解飮, 影徒隨我身.

暫伴月將影, 行樂須及春.

我歌月徘徊, 我舞影零亂.

醒時同交歡, 醉後各分散.

永結無情遊, 相期邈雲漢.

아름다운 꽃도 있고 맛좋은 술도 있고 달님도 있는데 함께할 친구 없이 홀로 술을 마셔야 하는 외로움을 호소한다. 이 세상에 서로를 알아주고 마음이 통하는 지기가 있다는 건 행복이다. 종자기鍾子期와 백아伯牙처럼, 관중管仲과 포숙아鮑叔牙처럼 말이다. 그런데 이백은 그런 친구가 없다고 호소한다. 왜 그런 친구를 사귀지 못했을까? 혹시 이백의 인격이 별로여서? 아니면 이백의 예술적 감수성과 낭만성을 세상 그 누구도 알아주지 않아서? 이런 것을 따지기 전

남송대의 걸출한 화가 마원馬遠은 이백의
「월하독작」을 묘사한 그림을 많이 그렸다.
저 산 위로 달님이 휘영청 숨듯이 떠오르자
"술잔 들어 달님을 초대擧杯邀明"하여
혼술하기 딱 좋은 어느 봄날 저녁이었으리라.
그림 제목은 〈거배요월도擧杯邀月圖〉이다.

에 우리는 어느새 달님과 그림자를 불러와 흥겨운 술판을 만든 이백의 마술에 빠져든다. 낭만주의 시인답게 달님과 그림자를 친구로 만들어 술을 마시는 이백, 그러나 달님도 그림자도 술을 마실 줄 모르니 이백은 여전히 혼술하고 있는 외로운 사람이다. 이 세상에 지기가 없으니 저 은하수에서 지기를 만들어보겠다는 이백의 독백으로부터 고독하고 쓸쓸한 이백의 형상을 또 보게 된다.

요즘 항간에 화제인 똑똑한 AI ChatGPT에게 물어보았다. 중국 시 중에서 가장 유명한 음주시가 무엇인지 알려달라고. 그랬더니 놀랍게도 이백의 「월하독작」이라면서 위의 시를 좌르르 써 내려갔다. 참 신기하기도 하고 놀라워서 그다음으로 유명한 음주시는 뭐냐고 물었더니 조조의 「단가행」이라고 하길래 또 한 번 놀랐는데 문제는 그다음이었다. 「단가행」이라며 써내려간 시를 보니, 하하하! 왕지환의 「등관작루登鸛雀樓」와 또다른 시를 합성하여놓았다. 그러면 그렇지, 챗지피티야, 공부 좀 더하고 오너라.

각설하고 「월하독작」의 세 번째 시를 소개하겠다.

삼월에 함양성은
온갖 꽃 비단처럼 찬란하다.
누가 이 봄에 홀로 시름에 젖어 있는가?
모름지기 꽃 보며 술 마셔야 하리.
출세하고 못 하고, 오래 살고 못 살고는
본디 하늘이 부여해주는 것.

한 잔이면 삶과 죽음을 동일시하니,

만사는 진실로 예측할 수 없네.

취하고 나면 천지에서 사라져,

아무것도 모른 채 잠이 든다.

내 몸이 있는 것도 모르니,

이 즐거움이 최고지.

三月咸陽城, 千花晝如錦.

誰能春獨愁, 對此徑須飮.

窮通與修短, 造化夙所稟.

一樽齊死生, 萬事固難審.

醉後失天地, 兀然就孤枕.

不知有吾身, 此樂最爲甚.

아름다운 꽃 만개한 봄날, 인생도 봄날을 맞이하면 좋으련만 세상만사 맘대로 뜻대로 안 되는 것, 그렇다고 인상 쓰고 슬퍼할 필요 있는가? 멀리는 국가의 흥망성쇠에서 가까이는 개인의 부귀영화까지 인간의 힘으로는 되는 게 없지 않은가! 사노라면 조물주가 좋은 날을 선물처럼 줄 수도 있는 것, 그러니 눈앞에 풍경 저버리지 말고 마시자 수울! 그렇게 말하는 이백은 숙명론자라기보다는 사리를 환히 꿰뚫고 있는 달관자라 할 수 있다. 만사 뜻대로 이루어지지 않는 것은 능력이 없어서가 아니라 하늘의 뜻이라고 말하는 호탕한 낭만주의자인 이백은 술로 일순간의 즐거움을 추구한다. 술에서 깨

호수 위 쪽배에 탄 노인은 낚싯대만 드리우고 곯아떨어져 있다. 노인을 비추는 달빛 가득한 세상에 가끔 바람이 불어 갈대가 휘날린다. "아무것도 모른 채 잠이" 들어 그 즐거움 사라지지 않길 바랄 뿐이니 세상은 조용하고 평화롭다. 명대 화가 대진戴進의 〈월하박주도月下泊舟圖〉.

고 나면 또 고독과 슬픔이 밀려올지언정 말이다. 술 취한 후 아무것도 모르는 채 곯아떨어지는 즐거움, 그 즐거움이 있으니 그래도 인생은 살 만하지 않겠는가! 여의치 않은 현실 때문에 좌절을 맛보지만, 활달하고 호방한 그이기에 슬픔을 잊는 방법도 이렇듯 호탕하고 즐겁다. 하지만 천지에서 사라져 아무것도 모르는 채 홀로 잠들고, 자신의 몸이 있는 것도 모르는 것을 최고의 즐거움으로 삼는다는 구절에는 슬픔과 고독이 짙게 배어 있다.

여고생일 때 즐겨 읊조리던 시가 있다. 푸시킨의 시 「삶이 그대를 속일지라도」이다. 오랜만에 다시 읽어보니 여고 시절 느꼈던 고민, 고통, 분노가 떠올라 잔잔한 미소가 번진다. 모든 것은 순간이며 지나가는 것이고, "우울한 날을 견디면 기쁨의 날이 온다"는 시구를 곱씹으면서 정말 그럴 날이 올까 갸우뚱거리면서도 그 힘들고 지겨웠던 순간이 지나가기를 얼마나 학수고대했던가! 뜻대로 맘대로 안 되는 것이 삶의 본질이기에 우리는 늘 좌절하고 분노하며 슬퍼한다. 이 시는 절망, 고통, 이별, 희망, 기쁨, 재회가 공존하는 삶의 고달픔을 간명하고 아름답게 위로해준다. 순간의 고통과 슬픔은 지나가는 것이며, 인간은 또 지나간 것에 대해 그리움을 느낀다. 슬프고 괴로웠던 일조차 말이다. 삶에 대한 강한 긍정과 위로를 느끼게 해주는 시이다.

시공을 달리하여 당나라 시인 나은羅隱 역시 이러한 기조의 시를 읊었다. 「자견自遣」, 곧 스스로 자신의 마음을 달랜다는 제목의 시이다.

얻으면 소리 높여 노래 부르고, 잃으면 잃은 대로 그만이지,
근심 원망 많아도 유유자적하리라.
오늘 아침 술 생기면 오늘 아침 취하고,
내일 걱정 생기면 내일 걱정하리라.
得即高歌失即休, 多愁多恨亦悠悠.
今朝有酒今朝醉, 明日愁來明日愁.

우리는 종종 우리의 힘으로 해낼 수 없는 일을 생각하고, 우리의 지혜로 해결할 수 없는 문제를 걱정한다. 인생이 어찌 맘대로 계획대로 되겠는가?

인생의 본질은 근심과 고뇌가 끊이지 않지만 켜켜이 쌓인 고뇌 속에 기쁨도 존재하는 것, 고해 속에 금맥 같은 기쁨의 존재도 있

는 법, 인생은 어차피 근심과 원망 덩어리이니 미리부터 근심 걱정하지 말자! 미리 근심하고 걱정한다고 문제가 해결된다면 얼마든지 하겠지만 그렇게 될 리가 없다는 것을 알면서도 근심 걱정에서 헤어나지 못하는 게 또 우리 인생 아닌가. 그래서 시인은 우리에게 말한다. 오늘 아침 근심 생기면 오늘 아침 술 마시고 잊어버리자! 내일 걱정 생기면 내일 슬퍼하면 될 일이니까. 슬픔을 잊는 데 술만한 게 또 어디 있으랴! 나은의 시는 우리에게 인생을 느긋하게 바라보는 여유를 가르쳐준다. 근심 걱정 많아도 유유자적하리라고 하지 않는가!

이 시를 지은 나은은 과거시험에 열 번 응시해서 열 번 떨어진 사람으로 원래 이름은 나횡羅橫이다. 과거시험에 열 번 떨어지고 난 후 '숨을 은隱'자를 써서 나은으로 개명하였다. 열 번 과거시험에 떨어진 행적이 기구하고 불우한 그의 생을 함축적으로 웅변해준다. 그래도 그는 인생을 포기하지 않고 구화산에서 유유자적 은거하면서도 현실 풍자시를 열심히 써냈다. 내일은 더 좋아질 거라고 생각하면서 말이다.

제18장

천하에서 주량이 가장 센 유령,
술을 예찬하다

두강이 술을 만든 이래로 술이 가장 센 사람을 치라면 위진시대 유령劉伶을 첫 번째로 꼽을 수 있을 것이다. 두강은 전설상의 인물로 술의 신으로 불리며, 후대에 그의 이름을 기탁한 두강주 또는 두강춘이라는 술이 만들어졌다. 두강은 천고의 명주의 뜻으로 사용되기도 한다. 이 독하고 좋은 술 두강에 관한 재미있는 고사가 중국 중원에 해당하는 하남성 낙양洛陽에 전해져온다. '두강주 석 잔 마시고, 유령이 3년 취했다'는 이야기다. 전설 같은 이 얘기는 '천하의 최고 술은 두강이고, 주량이 가장 센 사람은 유령'임을 말하고 있다.

춘추전국시대 진晉의 죽림칠현 중 한 사람인 유령은 술꾼으로 유명했다. 집안 살림이 어찌되든 개의치 않고 사슴이 끄는 수레에 술을 싣고 하인에게 삽을 들고 뒤따르게 하고는, 내가 죽거든 즉시 그 땅에 묻어달라고 하였다고 한다.

유령이 벼슬을 버리고 술을 벗 삼아 세월을 보내던 중 어느 날 주막을 지나는데 다음과 같은 대련이 대문에 나붙어 있었다.

'맹호가 한잔 먹으면 산중에 몸을 누이고, 교룡이 석 잔 마시면 바닷속에서 잠드노라猛虎一杯山中醉, 蛟龍三盞海底眠.'

그리고 그 아래에는 또 이런 내용의 반가운 문자가 적혀 있었다. '한번 마신 뒤 3년 안에 깨어날 경우, 술값은 무료不醉三年不要錢.'

벼슬은 몰라도 술에는 누구보다 자신 있었던 유령은 앉자마자 호기롭게 연거푸 두 잔을 들이켰다. 세 번째 잔에 천하의 주당 유령도 어질어질 정신이 혼미해졌다. 마침 주머니가 빈 유령은 외상으로 술값을 달아놓고 겨우겨우 집에 돌아왔으나 눈앞에 저승이 어른거렸다. 죽음을 예감한 유령은 술지게미와 술잔을 관에 넣어달라고 유언한 뒤 숨을 거뒀다.

3년 후 두강이라는 사람이 찾아와 유령의 부인에게 외상 술값을 달라고 청했다. 유령의 처는 자기 서방을 죽게 만든 장본인이 제 발로 나타났다며 다짜고짜 두강의 멱살을 잡고 소란을 떨었다. 두강은 "무슨 소리냐. 유령은 죽은 게 아니다. 지금 술에 취해 곯아떨어진 거다" 하고 소리치며 유령의 처를 데리고 묘소를 찾아갔다.

두강이 황급히 관을 열고 유령의 몸을 흔들며 일어나라고 소리치자 거짓말처럼 유령은 한 손으로 입을 막고 크게 하품을 하며 "두강은 소문대로 정말 좋은 술이로다(好酒! 好酒!)"라고 외치며 잠에서 깨어났다. 이후 세상에서는 '한번 취했다 하면 3년, 두강은 천하의 최고 좋은 술'이라는 얘기가 사람들의 입에 오르내렸다. 뺑도 이쯤 되면 따라잡을 수 없을 것이다. 호사가들이 지어낸 이야기이지만 술을 만든 두강과 술이 가장 센 유령의 모습을 아주 재미있게 만들어냈다. 유령은 주량이 가장 센 애주가답게 술을 예찬한 글을 지어 세상에 전했는데 이름하여 「주덕송」! 내용은 아래와 같다.

작자미상의 이 그림은 18세기 말~19세기 초 작품으로 추측된다. 죽림칠현 중 한 명인 유령을 모티브로 하였다. 당시 사람들은 술, 음악, 시를 추구하기 위해 세속적인 일을 포기한 유령을 부러워했던지 그를 흉내낸 그림이 인기가 있었다. 사슴이 끄는 수레에 술을 싣고 가는 술꾼 유령이 죽을 경우, 그 자리에 주인을 묻기 위해 종자 중 한 명이 삽을 들고 가는 전형적인 묘사를 따랐다.

대인선생은 천지개벽 이래의 유구한 세월을 하루아침으로 삼고, 일만 년의 시간을 눈 깜짝할 순간으로 삼으며, 해와 달을 창문으로 삼고 천지사방을 정원으로 삼는다. 타고 다니는 수레도 없고 거주하는 집도 없으니 하늘을 장막 삼고 땅을 자리 삼아 자유자재로 오간다.

가만히 있을 때는 술병과 술잔을 들이키고 움직일 때는 술단지와 술병을 들고 오로지 술 마시는 일에만 신경 쓰니 나머지 일을 어찌 알 것인가. 귀공자와 왕손, 세력 있는 관료와 은사들이 내 소문을 듣고 정말 그렇게 할 수 있는지 논쟁하기 시작했다. 그들은 소매를 걷어붙이고 옷깃을 풀어헤치고 눈을 부라리고 이를 갈며 예법에 대해 늘어놓고 옳고 그름을 날카롭게 따지기 시작했다. 선생은 이에 술 단지와 술통을 들고 탁주를 따라 마시며 수염을 쓰다듬고 다리를 뻗고 앉았다가 누룩을 베고 술지게미를 깔고 누우니, 생각도 없고 걱정도 없이 즐거움으로 푹 빠져든다.

아무런 느낌 없이 오랫동안 대취했다가 깨어나면 가만히 들어도 우렛소리 들리지 않고 자세히 보아도 태산의 형체가 보이지 않는다. 추위도 더위도 깨닫지 못하고 세속의 욕망도 느끼지 못한다. 만물을 굽어보아도 분잡스러운 것이 마치 강물 위를 떠다니는 부평초 같아 일고의 가치가 없고, 공자公子와 은사가 그의 곁에 있어도 마치 나나니벌과 뽕나무 애벌레처럼 하찮게 여긴다.

有大人先生, 以天地爲一朝, 以萬期爲須臾, 日月爲扃牖, 八荒爲
庭衢. 行無轍跡, 居無室廬, 幕天席地, 縱意所如.

止則操卮執觚, 動則挈榼提壺, 唯酒是務, 焉知其餘? 有貴介公
子, 搢紳處士, 聞吾風聲, 議其所以. 乃奮袂攘襟, 怒目切齒, 陳說
禮法, 是非鋒起. 先生於是方捧甖承槽, 銜杯漱醪; 奮髯踑踞, 枕
麴藉糟; 無思無慮, 其樂陶陶.

兀然而醉, 豁爾而醒; 靜聽不聞雷霆之聲, 熟視不睹泰山之形, 不
覺寒暑之切肌, 利欲之感情. 俯觀萬物, 擾擾焉, 如江漢之載浮
萍; 二豪侍側焉, 如蜾蠃之與螟蛉.

여기서 유령은 오로지 술 마시는 일에만 몰두하는 기개가 비범
하고 시공을 초월한 대인선생의 형상을 간단하게 그려냈다. 대인선
생은 천지개벽 이래의 유구한 시간을 하루아침으로 삼고 일만 년의
시간을 순간으로 삼는다. 여기서 우리는 대인선생이 『장자』에 나오
는 팔백 세를 살았다는 팽조나 팔천 년을 봄으로 삼고 팔천 년을 가
을로 삼는다는 대춘大椿보다 훨씬 오래 사는 분임을 알 수 있다. 작
자는 상상의 나래를 펴서 우주와 천체의 고도로부터 지구를 굽어보
며 인간 세상의 변환은 강 위를 떠다니는 부평초처럼 미미하고 나
나니벌과 뽕나무 애벌레처럼 하찮다는 것을 깨닫는다. 일월을 창문
으로 삼고 천지사방을 정원으로 삼고 하늘을 장막 삼고 땅을 자리
삼아 자유자재로 출입하니 수레도 필요 없고 집도 필요 없다. 이토
록 호방하고 거침없고 속세를 벗어난 대인선생은 『장자』에서 묘사

한 소요유의 경지에 도달한 자이다.

대인선생의 소요유 생활에는 술이 중요한 매개이다. 그는 가만히 있을 때도 또 움직일 때도 시종일관 술과 함께하며 오로지 술만 일삼는다. 세속을 떠나 우뚝 선 대인선생이야말로 그의 마음속의 이상적인 인물이자 유령 본인의 성격과 그림자를 내포하고 있다고 보아야 할 것이다. "오로지 술 마시는 일에만 신경 쓰니 나머지 일을 어찌 알 것인가"라는 구절은 세속의 물질과 영리추구를 벗어나 명리를 추구하는 사람은 안중에도 없다는 뜻을 나타내지만 그 이면에는 현실에 대한 불만과 세속을 질시하는 마음도 내포되어 있다.

이어서 귀공자와 관료, 심지어 은사들까지도 대인선생의 이러한 태도에 대해 벌 떼처럼 시비곡절을 논하는 장면을 묘사한다. 귀공자와 은사들은 기득권자이자 예교를 중시하고 예교를 통해 출세하고자 하는 사람들이다. 그들은 예교를 무시하는 대인선생을 그냥 놓아둘 리가 없다. 이러한 묘사는 단순한 상상이 아니라 부패한 당시 사회의 암흑상을 반영한 것이라 할 수 있다.

마지막 부분은 귀공자와 은사들에 대한 공격에 대처하는 대인선생의 모습을 묘사하였다.

대인선생은 머리부터 발끝까지 술에 푹 빠진 오만한 모습으로 그들의 예교를 반박한다. "생각도 없고 걱정도 없이 즐거움으로 푹 빠져든다. 아무런 느낌 없이 오랫동안 대취했다가無思無慮, 其樂陶陶, 兀然而醉" 이하의 내용이 그러하다. 시각과 청각을 통해 취한 모습을 묘사한 것은 욕심에 흔들리지 않는 고상한 품덕을 묘사하기

죽림칠현은 위魏·진晉 교체기에 부패한 정치를
피해 죽림에 모여 거문고와 술을 즐기며
청담淸談으로 세월을 보냈다는 완적阮籍,
산도山濤, 혜강嵇康, 상수向秀, 유령劉伶,
완함阮咸, 왕융王戎 일곱 명의 현인을 말한다.
술과 시, 음악, 기행으로 전설이 된 그들은
기행을 통해 세상에 항거한 지식인이었을까?
아니면 당시 유행하던 노장 사상의 그림자에
숨어 유유낙락했던 비겁한 지식인이었을까?

위함이다. 유령의 붓 아래 묘사된 대인선생은 이미 듣지도 보지도
느끼지도 못하지만 인간에 대해서만은 철두철미하게 보고 듣고 느
낀다. 즉 인간 세상의 모든 만물은 부평초처럼 미세하고 공자公子나
은사를 보아도 나나니벌과 뽕나무 애벌레처럼 하찮다는 것이다. 대
인선생은 비록 술에 빠져 있지만 그 마음은 세속에 물들지 않았고
주덕酒德은 이를 통해 생겼다. 반면 그 공자公子와 처사는 술에 빠
지지 않았지만 예법에 빠졌고 말로만 예법을 설교하여 그들의 무덕
無德을 드러냈다. 이른바 덕이 있는 자는 가장 덕이 없고 덕이 없는
자는 가장 덕이 있다는 말은 이를 두고 한 말이다.

유령과 같은 죽림칠현으로 완적이 있다. 그도 형식적 예교를 조소하고 그 위선을 폭로하기 위하여 늘 술에 곯아떨어져 맑은 정신인 적이 없었다고 한다. 당시 진나라 사마씨가 그의 딸을 며느리로 삼으려는 의중을 전달하고자 방문한다는 소리를 듣고 보름 동안 술에 취해 말 걸 틈을 주지 않았다는 유명한 일화가 전해진다. 또 완적은 싫은 사람은 아예 보지 않으려고 흰 눈동자만 굴렸다는 이야기가 전해지기도 한다. 백안시白眼視라는 말은 여기서 생겼다.

당나라 시인 백거이도 유령의 「주덕송」을 본받아 「주공찬酒功贊」을 지었다. 추운 겨울밤 술을 마시면 추위를 잊고 따듯하게 해주고, 타향을 떠도는 사람이 마시면 근심을 잊고 즐겁게 해주며, 온갖 근심을 모두 사라지게 하고, 눈앞의 일체 현상과 인연은 늘 변화하는 것임을 터득하여 일희일비하지 않게 해주는데, 이 모든 것은 술의 공덕이라 했다.

이제 술을 예찬한 이백의 시 「월하독작」 그 네 번째 시를 소개하고자 한다.

무궁한 시름은 천만 갈래인데
맛 좋은 술은 겨우 삼백 잔!
시름은 많고 술은 적지만
술잔 기울이면 시름은 오지 않는다.
술을 성인聖人이라고 하는 까닭을 알겠노라,
거나하게 술 오르면 마음 절로 유쾌해지니까.

먹는 것 거절하고 수양산에 은거한 백이와 숙제,

누차 밥그릇이 비어 굶주렸던 안회.

당시에 즐겁게 마시지 않았으니

명성이 전해지면 무엇 하나.

게 안주에 맛 좋은 술 먹고

술찌게미 언덕에 오르면 신선이 되지.

맛 좋은 술 마시고,

달빛 타고 높은 누대에 올라 취하리라.

窮愁千萬端, 美酒三百杯.

愁多酒雖少, 酒傾愁不來.

所以知酒聖, 酒酣心自開.

辭粟臥首陽, 屢空饑顏回.

當代不樂飲, 虛名安用哉.

蟹螯卽金液, 糟丘是蓬萊.

且須飮美酒, 乘月醉高臺.

술 마시지 않는 백이와 숙제는 굳센 절개로 명성이 후세까지 전해졌고 공자孔子도 찬사를 아끼지 않았던 안회는 인자로 이름을 떨쳐 후세까지 명성이 전해졌지만, 그 역시 술은 마시지 않았다. 성인이든 현인이든 보통사람이든 인생의 원초적 슬픔은 모두 있는 것, 하지만 백이·숙제와 안회는 슬픔과 괴로움을 잊기 위해 술을 마시지 않았다. 반면에 동진시대 필탁畢卓은 관리로서의 책무는 소홀히 하면서 이웃집에서 술 익는 냄새가 나면 술 단지 옆으로 몰래 숨어들어 술을 훔쳐 먹을 정도로 술을 좋아하였다. 그리고 또 이렇게 말한 적이 있다. "만약 배 하나 가득 술 오백 말을 싣고, 배 양쪽 끝에 맛좋은 음식을 잔뜩 싣고, 오른손으로는 술잔을 들고 왼손으로는 게 다리를 들고 시를 읊조리면서 생을 마치면 얼마나 좋겠는가" 하고 말이다.

이 시에서 이백은 술의 실용적인 효능, 즉 슬픔을 잊고 즐겁게 해주는 긍정적인 면을 부각시키기 위해 백이·숙제와 안회에 대해서는 인색한 평가를 하고 이웃집 술까지 훔쳐 먹고 음주를 즐긴 필탁에 대해서는 후한 평가를 하였다.

다음으로 소개할 시는 유종원의 「음주」 시이다. 유종원은 유우석과 함께 '유유劉柳'로 병칭되며, 늙으면 이웃에 살며 노후의 삶을 함께 즐기고 싶다고 할 정도로 친한 사이였다. 두 사람 모두 21세에 과거에 급제한 수재, 정치 혁신운동인 영정개혁에 참가하였다가 황량한 남쪽 변방으로 좌천된 인물들이다. 유우석은 그나마 늘그막에 조정으로 돌아와 관리 생활을 영위하였고 76세를 일기로 생을 마쳤지만, 유종원은 좌천 생활 10년 만에 황제의 조서를 받고 장안으로 돌아왔으나 집권자들의 시기를 받아 또다시 영주(호남성)보다 더 먼 유주柳州(광서성)로 좌천당한다. 오지에서 좌천 생활만 하다가 장안으로 돌아와 벼슬 한번 못한 채 임지인 유주에서 상경을 앞두고 병으로 47세에 이 세상을 하직하였다. 시보다는 문장으로 이름을 날렸고 한유와 함께 고문혁신 운동에 참여하였다. 좌천당한 후

임지인 영주에서 쓴 「영주팔기永州八記」는 중국 유기문학遊記文學의 백미로 평가된다. 그는 포부 한번 제대로 펼치지 못하고 억울하고 한 많은 생을 살았다. 그러나 140여 수의 시 작품 가운데 음주시는 많지 않으며 우언시를 지어 현실 정치를 풍자하였다. 시풍은 도연명, 사령운의 산수 전원시풍을 닮았다 하여 산수시파로 분류되기도 한다. 청신한 시어로 좌천 후의 고독한 심정을 완곡한 시어로 표현한 작품이 많다. 이제 그의 시 「음주」를 보자.

오늘 저녁 마음이 울적하여, 일어나 앉아 술 항아리 열었다.
잔 들어 먼저 주신에게 바치니, 내 근심 걱정 쫓아주시기 때문.
잠깐 사이에 마음이 달라져, 천지가 따듯해짐을 느낀다.
첩첩 산 어두운 모습 사라지고, 녹수는 따듯한 온기를 품었다.
울울창창하구나 남쪽 성곽문, 수목은 어찌 그리 무성한지.
맑은 그늘 나를 보호해주고, 저녁 내내 아름다운 말 듣는다.
흠뻑 취해도 사양하지 않고, 향기로운 풀섶에 편히 눕는다.
저 진나라 초나라 부자들도, 이러한 즐거움 누리지 못하리라.

今夕少愉樂, 起坐開淸尊.

擧觴酹先酒, 爲我驅憂煩.

須臾心自殊, 頓覺天地暄.

連山變幽晦, 綠水函晏溫.

藹藹南郭門, 樹木一何繁.

淸陰可自庇, 竟夕聞佳言.

盡醉無復辭, 偃臥有芳蓀.

彼哉晉楚富, 此道未必存.

정치 개혁집단에 참여했다가 개혁의 실패로 산촌 오지 영주로 좌천된 유종원은 울적한 마음을 달래기 위해 술잔을 든다. 우선 고마운 주신에게 한잔 바치는 시인의 모습에서 은혜를 잊지 않는 마음을 읽을 수 있다. 그다음은 술을 마시고 난 후의 달라진 주변 경치와 편안해진 마음을 묘사하였다. 시커멓게 보였던 산들과 차갑게 느껴졌던 강물이 따뜻하게 느껴진다. 쓸쓸하고 어두웠던 마음도 어느새 따뜻해지고 밝아져 편안한 마음으로 풀섶에 드러누워 유유자적 한가한 마음이 된다. 이런 마음은 아무리 돈 많은 사람도 누리지 못한다면서 자족의 마음을 드러낸다. 음주 후 달라진 자연의 모습을 찬찬히 바라보는 시선은 영락없이 산수문학의 대가다운 모습이다. 담백하고 잔잔한 선율이 흐르며 마음을 평온하게 해주는 시이다. 이와 달리 울컥울컥 올라오는 슬픔과 분노를 삭이기 위해 음주의 즐거움을 노래한 섭이중의 「음주락飲酒樂」이 있다.

해와 달은 무슨 일이 있는 듯,

하룻밤에 한 번 순환한다.

초목도 늙거늘,

우리 인생 슬픔이 없을 수 있을까.

한번 마시면 온갖 응어리 풀어지고,

두 번 마시면 온갖 근심 사라진다.

허연 머리 가난한 사람 업신여기지만,

술에 취한 사람에게는 들어오지 않지.

동해의 바닷물 모두 내 술잔으로 흘러들어,

술이 되면 좋겠네.

어떻게 하면 완보병과 함께 취향醉鄕에 들어가,

몽롱한 세계에서 놀 수 있을까?

日月似有事, 一夜行一周.

草木猶須老, 人生得無愁.

一飮解百結, 再飮破百憂.

白髮欺貧賤, 不入醉人頭.

我願東海水, 盡向杯中流.

安得阮步兵, 同入醉鄕遊.

시인은 하루에 한 번 뜨고 지는 우주의 시간을 원망한다. 해
가 열흘에 한 번 뜨고 지면 우리의 인생도 길어지지 않을까? 그런
엉뚱한 생각이 떠오른 것이리라. 늙음은 우리 인간에게만 국한된
게 아니라 초목도 늙으니 인간이 늙는 것은 당연하다고 짐짓 체념
한다. 그러나 우리 인생은 온통 슬픔과 응어리, 근심, 걱정으로 꽉
차 있다. 술은 이러한 것을 모두 잊게 해주니 많을수록 좋기에 시인
은 동해 바닷물이 모두 술이 되기를 원한다. 슬픔과 걱정과 응어리
가 얼마나 많은지 바닷물로 형상화하였다. 고려시대 시인 전록생도

영호루에서 낙동강을 내려다보며 이렇게 읊었다. "저 강물이 술로 변할 수 있다면 가슴속 응어리 모두 씻어줄 텐데若爲江水變春酒, 一洗 胸中滓與槎."

섭이중은 당나라 말기 시인으로 그 행적은 소상하게 알려지지 않았다. 단지 과거시험에 급제해서 현위로 발령받아 임지에 부임 하였을 때, 가진 거라곤 책과 금琴뿐이었다는 이야기만 전해질 뿐 이다. 그의 시는 질박한 언어로 당시 사회 부조리와 부패상을 날카 롭게 비판한 것으로 평해진다.

제19장

친구여, 좋은 술과 함께

인생에서 치러내야 할 굵직굵직한 숙제를 어느 정도 마친 나이에 접어들어 그런지 요즘 부쩍 친구 생각이 많이 난다. 나만 그런 게 아닌지 친구가 나를 찾는 횟수도 이전보다 많아졌다. 단지 시간적 여유가 생겨서가 아니다. 함께 있으면 예전의 순수한 마음이 그대로 전해지고, 더욱 소중하고 애틋함을 느낀다. 가장 많이 나누는 대화는 서로의 건강에 대한 걱정이다. 이런저런 얘기로 이야기꽃을 피우다 다음을 기약하며 헤어지는데, 집에 오면 어김없이 핸드폰에 건강정보를 줄줄이 보내오고, 때로는 어디가 안 좋다는 말이 마음에 걸렸다며 먹고 힘내라고 먹을거리를 부쳐오기도 한다. 눈물이 나도록 고맙고 가슴이 뭉클해진다.

『예기禮記·예운禮運』에는 "예의 시작은 음식에서 비롯되었다夫禮之初, 始諸飮食"라는 말이 있다. 음식은 살아 있는 사람을 위해 준비하지만 돌아가신 분에게도 올리기 때문에 가장 정성스러운 예물이 아닌가 싶다. 그중에서도 술은 "모든 의례는 술이 있어야 치를 수 있다百禮之會, 非酒不行"(『한서漢書·식화지食貨志』)라고 하였듯이 어느 곳에서든 절대 빠져서는 안 될 최고의 예물이었다. 중국인들과 교류하다보면 친소親疏에 관계없이 가장 많이 받는 선물이 술인데, 아마도 이러한 인식이 지금까지 이어져온 듯하다. 그러니 친한 친구 사이에는 어떠했겠는가? 좋은 술이 있으니 그대가 생각난다며 함께 한잔하자고 청해온다면 그것은 나에 대한 상대의 지극한 친근함과 존중의 표현이라고 봐도 좋을 것이다.

아래의 시는 당나라 백거이의 「유십구에게 묻다問劉十九」이다.

새로 빚은 술 위로 초록 거품 떠오르고,
술 데울 붉은 화로도 준비되었다.
날 저물고 눈 내리려 하니,
친구여 한잔하러 오지 않겠나?
綠蟻新醅酒, 紅泥小火爐.
晚來天欲雪, 能飲一杯無.

이 시는 백거이가 강주사마江州司馬로 폄적되었을 때 지은 것이다. 유십구가 누구인지는 알 수 없다. 강주에서 지은 시에 몇 차례 그의 이름이 등장하므로 그곳에서 사귄 친구라고 짐작할 따름이다. 「유십구와 함께 묵으며」의 "오직 숭양의 유 처사와 함께하며 새벽까지 바둑 두고 술내기 하네唯共嵩陽劉處士, 圍棋賭酒到天明"라는 구절을 통해 하남성 출신이고 관직에 있지 않았다는 사실 정도만 알 수 있다.

이 시는 백거이가 술을 준비해놓고 유십구를 청하는 내용이다. 날도 저물고 눈까지 내릴 것 같아 사람을 더 우울하게 만드는 날씨이다. 그런 날 함께 해줄 술친구가 있다면 얼마나 좋겠는가? 그러나 우중충한 바깥 상황과 달리 방 안의 분위기는 완전 다른 세상인 듯 따듯하다. 시인 혼자만 있는 방인데도 말이다. 제1, 2구의 첫 글자에 사용된 '녹綠'과 '홍紅', 보색 관계인 초록과 빨강의 대비가 너무 강렬하여 보는 이의 마음도 들뜨는 듯하다. 어쩜 이리 대담하게 시어를 배치했을까? '녹의綠蟻'는 아직 거르지 않은 술에 떠오른 옅은 녹색의 개미처럼 작은 찌꺼기의 모습을 형용한 것이다. '홍니紅泥'는 방 안에 놓인 화로의 재료인 붉은 진흙을 가리킨다. 술을 빚으면 항아리 안에 담긴 술이 잘 익어가는지 얼마나 궁금하겠는가. 익어가는 정도를 확인하며 설레는 마음으로 마실 날을 기다릴 것이고, 이제 정말 마실 때가 되었음을 감지하는 순간 그 기쁨은 기다린 시간만큼이나 클 것이다.

바로 그때 시인은 자연스레 친구를 떠올린다. 화로에 불붙여 추운 날 이곳까지 걸어온 그의 몸을 녹여주고, 그 위에 술을 덥혀 뱃속을 뜨듯하게 해주어야겠다는 생각과 함께. 준비를 마친 시인은 친구에게 청하는 서신을 보낸다. 술과 벌겋게 달아오르는 화로 옆에서 친구를 기다리는 동안 시인은 내내 갓 익은 새 술을 좋은 벗과 함께 마신다는 설렘과 기대로 한껏 부풀어 있었으리라. 초록 저고리에 빨강 치마를 입고 행복한 신혼을 꿈꾸는 새색시처럼. 시인만 그런 것이 아니다. 방 안에 들어선 순간 시인의 정성과 세심한 배려를 느꼈을 친구의 마음 또한 그러했으리라. 밤새도록 화기애애한 분위기 속에서 술잔을 기울였을 그들의 모습을 상상하게 해주는 시이다.

다음은 당나라 장구령張九齡이 지은 「육례에게 답하다答陸澧」라
는 시이다.

솔잎은 술 담그기 안성맞춤이지,
봄이 왔으니 얼마나 만들어놓았을까?
산길 멀어도 사양하지 않고,
눈길 밟고서라도 찾아가겠소.
松葉堪爲酒, 春來釀幾多?
不辭山路遠, 踏雪也相過.

이는 장구령이 육례陸澧라는 친구의 술 초대에 응하여 지은 시
이다. 육례에 대해서는 자세히 알려진 바가 없고, 시 속의 "솔잎"과
"산길" 등의 시어를 통해 은자隱者였을 것으로 추측된다. 산에서나
구할 수 있는 귀한 솔잎주를 준비했다고 하니 먼 산길 굽이굽이 돌
아 미끄러운 눈길 마다않고 찾아가는 것이다. 시의 창작 시기 역시
정확히 알 수 없으나 만년의 작품으로 보인다. 그 이유로 다음의 두
가지 사실을 들 수 있다. 첫째, 예로부터 솔잎으로 만든 술은 발이
약하거나 혈액순환이 안 될 때 마시면 효과가 있다고 알려져 있다.
육례가 그 많은 술 중에 솔잎 술을 담가서 보낸 것으로 보아 장구령
이 허약한 체질이었음을 미루어 짐작할 수 있다. 둘째, 중국 상나라
때부터 명나라에 이르기까지 관원은 조정에 나아갈 때 반드시 홀笏

策蹇過橋溪路清
山空人靜雪紛飛
萬曆乙亥臘月寫于
悟言室 文嘉

눈길 밟고 산길 멀어도 찾아간다. 변덕스러운
봄의 기운에 아직 눈이 녹지 않았나보다.
하지만 솔잎으로 담근 술 마시러 가겠다고
길을 나선다. 물론 솔잎주 핑계 삼아
친구 그리워 찾아가는 것이 아닐까?
명대 화가 문가文嘉의 산수화이다.

을 가지고 가야 했다. 그런데 장구령은 마른 체격에 몸도 약하여 홀을 들고 서 있기가 힘들어 항상 누군가가 옆에서 대신 들고 서 있어야 했다. 이에 장구령은 홀을 집어넣을 주머니, 즉 홀낭笏囊을 만들어 시종에게 들고 다니게 하는 방법을 생각해낸다. 장구령은 건강을 이유로 재상에서 물러나기를 여러 차례 청했지만 현종玄宗은 허락하지 않았고, 대신 그를 배려하여 홀낭을 놓을 거치대를 설치해주었다. 이후 관원들은 더는 홀을 매번 가지고 다닐 필요 없이 홀낭에 담아 거치대에 두었다가 임금 앞에 나아갈 때만 들면 되었다고 한다.

솔잎은 산에서 쉽게 구할 수 있는 재료이지만, 위의 상황으로 유추해볼 때 나이 들어 병약해진 친구를 위해 일부러 담근 술이 아닌가 싶다. 장구령이 눈 덮인 먼 산길도 마다하지 않고 반드시 가겠노라고 흔쾌히 응한 것은 친구를 향한 깊은 우정의 표현이기도 하지만 그 깊은 속마음을 읽었기 때문이리라. "얼마나 만들어놓았을까?"라는 구절에서는 한껏 기대에 차 혼잣말을 하는 시인의 들뜬 모습이 절로 그려진다. 그런데 도대체 주량이 얼마나 되기에 그렇게 술의 양이 궁금한 것일까? 힘들게 간 길이니 며칠 묵으며 항아리 바닥이라도 보고 올 심산인가?

오랜 세월 즐거운 만남을 함께할 수 있는 것은 무엇보다 서로에게 편안함을 느끼기 때문이다. 자신을 포장하지 않고 있는 그대로 보여주어도 되는 사람은 가족 외에는 친구밖에 없을 것이다. 다음의 시는 당나라 이백의 「산속에서 은자와 대작하며山中與幽人對酌」이다.

둘이서 마주 앉아 대작하네, 산속에 꽃이 필 때.

한 잔 한 잔 그리고 또 한 잔.

취하여 졸리나니 그대 먼저 가시고,

내일 아침에도 생각나면 거문고 안고 오시게나.

兩人對酌山花開, 一杯一杯復一杯.

我醉欲眠卿且去, 明朝有意抱琴來.

이백은 27세에 맹호연孟浩然의 소개로 허자연許紫煙이라는 여
인과 결혼하여 지금의 호북성湖北省에 위치한 안륙安陸이라는 곳에
서 10년을 지낸다. 천성적으로 방랑벽이 심했던 이백은 처가살이가
불편했던지 집에서 약 5킬로미터 떨어진 백조산白兆山을 활동 근거
지로 삼고 여전히 많은 사람과 교류하며 술과 유람으로 자유로운
생활을 만끽하는데, 이 시는 이 기간에 지어졌다. 시 속의 은자는 정
확히 누구인지 알려지지 않아 당시 친하게 지내던 이들 가운데 한
사람일 것으로 추측할 뿐이다.

꽃 피는 봄 산속에 술자리를 벌인 두 사람. '산' 하면 왠지 고즈
넉한 분위기가 연상되는데 이 시에서는 전혀 그렇지 않다. 산중이
라고 하지만 그들이 있는 곳을 클로즈업하면 두 사람이 마치 빨강
색 분홍색 어우러진 꽃밭에 앉아 껄껄 웃으며 연거푸 술잔을 드는
장면이 화면을 가득 채울 것 같기 때문이다. 꽃들도 흥겨워 따라 미
소를 머금고, 결국에는 그들과 함께 취하고 말았으리라. 만물이 모
두 잠든 밤이 되었지만 두 사람은 흥이 좀처럼 가시지 않는가 보다.

하지만 취기에 밀려오는 잠을 이기지 못하여 시인은 친구에게 오늘은 우선 돌아가기를 권한다. 아무리 그래도 내 집을 찾아온 손님에게 대놓고 가라고 하다니. 보통의 경우 매우 섭섭할 것이다. 어쩌면 친구 목록에서 아예 삭제될 수도 있을 것 같다. 그런데 가라고 할 때는 언제고 술 생각나면 내일 또 오라는 뜻을 넌지시 내비친다. 상대를 배려한 말인 것 같으나 사실은 졸음을 참지 못해 자야 하지만 아쉽기 그지없으니 내일 다시 만나 즐기면 좋겠다는 속마음을 에둘러 표현한 것이다. 거문고까지 들고 오라는 것은 내일은 더 멋들어지게 놀아보자는 것이리라.

시인이 이렇게 할 수 있는 것은 친구가 화를 내기는커녕 분명 다시 올 것을 잘 알기 때문이다. 서로가 예의나 격식에 전혀 구애받지 않고 본연의 모습을 고스란히 보여주며 또 그것을 그대로 수용하고 인정하는 사귐이란 바로 이런 모습일 것이다. 자유분방한 일생을 살았던 이백과 속세를 벗어나 정신의 해탈을 추구한 은자라는 자유로운 영혼을 가진 두 사람의 만남이기에 이와 같은 정신적 교감이 가능했던 걸까?

"취하여 졸리나니 그대 먼저 가시고, 내일 아침에도 생각나면 거문고 안고 오시게나我醉欲眠卿且去, 明朝有意抱琴來"라는 구절은 본래 전고가 있다. 『송서宋書·도잠전陶潛傳』에 따르면, 도연명은 줄이 없는 거문고를 하나 가지고 있어 술을 마실 때마다 그 거문고를 어루만졌고, 또한 자기를 찾아오는 사람이 있으면 귀천을 가리지 않고 함께 술을 마신 뒤 먼저 취하면 졸리니 돌아가라고 했다 한다.

한 잔 또 한 잔, 다시 술을 청하며 거문고
들고 친구를 방문한다. 하지만 가는 길마다
산에 핀 꽃들과 풍경에 어찌 한눈팔지
않을 수 있으랴. 명대 4대가 중 한 명인
문징명文徵明의 〈포금방우도抱琴訪友圖〉(부분).
어린 시동에게 거문고 들게 하고 친구를
방문하는 그림이다. 전고가 워낙 풍부해
문징명 이외의 화가들도 거문고 들고 친구를
방문하는 제재의 그림을 즐겨 그렸다.

이백은 도연명의 소박하고 진솔한 성정이 초탈적인 자신의 인생관과 일면 상통하는 부분이 있기에 시 속에 이를 인용하였을 것이다. 그리고 이것을 다음 만남을 약속하는 의미를 가진 구절로 변용시켜 막역하면서도 낭만적인 우정을 자연스러우면서도 위트가 넘치는 화법으로 부각하였다. 청나라 건륭乾隆 시기 편찬된 시집 『당송시순唐宋詩醇』에서 이 구절을 왜 "이미 있던 말을 마치 자기가 만들어 낸 것처럼 오묘하게 사용했다用成語妙如己出"라고 평했는지 이해가 간다.

서로를 신뢰하고 존중하며 어려움 속에서도 변치 않는 우정을 표현할 때 흔히 '관포지교管鮑之交'를 사용한다. 누구나 이런 친구한 명쯤은 가지고 있을 듯싶어도 진정한 친구가 단 한 명이라도 있으면 성공한 인생이라고 할 수 있다고 하는 걸 보면 절대 쉽지 않은 일이다.

그런데 당나라 시인 중에 '관포지교'에 견줄 만한 우정을 보여준 사람들이 있었으니 바로 백거이와 원진이다. 이들은 당나라 정원貞元 19년(803)에 함께 교서랑校書郞에 임명되어 동료로 처음 만났다. 백거이가 원진보다 8세가 많았지만 망년지교忘年之交를 맺어 30년 가까이 동고동락하였다. 백거이는 두 사람 사이를 "쇠붙이와 돌, 아교와 옻으로는 비유할 수 없을 정도로 깊다金石膠漆, 未足爲喩"(「원진을 위한 제문祭元微之」)라고 하였고, 원진은 귀양 가 있어 자주 만나지 못하는 백거이를 얼마나 그리워했는지 "멀리서 편지가 오는 것을 보면 눈물부터 흘리니, 아내는 놀라고 딸은 울며 이유를 묻는다.

평소 이런 적이 없었기에, 식구들은 분명 강주사마 백거이의 편지일 거라고 생각하였다遠信入門先有淚, 妻驚女哭問何如. 尋常不省曾如此, 應是江州司馬書"(「백낙천의 편지를 받고得樂天書」). 이렇게 주고받은 시가 무려 900여 수에 이르렀다. 서로를 위하는 마음이 지극하면 기적 같은 일도 일어난다더니 바로 이들의 경우를 두고 하는 말인 것 같다. 다음은 백거이의 시 「이십일과 함께 취해 원구를 그리며同李十一醉憶元九」이다.

꽃 필 때 함께 취하여 봄날의 근심 날리고,
술에 취해 꽃가지 꺾어 산가지 삼았지.
홀연 하늘 끝닿은 먼 곳에 있을 친구 생각하노니,
오늘쯤이면 양주에 도착했으리라.
花時同醉破春愁, 醉折花枝當酒籌.
忽憶故人天際去, 計程今日到梁州.

이 시는 원화元和 4년(809)에 지어졌고, '이십일李十一'은 이표직李杓直, '원구元九'는 원진을 가리킨다. 당시 감찰어사를 맡고 있던 원진은 천촉川蜀(지금의 사천四川)으로 파견을 나갔다가 동천東川의 절도사 엄려嚴礪가 불법으로 세금을 징수하고 타인의 재물을 갈취한 사실을 밝혀내어 탄핵하는 상소를 올린다. 엄려가 이미 사망하여 그 죄를 물을 수는 없었으나, 이 과정에서 원진은 조정에 있는 엄려 일당의 모함으로 한직으로 밀려나게 된다. 이 시는 장안에 있던 백거이가 양주梁州로 떠난 원진을 그리워하며 지은 시이다. 술을 마시면서도, 술자리의 분위기가 한창 무르익는 중에도 줄곧 친구를 떠올리며 근심을 떨치지 못하는 시인의 감정이 잘 표현되어 있다. 그런데 신기하게도 원진은 백거이의 말처럼 정확히 그날 양주에 도착했고, 백거이가 이 시를 지은 날 그도 「양주에서의 꿈梁州夢」이란 시를 지었다.

꿈에서 그대와 함께 곡강을 돌고,
자은사를 유람하였지.
역참 관리가 말을 준비해놓았다는 소리에 깨어보니,
놀랍게도 이 몸이 양주에 있구나.
夢君同繞曲江頭, 也向慈恩院院遊.
亭吏呼人排去馬, 所驚身在古梁州.

원진은 시 앞부분에서 백거이뿐만 아니라 이표직도 꿈에서 함께 놀았다는 설명을 덧붙였다. 원진이 양주에 도착했을 거라고 정확히 맞춘 백거이도, 장안의 정황을 그대로 꿈꾼 원진도 모두 놀랍다고 하지 않을 수 없다. 이심전심이란 바로 이를 두고 하는 말일 것이다.

원진은 벼슬길이 순탄치 않아 원화元和 5년(810)부터 10년 가까운 세월 동안 네 차례나 귀양을 가고, 무창武昌에서 갑자기 병이 들어 53세를 일기로 세상을 떠난다. 백거이는 묘문墓文을 써 애도의 마음을 표하고, 만년에도 그를 잊지 못해 항상 "밤에는 손잡고 함께 놀러다니던 꿈을 꾸고, 아침에 일어나면 수건이 푹 젖을 정도로 눈물을 흘렸다夜來攜手夢同遊, 晨起盈巾淚莫收"(「원진을 꿈에서 보다夢微之」).

인생을 살다보면 평탄한 길도 만나고 굴곡진 길도 만나기 마련이다. 꽃길만 걷는 것처럼 보여도 속사정을 들여다보면 험난한 가시밭길을 넘어온 경우도 많다. 문제는 어떻게 이 과정을 극복하느냐이다. 강인한 정신력으로 혼자 이겨나갈 수도 있겠지만 대다수는 누군가의 도움과 격려가 필요하다. 인생에서 친구가 가장 필요한 시기는 바로 이때가 아닌가 싶다. 다음의 시는 왕유王維의 「배적에게 술 따라주며酌酒與裴迪」이다.

술 따라 그대에게 주니 마음 달래보길,
인정의 변덕스러움이란 일렁이는 파도와 같네.
흰머리 될 때까지 사귄 친구도 칼 어루만지며 경계하고,
먼저 출세한 자들 이제 막 벼슬길에 들어선 이 비웃네.
푸른 풀 가랑비에 젖어 모두 촉촉한데,
꽃가지 싹틔우려 해도 봄바람이 차갑네.
뜬구름 같은 세상사 물어서 무엇 하리,
유유자적 즐기며 맛있는 음식이나 실컷 먹지.
酌酒與君君自寬, 人情飜覆似波瀾.
白首相知猶按劍, 朱門先達笑彈冠.
草色全經細雨濕, 花枝欲動春風寒.

世事浮雲何足問, 不如高臥且加餐.

왕유가 진사시에 합격하여 우습유右拾遺·감찰어사監察禦史 등을 역임했던 것과 달리 배적은 한때 잠깐 관직에 있었다는 것만 전해질 뿐 출신, 나이, 이력에 대한 기록이 거의 없어 두 사람의 만남이 언제부터 시작된 것인지 알 수 없다. 왕유가 44세에 섬서성陝西省 남전藍田에 위치한 망천輞川 별장을 사들인 이후 지은 시를 수록한 『망천집輞川集』에 배적의 시도 같이 수록되어 있는 것으로 보아 일찍부터 교류했던 것으로 보인다. 왕유와 교류한 시인은 매우 많지만 그중에서 가장 뜻이 잘 맞고 친했던 사람은 배적이다.

왕유의 「배적에게 주는 시贈裴迪」를 보면 두 사람의 사이가 얼마나 돈독했는지 알 수 있다. "만나지 못하여, 오래도록 만나지 못하여, 날마다 같이 노닐던 연못가에 가서, 함께 손잡고 노닐던 때 추억하네. 한마음으로 손잡고 다니던 때 떠올리니, 갑작스러운 이별이 원망스럽기만 하네. 지금 그대가 이렇게 생각나는 것, 그대를 향한 그리움이 깊어서라오不相見, 不相見來久, 日日泉水頭. 相憶同攜手, 攜手本同心, 復嘆忽分襟. 相憶今如此, 相思深不深." 마치 남성이 사랑하는 여인에게 그리움을 호소하는 연애편지를 읽는 듯하다. 30세에 상처한 이후 아내를 추도하는 시 한 수 남기지 않고, 또 죽을 때까지 독신으로 산 왕유이기에 배적과의 브로맨스가 우리의 눈길을 사로잡는다.

왕유는 주로 불교의 공空과 적寂, 선禪의 경지를 노래해 시불詩

佛이라는 칭호를 얻었지만, 위의 시는 시불이라는 칭호와 전혀 어울리지 않아 마치 지킬 박사와 하이드의 극단적인 양면을 보는 듯하다.

사실 왕유에게 배적은 생명의 은인이기도 하다. 안사의 난이 일어났을 때, 왕유는 미처 피난을 가지 못하여 반란군에게 사로잡혀 낙양으로 끌려간다. 강요에 못 이겨 급사중給事中이라는 벼슬을 했는데, 당나라 군대가 낙양을 수복한 후 안록산 밑에서 벼슬을 했던 사람들은 부역죄로 거의 모두 처벌받았으나 왕유는 무사할 수 있었다. 그 이유는 바로 「보리사에 감금되었는데 배적이 나를 보러 와서 말하기를, 역적들이 악공들을 잡아 응벽지에서 풍악을 울리게 하자 악공들이 연주하며 눈물을 흘렸다고 하였다. 이에 즉흥시를 써서 배적에게 읽어주었다菩提寺禁, 裵迪來相看, 說逆賊等凝碧池上作音樂, 供奉人等擧聲便一時淚下私成口號, 誦示裵迪」라는 시 때문이었다. 그 내용은 이러하다.

"도성의 수만 호 인가에는 슬프게도 황량한 연기만 피어오르니, 조정의 백관들은 어느 날에야 다시 천자를 뵐 수 있을까? 가을 텅 빈 궁에는 홰나무 낙엽만 가득한데, 응벽지에는 풍악이 울려 퍼지네萬戶傷心生野煙, 百僚何日更朝天. 秋槐葉落空宮裏, 凝碧池頭奏管弦."

왕유의 죄에 대한 논의가 진행되자 그의 동생 왕진王縉은 자신이 관직에서 물러나는 것으로 속죄를 청하며 이 시를 바쳤다. 시를 본 숙종肅宗은 당나라에 대한 충성과 망국에 대한 비분의 감정이 드러나 있다고 판단하면서도 배적을 불러 사실 여부까지 확인하고 나서야 왕유를 용서해주었다.

「배적에게 술 따라주며」는 왕유가 인정세태人情世態의 이치를 논하며 배적을 위로하는 시이다. 왕유는 인정, 즉 사람의 마음을 일렁이는 파도에 비유한다. 잔잔할 때는 보고만 있어도 따듯함과 평온이 느껴지는 바다, 하지만 허공까지 솟구쳤다가 다시 아래로 곤두박질치는 성난 파도가 밀려올 때면 금방이라도 온 세상을 삼켜버릴 것 같은 기세에 누구나 두려움을 느낀다. 사람의 마음을 언제 돌변할지 모르는 파도에 비유한 것은 배적의 인생살이가 그만큼 순탄하지 않았다는 것이다.

전해지는 자료가 없어 자세히 알 수 없지만 배적의 시 「청작가青雀歌」의 "본성을 따라 행동하며, 함부로 참새 떼와는 어울리지 않았네. 황송하게도 일찍부터 봉황과 난새를 알았으니, 어느 날에야 발탁되어 청운을 밟을 수 있으리動息自適性, 不曾妄與燕雀群. 幸忝鵷鸞早相識, 何時提攜致靑雲"를 보면 은거 생활 중에도 벼슬에 나아가고 싶은 마음이 내재되어 있었던 것을 알 수 있다. 하지만 제3, 4구 "흰머리 될 때까지 사귄 친구도 칼 어루만지며 경계하고, 먼저 출세한 자들 이제 막 벼슬길에 들어선 이 비웃네"를 보면 발탁해주는 이를 만나기는커녕 오히려 배척과 비웃음만 맛보았던 것 같다. 배적의 이러한 아픔을 누구보다 잘 아는 왕유, 이에 평생지기마저도 외면하는 세상인데 뭘 원망하고 실망하느냐며 위로를 건넨 것이다.

제5, 6구 "푸른 풀 가랑비에 젖어 모두 촉촉한데, 꽃가지 싹틔우려 해도 봄바람이 차갑네"에서는 경물을 빌어 냉혹한 현실을 비유하였다. 봄비는 본래 만물의 생장을 촉진하기 마련이다. 혹한의 시련을 강한 생명력으로 이겨내 이제 흠뻑 물 머금어 쑥쑥 자라나 싹 트고 꽃 피기만 기다리면 되는 풀과 나무, 사람에 비유하면 앞날에 대한 기대와 희망에 부풀어 첫발을 내디딜 준비가 다 된 청년이라 할 수 있다. 하지만 시샘이라도 하듯 불어닥친 차가운 봄바람에 다시 한번 꼬꾸라질 줄 누가 알았으랴? 찬바람은 우리네 인생 곳곳에 도사리고 있는 예기치 못한 변수를 비유한다. 이처럼 한 치 앞도 모르고 뜻대로 되지 않는 세상사, 어찌해야 할까? 왕유의 권유처럼 달관적인 태도로 살 수밖에.

왕유가 배적에게 초연한 태도로 인생을 살라고 한 것은 사실 자신에게 하는 말이기도 하다. 시 속의 한 구절 한 구절은 모두 그의 경험에서 나온 말이다. 왕유 역시 배적처럼 자신을 알아주는 누군가에게 발탁되어 재주를 펼쳐보고 싶은 포부가 있었다. 그는 우습유에 임명되었을 때 중서령 장구령에게 다음과 같은 시를 지어 보낸 적이 있다.

"공公께서는 당파와 적을 구분하지 않으시고, 사사로이 관직을 팔지 않으시며, 백성을 위하여 일을 하신다고 들었습니다. 하찮은 제가 삼가 여쭈오니, 공의 막료가 될 수 있겠습니까? 공정하게 평가하여 써주신다면 감격스러울 것이나, 사심으로 그리하시는 것은 제가 바라는 바가 아닙니다側聞大君子, 安問黨與讎. 所不賣公器, 動爲蒼生謀. 賤子跪自陳, 可爲帳下不. 感激有公議, 曲私非所求."(「시흥공 장구령께 올리며獻始興公」)

왕유가 우습유에 임명될 수 있었던 것도 사실은 장구령의 추천 덕분이었으므로 이제 기댈 수 있는 언덕이 하나 생겼다고 생각했을 것이다. 그러나 불과 2년 후에 장구령은 자신이 추천한 주자량周子諒이라는 사람의 실언 때문에 형주荊州로 폄적되고 만다. 주자량 사건은 하나의 꼬투리에 지나지 않고 실상은 장구령을 시기하던 이임보李林甫 일당에 밀려난 것이다. 장구령이 실각하자 사람들은 대부분 자신에게 불똥이 튈까 몸을 사렸으나 왕유는 과감히 나서 그를 변호했다. 하지만 이 과정에서 권력에 아부하는 인정세태에 환멸을 느껴 "이제 저는 농부들과 어울려, 농사지으며 시골에서 늙으려 합니다方將與農圃, 藝植老丘園"(「형주의 장 승상께 올리며寄荊州張丞相」)라며 은거의 뜻을 굳히기도 했다.

그러나 왕유는 완전한 은거의 길을 선택하지 않았고, 장안에서 50킬로미터 정도 떨어진 곳인 망천에 별장을 마련하여 오가며 지냈다. 인생사에 초연해지겠다고 마음먹고 또 친구에게도 그러라고 하면서도 정작 자신은 그러지 못했으니 이로 인한 내적 갈등 또한 항상 마음에 자리잡고 있었을 것이다. 이 시에는 이러한 그의 심리가 그대로 드러나 있다.

이상의 시들을 보면 우정이 있는 곳에는 반드시 술이 있고, 술이 있는 곳에는 반드시 우정이 있었던 듯하다. 음주 여부와 우정은 큰 상관관계가 있을까? 이백의 시 「술을 마시지 않는 역양의 왕 현승을 조소하며嘲王曆陽不肯飲酒」를 보도록 하자.

눈 덮인 대지 위의 풍경 차갑기만 한데,

하늘에서는 손바닥만 한 눈꽃이 떨어지네.

도연명을 흉내 내는 모습 우습기만 하구려,

잔 속의 술도 마시지 않으면서.

공연히 거문고 어루만지고,

쓸데없이 버드나무 다섯 그루를 심었구려.

건성으로 머리에 두건 얹고 있으니,

나는 그대에게 무엇인가?

地白風色寒, 雪花大如手.

笑殺陶淵明, 不飮杯中酒.

浪撫一張琴, 虛栽五株柳.

空負頭上巾, 吾於爾何有.

이 밖에도 역양의 왕 현승과 관련이 있는 시는 「술 취하여 역양의 왕 현승에게 주다醉後贈王曆陽」·「눈 내린 후 취하여 역양의 왕 현승에게 주다對雪醉後贈王曆陽」 두 수가 더 있다. 이 중 "필체는 용과 호랑이가 일어나 다투는 듯하고, 춤추는 소맷자락은 하늘까지 닿을 듯하다筆蹤起龍虎, 舞袖拂雲霄"(「술 취하여 역양의 왕 현승에게 주다」), "그대 집에 술 있는데 내 무엇을 근심하리, 손님도 많고 음악 소리 기분 좋으니 밤중까지 즐기리라君家有酒我何愁, 客多樂酣秉燭遊"(「눈 내린 후 취하여 역양의 왕 현승에게 주다」) 등의 구절을 보면 왕 현승은 글씨도 잘 쓰고 풍류도 즐길 줄 알 뿐 아니라, 이백을 집에 초대하여 술을 대접할 정도로 친분이 있었음을 알 수 있다. 하지만 이 시 제목을 보면 왕 현승은 술 마시기를 그리 좋아하지는 않았던 듯하다.

사실 그럴 수도 있지 않은가? 사람 좋아하고 즐기기 좋아하나 술은 그다지 좋아하지 않는 경우도 많으니 말이다. 문제는 바로 상대가 "한번 마셨다 하면 삼백 잔은 마셔야會須一飮三百杯"(「장진주」) 했던 이백이라는 것이다. 그런 그에게 술 마시기를 꺼리는 왕 현승이 마음에 들었을 리 없다. 누군가가 마음에 안 들면 사사건건 모든 것이 눈에 거슬릴 수 있다. 울타리에 버드나무 심고, 거문고 어루만지며 두건을 쓰고 앉아 있는 모습은 영락없는 도연명이라 그가 평소 도연명을 아주 흠모하였음을 짐작할 수 있다. 그러나 이백은 이 모든 것을 "공연히", "쓸데없이", "건성으로" 하는 행동이라며 비웃는다. 즉 정작 도연명의 정신세계는 전혀 이해하지 못하는 사람이 도연명을 닮은 사람인 척 가식을 떨고 있다는 것이다.

왕 현승과 관련된 다른 두 시를 보면 이백이 본래부터 그에 대한 감정이 좋지 않았던 것은 분명 아니다. 이백은 정신적 교감을 원했으나 맨 정신으로 앉아 있는 왕 현승과는 그것이 도저히 불가능하여 이런 시를 짓게 된 것이 아닌가 싶다. 이백은 마침내 두 사람의 관계를 회의하는 말까지 토해내고 만다. 이후 두 사람 사이는 어땠을까? 지인知人은 되어도 지기知己는 되지 못했을 가능성이 크다.

지금 술이나 한잔하자는 전화 한 통에 당장 달려 나와주는 친구가 있다면 그것만으로도 우리는 행복한 사람이 아닐까?

제20장

세상만사 다 마음먹기 나름

"어차피 한 번 왔다가는 걸, 붙잡을 수 없다면, 소풍 가듯, 소풍 가듯, 웃으며 행복하게 살아야지."

유행가의 한 구절이다. 이 노래의 요지는 누구에게나 공평하게 유한한 인생, 얼굴 찡그리지 말고 즐거운 마음으로 살아보자는 거다. 물론 맞는 말이다. 그러나 감상자는 얼마든지 창작자의 의도와 달리 다른 의미로 해석 가능한 것이 시와 노래이다. 이 '소풍'이란 단어가 내게 그렇다.

소풍 하면 가장 먼저 떠오르는 것은 뭐니뭐니해도 김밥. 사실 학교에서 소풍이란 것을 가기 전에는 김밥을 구경해본 적이 없다. 아마 엄마도 그러셨을 것이다. 그런데 어디선가 애들 소풍 갈 때는 김밥을 싸줘야 한다는 걸 들으셨던 것 같다. 어쨌든 김밥, 물병, 과자 몇 개, 우리 집 소풍 가방은 이렇게 채워졌다. 당시에는 소풍을 혼자 가지 않고 어머니와 미취학 아동인 동생들까지 함께 가서 가방이 제법 컸다. 가방 크기만큼 소풍에 대한 기대도 컸다.

그러나 점심시간이 되어 가족 단위로 떨어져 밥을 먹는데, 다른 집에서 가지고 온 음식들이 눈에 확 들어왔다. 다른 것도 많았지만 가장 인상적인 것은 통닭, 초콜릿, 바나나, 귤이었다. 통닭이나 초콜릿은 시장이나 가게에 가면 볼 수 있었기에 소풍 올 때 저런 것도 가져오는 집이 있네 하는 정도만 생각하고 그냥 넘길 수 있었다. 그런데 바나나와 귤은 처음 본 것이라 눈을 뗄 수가 없었다. 그때는 그것이 과일인지도, 또 정말 잘사는 집이 아니면 구경도 힘든 물건인지도 몰랐다. 궁금하고 먹고 싶은 마음에 빤히 쳐다보았는데, 친구가 혀를 날름 내밀며 약을 올리는 것이다. 누구에게 말도 못 하고 혼자 심사가 뒤틀린 채 집으로 돌아왔다.

소풍날의 이 사건은 내 기억에서 곧 사라졌다. 나이도 너무 어렸고, 그때는 생활이 다 어려웠던 시절이라 바나나와 귤 같은 희귀한 물건으로 인해 벌어진 일회적인 사건이 마음에 오래 남을 리 없었다. 이 기억이 다시 떠오른 것은 오히려 바나나와 귤이 너무 흔한 과일이 되고 나서이다. 바나나 한 송이가 5000원도 안 하고, 한 상자에 1만 원이 조금 넘는 귤을 보면서 지금과는 상황이 완전 다른데도 "그때는 저걸 못 사 먹었지"라며 당시의 일을 추억하곤 했다. 지금 와서 어린 시절의 심정을 뭐라 정확히 표현할 수는 없지만 아마도 어렴풋이나마 빈부의 차를 체감하며 속상했던 것이 아닐까 싶다.

인생이 누구에게나 유한한 것은 맞지만 공평한 것은 결코 아니다. 뿌린 대로 거둔다는 인생의 공평함을 믿기 힘든 세상이 되었다. 하지만 원인에 따라 결과가 있으니 인과응보 또한 여전히 살아 있는 게 아닐까? 당나라의 문장가 한유가 "만물은 평정한 상태가 아닐 때 소리를 내게 된다大凡物不得其平則鳴"(「맹동야를 보내며送孟

東野序」)라고 하였듯이 곤궁한 처지에 놓여봐야만 인생을 깊이 있게 바라보는 안목도 생기고, 이로써 길이 전해질 대작大作도 나올 수 있다. 다음은 만당晚唐 시기의 시인 두목杜牧의 「청명淸明」이라는 시이다.

> 청명절에 비 부슬부슬 내리니,
> 길 가던 사람 애간장이 끊어질 듯.
> 주막이 어디냐고 물으니,
> 목동은 멀리 행화촌을 가리키네.
> 淸明時節雨紛紛, 路上行人欲斷魂.
> 借問酒家何處有, 牧童遙指杏花村.

24절기 중의 하나인 청명절은 보통 4월 5일 전후이고, 이날에는 성묘를 가거나 가까운 교외로 나가 경치를 구경하며 즐기는 풍속이 있다. 이런 날에 비가 내리면 꼼짝없이 발이 묶이기 마련인데, "청명절 십 년에 팔 년이 비가 내린다十年淸明八年下"라는 속담이 있을 정도로 예로부터 청명절에는 비가 많이 내렸다고 한다. 이 시가 지어진 날도 역시 그랬음을 알 수 있다.

청명절 즈음에 내리는 비는 보통 풀색을 더욱 짙게 하고 개화開花를 재촉하는 반가운 존재이다. 바람도 불지 않아 가랑비에 촉촉이 젖어든 풀과 꽃을 바라보노라면 한적한 가운데 생동적이면서도 낭만적인 느낌이 들 것 같은데, 시인은 의외로 애간장이 끊어질 것 같

청명절에 비는 내리고 마음 급한 나그네는
목동에게 주막이 어디냐고 묻는다. 기르는
소와 천진난만하게 놀던 소년, 나그네 질문에
대답 없이 살구꽃 핀 마을을 가리킬 뿐이다.
목동의 손가락 끝닿는 곳에는 과연 어떤
장면이 펼쳐질까? 소와 인물을 잘 그렸던
이당李唐(송대)의 〈목우도牧牛圖〉이다.

다고 한다. 상심의 정도가 매우 심함을 알 수 있다. 왜 그럴까? 이유를 유추하는 데 힌트가 될 만한 말은 "길 가던 사람". 청명절을 타지에서 맞은 외로운 신세인 것이다. 간절한 가족 생각에 외로움이 배가되었을 텐데 마침 비까지 내리니 마음이 더욱 심란해졌으리라.

"길 가던 사람"은 시인 자신뿐만 아니라 당시 길을 가던 다른 사람을 모두 통칭하는 말이다. 자신의 마음으로 타인을 바라보니 비를 맞으며 길을 오가는 사람이 다 외롭고 슬퍼 보일 수밖에. 인생에 대한 개인적 비애를 보편적인 감정으로 확장시킨 것이다.

길에서 아무런 준비 없이 비를 만났다면 우선 피할 곳부터 찾기 마련이다. 그러나 시인은 우울한 마음도 달래야 했다. 이 두 가지 조건을 모두 충족시켜 육체와 정신을 다 쉬게 해줄 만한 곳은 주막뿐. 이에 주막이 있는 곳을 물으니 목동은 멀리 행화촌을 가리킨다. 살구꽃 핀 마을이라는 뜻의 '행화촌'은 지명이라고도 하는데, 이 시로 인해 후에는 주막의 대명사가 되었다. "목동"이라는 단어로 볼 때 시인은 당시 어느 산촌을 지나고 있었던 모양이다. 목동의 손가락 끝닿는 곳에는 과연 어떤 장면이 펼쳐질까? 궁금증과 상상력을 자극하는 마무리이다. 한적한 산촌에 주막이 있기는 한 건지, 주막과의 거리는 도대체 얼마나 되는지, 시인은 주막을 제대로 찾아 술 한잔은 했는지, 시인의 슬픈 정서는 누그러들었는지……

다음은 소식의 「취하여 잠든 자醉睡者」라는 시이다.

길이 있어도 가지 못하니 술이나 마시고,

입이 있어도 말하지 못하니 잠이나 자리.
선생 술 취하여 돌 위에 누우니,
영원히 그 뜻 아는 사람 없으리.
有道難行不如醉, 有口難言不如睡.
先生醉臥此石間, 萬古無人知此意.

길이 있어도 가지 못하고 입이 있어도 말하지 못하는 것은 막막하고 억울한 상황에 놓여 있다는 것이다. 이럴 때 이에서 벗어나려면 적극적으로 행동하는 것이 일반적이지만, 시인은 현실을 정관靜觀하는 태도를 취한다. 잠시나마 시름을 잊는 방법은 오직 술 취해 잠들어버리는 것일 뿐. 끝없이 넓은 하늘 아래 그에게 허용된 공간은 오직 돌 하나. 마치 고립무원孤立無援에 놓인 현실에서의 그의 처지 그대로를 보여주는 듯하다. 하지만 그에게는 이 좁은 돌 위가 육신을 누이고 마음에 위안을 찾을 수 있는 유일한 공간인 듯하다. 무한한 인생의 고독이 느껴지는 시이다.

다음은 송나라 시인 매요신의 「취중에 구양수歐陽修·육경陸經에게 이별을 고하며醉中留別永叔子履」라는 시이다.

첫서리 내리지 않아 변하의 물 얕으니,
작은 배로도 빨리 가지 못하리.
온 성 뒤져 늙고 병든 말 빌려 타니,
절뚝절뚝 비틀대어 피곤하기 그지없네.

관사로 찾아가 이별을 고하니,

아쉬움에 한숨만 푹푹 나온다.

그대는 털북숭이 하인에게 잰걸음으로 육경을 불러오라 하고,

또 술자리 마련하라 이르네.

잠시 후 육경이 달려와,

작은 방에 함께 앉아 이야기 나누며 걱정을 떨쳐본다.

삶은 닭과 토끼 먹어보니 맛좋고,

접시에는 밤과 배가 가득 쌓여 있네.

부슬부슬 가랑비 내리는 추운 날,

어찌 실컷 마시고 취하지 않으리.

문 앞에 손님이 와도 알리지 말게나,

이미 두건이 비뚤어질 정도로 취했으니.

문장의 심오함을 논하기도 하였는데,

쉬운 내용 어려운 내용 빠짐없이 말했네.

간간이 기발하면서도 해학적인 말로 모두를 포복절도하게 하니,

어찌 내일 먹을 양식 따위를 걱정하리?

통금 시간 되어도 아직 가지 않으니,

하인들 속으로 우리를 얼빠졌다고 하겠지.

병법을 논하고 실패의 원인을 연구한들 무슨 도움이 되리?

모든 사람 선비가 그 이치 알 리 없다고 생각하는데.

얼근하게 오른 취기 빌어 울분 토해내니,

두 사람 모두 나의 행동에 놀란다.

예로부터 자신의 재주 드러내는 사람 미움만 받으니,

입 다물고 남쪽으로 내달리리라.

가을 쏘가리와 농어 한창 살 올랐으니,

돌아가면 먹기 딱 좋은 때이다.

자주 기러기 편에 소식 전해주길 바라오,

절대 아녀자들처럼 슬퍼하지 마시게.

新霜未落汴水淺, 輕舸惟恐東下遲.

繞城假得老病馬, 一步一跛令人疲.

到君官舍欲取別, 君惜我去頻增嘻.

便步髯奴呼子履, 又令開席羅酒巵.

逡巡陳子果亦至, 共坐小室聊伸眉.

烹鷄庖兔下籌美, 盤實釘餤栗與梨.

蕭蕭細雨作寒色, 饜饜盡醉安可辭.

門前有客莫許報, 我方劇飮冠幘欹.

文章或論到淵奧, 輕重曾不遺毫厘.

間以辨謔每絶倒, 豈顧明日無晨炊.

六街禁夜猶未去, 童僕竊訝吾儕癡.

談兵究弊又何益, 萬口不謂儒者知.

酒酣耳熱試發泄, 二子尙乃驚我爲.

露才揚己古來惡, 卷舌噤口南方馳.

江湖秋老鱖鱸熟, 歸奉甘旨誠其宜.

但願音塵寄鳥翼, 愼勿卻效兒女悲.

매요신의 자는 성유聖兪. 16세에 향시鄕試에 낙방하고 숙부 매순梅詢을 따라 낙양으로 갔다. 숙부의 공로에 힘입어 음서제蔭敍制에 의해 재랑齋郎·주부主簿 등의 말단직에 임명되었으나 과거시험에는 계속 낙방하여 벼슬길이 여의치 못했다. 이 시는 그가 40세가 되던 북송北宋 경력慶曆 원년에 지었다.

이해에 매요신은 지금의 절강성에 위치한 호주湖州로 발령을 받았다. 당시 그는 출세를 하려면 변방에 나가 공을 세우는 것 외에는 방법이 없다는 생각을 하고 있었다. 문인이 변방에 나가 무슨 공을 세우느냐고 하겠지만 그는 평소 병법에 관심이 많았다. 특히 『손자병법』을 좋아하여 주석을 달기도 하였다. 매요신은 당시 군사 방면의 업무를 관장하던 범중엄范仲淹에게 종군從軍의 뜻을 밝혔으나 받아들여지지 않았다. 그의 친구이자 병법에 조예가 깊었던 윤수尹洙가 섬서의 경략판관經略判官에 기용되어 서하가 공격해왔을 때 전공戰功을 쌓은 것을 보면 그의 생각처럼 문인에 대한 고정관념만이 이유는 아니었던 듯하다. "예로부터 자신의 재주 드러내는 사람 미움만 받으니, 입 다물고 남쪽으로 내달리리라"라고 울분을 토해낸 것은 바로 이러한 사정 때문이었다.

이 시는 크게 네 부분으로 나누어볼 수 있다.

첫 부분 "첫서리 내리지 않아 변하의 물 얕으니" 이하 4구에서는 호주로 출발할 때의 상황과 심정을 표현하였다. 본래는 배를 타고 가야 하나 가뭄 때문인지 강물이 얕아져 말을 타고 갈 수밖에 없게 된 것 같다. 그런데 말도 간신히 구하고, 그나마 병든 말이라 제대로 걷지도 못한다. 마지못해 떠나는 길인데 설상가상 시작부터 모든 것이 꼬이기만 한데다, 절뚝대며 힘겹게 걸어가는 병든 말은 마치 세파에 지친 자신의 모습인 것 같아 처량하고 심란할 따름이다.

두 번째 부분 "관사로 찾아가 이별을 고하니" 이하 18구는 구양수의 집에서 벌어진 송별연의 장면이다. 구양수는 매요신보다 다섯 살이 적으나, 두 사람은 30년 가까이 친분을 이어갔다. 구양수는 "물 맑은 영주에 밭 사서, 그대와 벗하여 농사지으리라行當買田清潁上, 與子相伴把鋤犁"(「매성유에게 보내며寄聖兪」)라며 만년을 함께 보내자고 청할 정도로 그를 좋아하였다. 매요신을 위해 정성스레 술자리를 준비하는 대목에서도 그에 대한 구양수의 각별한 정을 느낄 수 있다. 두건이 비뚤어져도 전혀 개의치 않고 아무 거리낌 없이 온갖 이야기 나누며 밤늦도록 웃고 즐기는 세 사람, 마음먹은 대로 되는 일 하나 없고 냉혹하기만 한 바깥의 현실과 대비되어 진솔하면서도 깊은 그들의 우정이 잘 드러나 있다.

세 번째 부분 "병법을 논하고 실패의 원인을 연구한들 무슨 도움이 되리?" 이하 6구에서는 회재불우懷才不遇에 대한 울분을 토로한다. 친구들마저 평소와 너무 다른 모습에 놀랄 정도로 격앙되어 감정을 드러낸다. 마음속 깊이 억눌려 있던 진심이 취중에 봇물처럼 솟구쳐 나오고 만 것이리라. 이처럼 적나라하게 자신의 속내를 드러낼 수 있는 것 또한 그들이 모든 것을 받아주고 이해해주리라는 믿음이 있기 때문이다.

네 번째 부분 "가을 쏘가리와 농어 한창 살 올랐으니" 이하 4구는 두 친구에게 이별을 고하는 장면이다. "가을 쏘가리와 농어", 이 말에는 전고가 있다. 서진西晉 시기에 장한張翰이라는 사람이 있었다. 문장에도 뛰어나고 자유분방한 성정이 완적을 닮았다고 하여 '강동보병江東步兵'이라 불리었다. 완적이 보병교위步兵校尉라는 직책을 맡은 적이 있어 '완보병阮步兵'이라고 칭해졌었기 때문이다. 당시 제왕齊王 사마경司馬冏이 장한에게 관직을 주려고 하였다. 장한은 동향 사람인 고영顧榮에게 혼란한 세상일에 관여하고 싶지 않고 부귀공명에도 관심이 없다는 뜻을 비쳤다. 그러자 고영이 그의 손을 잡으며 "나도 그대와 함께 남산에서 고사리 캐고, 삼강의 물이나 마시려오吾亦與子采南山蕨, 飲三江水耳"(『진서晉書·장한전張翰傳』)라고 하였다. 이때 가을바람이 불어오자 장한은 고향 오吳(지금의 소주蘇州) 땅의 고채菰菜나물, 순채국, 농어회가 생각났다. 이에 "인생은 뜻대로 유유자적 살아가는 것이 최고인데, 어찌 명예나 작위를 위해 수천 리 떨어진 타향에 머무르리人生貴得適志, 何能羈宦數千里以要名爵乎"라며 곧바로 수레를 고향으로 돌렸다. 혹자가 죽은 다음 명성이 어떨지 걱정되지 않느냐고 묻자 장한은 "죽은 후 명성을 얻느니, 지금 술 한잔 마시는 것이 낫소使我有身後名, 不如卽時一杯酒"(『진서·장한전』)라고 하였다.

이 전고를 사용한 것은 초연한 태도로 현실을 받아들이는 것으로 위안 삼고, 또한 자포자기의 심정으로 떠나는 자신을 걱정하며 슬퍼하는 친구들을 조금이나마 안심시키려 하기 위함이다. 하지만 매요신은 그렇게 하지 못했다. "시험장에서 이름 날리기 원했지만, 좋지 못한 재주와 불운한 운명으로 묻혀버렸네心雖羨名場, 才命甘汨沒"(「회양의 연수재에게 화답하여和淮陽燕秀才」), "한 번도 과거에 급제하지 못하였는데, 사람들은 나를 아첨이나 일삼는 관리라고 하니 절대 아니네大第未嘗身一至, 人猜巧宦我應非"(「문상으로 부치는 시寄汝上」)에서 알 수 있듯 거듭 좌절을 겪으면서도 높은 자리로 올라가려는 노력을 멈추지 않았다.

지성이면 감천인지 매요신은 50세의 나이에 마침내 진사 시험에 합격한다. 평생의 한을 풀었다고 할 수 있으나 반백 년에 달하는 오랜 세월 동안 겪었을 심적 고통을 생각하면 참으로 비통하고 애달프기 짝이 없다. 그런데 그의 불운은 여기서 끝난 것이 아니다. 태상박사太常博士 · 국자감직강國子監直講 등에 임명되고 구양수와 함께 『신당서新唐書』 편찬에 참여하여 이제 막 인생이 꽃피려 할 때, 안타깝게도 전염병에 걸려 며칠 만에 59세를 일기로 세상을 뜨고 만다. 갑작스레 당한 일에 구양수는 "그대처럼 어진 사람은 오래 살아야 하거늘謂子仁人, 自宜多壽"(「매성유를 위한 제문祭梅聖兪文」)이라며 애통함을 금치 못했다. 사람은 가고 없지만 불우했던 인생을 살다간 그에게 올리는 남은 이들의 술잔은 눈물로 범벅이 되었으리라.

인생을 살다보면 누구나 이렇게 절망의 늪에 빠져들 수 있다. 하지만 같은 상황이라 해도 모두가 다 이런 태도를 보이는 것은 아니다. 다음은 잠삼岑參의 「화문루 술집의 노인에게 재미 삼아 묻다戲問花門酒家翁」라는 시이다.

칠십 노인 여전히 술 팔고 있고,

화문루 입구에는 술병과 항아리 가득 쌓여 있네.

돈같이 생긴 길가의 느릅나무 이파리,

이것 따서 술 산다면 그대 주시려오?

老人七十仍沽酒, 千壺百甕花門口.

道傍楡莢仍似錢, 摘來沽酒君肯否.

제1, 2구는 술집의 정경을 묘사한 것이고, 제3, 4구는 장난기가 발동한 시인이 술집 주인인 노인에게 마치 돈처럼 생긴 느릅나무 이파리로 물건을 사고팔며 소꿉놀이하는 어린아이 입에서나 나올 것 같은 농담을 던지는 장면이다. 천진난만하면서도 위트 넘치는 그의 말에 주인과 손님 모두 파안대소하였으리라.

하지만 시에서 보여주는 모습과 달리 당시 그의 처지는 낙관적이지 않았다. 이 시는 당나라 천보天寶 10년에 잠삼이 감숙甘肅에 위치한 양주涼州를 지나면서 지은 것이다. 이때 잠삼은 장수 고선지高仙芝의 막료로 있었다. 고선지가 누구인가? 고구려 유민 출신으로 당나라 장군이 되어 토번(현 티베트) 및 서역으로 출정한 이였다. 승승장구하던 고선지가 탈레스 전투에서 패하자 한직인 감숙의 하서절도사河西節度使에 임명되면서 잠삼 역시 그를 따라가게 된 것이다. 사실 이는 결코 그가 바라던 바가 아니었다. 잠삼은 30세에 진사 시험에 2등으로 합격하였으나 벼슬길은 그리 순탄치 못했다. 그래서 항상 "나이 삼십에 겨우 말단관직 하나 얻었는데, 벼슬살이하고픈 생각이 달아나려 한다. 불쌍하게 이어받은 가업도 없어, 미미한 관직도 부끄럽다 할 수 없네. 쌀 다섯 말에 얽매어, 낚시하며 사는 삶 저버렸도다三十始一命, 宦情多欲闌. 自憐無舊業, 不敢恥微官. …… 只緣五斗米, 辜負一漁竿"(「처음 관직을 받고 고관곡의 초당에 적다初授官題高冠草堂」)라며 관직에 있을지 은거할지를 계속 고민하였다.

감숙은 이민족의 침략을 차단하는 첫 관문으로서 군사 요충지이지만, 사막과 황량한 벌판으로 이루어져 있고 기후조건도 열악하여 사람이 살기 좋은 곳이 아니다. 그래서 교통이나 통신이 발달하지 않았던 고대에는 한번 가면 다시 돌아올 수 없는 곳으로 여겨졌다. 말단직으로만 떠도는 것도 모자라 변방으로까지 가야 했으니 기분이 좋을 리 없다. 게다가 먼 길을 왔으니 몸도 많이 지쳐 있었을 것이다. 하지만 그는 회재불우의 비애, 타향에서의 외로움, 변방의 쓸쓸한 풍경, 그 어느 것도 말하지 않는다. 오히려 흔하디흔한 길가의 나무 이파리 하나에서 비롯된 풍부한 상상력으로 삶에서 느끼는 순간의 즐거움을 유머러스하게 표현하였다. 그리고 뒤이어 이런 생각을 하였을지도 모른다. 저 느릅나무 이파리가 모두 돈이라면 이렇듯 고된 삶을 살지 않아도 될 텐데…….

다음은 남송 시인 육유陸遊의 「산 넘어 서쪽 마을에서 노닐다遊山西村」라는 시이다.

섣달에 빚은 농가의 술 탁하다고 비웃지 마시길,
풍년이라 손님에게 대접할 닭과 돼지도 넉넉하다오.

첩첩산중에 개울만 연이어 있어 길이 없을 줄 알았는데,

버드나무 그늘 울창하고 봄꽃 활짝 핀 마을이 또 있네.

피리소리 북소리 이어지니 봄 제사 가까이 온 듯,

소박한 옷차림에는 옛 모습이 남아 있다.

이제부터는 한가하면 달빛 따라나서,

지팡이 짚고 밤중 언제라도 찾아가 문 두드리라.

莫笑農家臘酒渾, 豊年留客足鷄豚.

山重水復疑無路, 柳暗花明又一村

簫鼓追隨春社近, 衣冠簡樸古風存.

從今若許閑乘月, 拄杖無時夜叩門.

이 시는 육유가 파직되어 은거하던 시기에 지었다. 제1, 2구는 그가 머물던 농촌의 소박하면서도 인심 넉넉한 정경을, 제3, 4구는 봄 경치를 즐기러 산에 놀러 나왔다가 막다른 길에서 뜻밖에 마을 하나를 발견한 것을, 제5, 6구는 풍년제를 준비하는 산촌의 풍속과 촌민의 모습을, 제7, 8구는 밤늦게까지 산촌에서 놀다가 다음을 기약하며 돌아오는 장면을 표현하였다. 그에게 이날은 분명 아름다운 자연과 소박한 시골 풍습에 심취하여 보낸 즐겁고 행복한 하루였음을 느끼게 해주는 시이다.

북송이 금나라에 멸망한 후 육유는 끊임없이 금나라에 맞서 항전할 것을 주장하였다. 이후 남송 효종의 북벌이 실패하고 주화파가 득세하자 육유는 파직당했다. 그는 죽기 전 아들에게 유언으로

"첩첩산중에 개울만 연이어 있어 길이 없을 줄 알았는데,
버드나무 그늘 울창하고 봄꽃 활짝 핀 마을이 또
있네." 아름다운 자연과 소박한 시골 산촌의 풍습에
심취하여 지팡이 짚고 다시 찾아가고픈 심정이다.
농가의 술 탁하다고 한들 얼마나 좋은 술이랴. 청대
화가 화암華岩의 〈산수십이개山水十二開〉 05.

이러한 시를 남길 정도로 평생을 국가만 생각하며 산 애국자였다.

"죽고 나면 모든 게 나와 상관없다는 것 잘 알지만, 조국의 통일을 보지 못하는 것만은 슬프기 그지없구나. 왕의 군대가 중원 땅을 회복하는 날, 제사 지내 나에게 알려주는 것 잊지 말아라死去元知萬事空, 但悲不見九州同. 王師北定中原日, 家祭無忘告乃翁."(「아들들아 보아라示兒」)

그런데도 파직까지 당했으니 어찌 억울한 마음이 없었겠는가? 억울한 마음에 술 마시고 그 울분을 시로 써내려가곤 했으니, 그의 정적들은 세상 물정 모르는 생각만 한다고 비난했다. 이에 육유는 '방종한 늙은이'라는 뜻의 '방옹放翁'이라고 자신의 별호를 짓고 치욕스러운 현실을 비웃었다.

하지만 육유는 낙관적인 태도로 담담하게 현실을 마주한 듯하다. 산속 정경을 읊은 것이지만 인생에 대한 심오한 철리哲理를 담고 있는 "첩첩산중에 개울만 연이어 있어 길이 없을 줄 알았는데, 버드나무 그늘 울창하고 봄꽃 활짝 핀 마을이 또 있네"라는 구절이 이를 말해준다.

산에서 막다른 길에 맞닥뜨리게 되면 막막함, 두려움, 걱정……순간 여러 가지 부정적인 감정이 뇌리를 스칠 수 있다. 하지만 바로 그때 울창한 나무와 꽃 사이로 산골 마을 하나가 눈에 들어온다고 상상해보라. 절로 안도의 한숨이 내쉬어지고 순간 모든 걱정이 사라질 것이다. 인생 또한 마찬가지이다. 막다른 길이라고 생각한 지점이 결코 모든 것의 끝이 아니고 때로는 새로운 전환점이 되어 예상치 못한 기회가 주어지기도 한다. 삶의 어려움에 봉착하였을 때 위안 삼으며 의미를 되새겨볼 만한 구절이다.

위의 두 시인을 통해 세상만사 모든 것은 결국 마음 하나에 달려 있다는 이치를 떠올려본다. 아름다운 경치도 눈에 들어오지 않고, 술을 마셔도 시름만 깊어진다면 어떻게 해야 할까? 다음은 이럴 때 도움이 될 만한 당나라 시인 가지賈至의 시 「술을 마주하고 부르는 노래對酒曲」이다.

봄이 오니 술맛 진해져,
술잔 들고 꽃 덤불 마주한다.
한 잔 마시니 수만 가지 근심 사라지고,
석 잔 마시니 세상사 모두 부질없구나.
소리 높여 노래하자 경치 좋을 때,
술에 취해 춤추자 봄바람 맞이하며.
술잔을 앞에 둔 손님께 이르노니,
인생일랑 바람 가는 대로 떠도는 쑥대일세.
春來酒味濃, 擧酒對春叢.
一酌千憂散, 三杯萬事空.
放歌乘美景, 醉舞向東風.
寄語樽前客, 生涯任轉蓬.

술이 망우물로서의 작용을 제대로 발휘하는 순간이다. 하지만 이게 어찌 술만의 힘이겠는가? 바람 따라 구름 흘러가듯 그렇게 자연의 순리에 마음을 기탁하였기에 가능한 일이다. 마음먹은 대로 되지 않는 것이 인생사, 하지만 꽃도 때가 되어야 피고 달도 때가 되어야 차오르듯, 시기가 무르익으면 절로 해결되리라는 마음으로 하루를 사는 게 현명하지 않을까? 세상만사 영원한 게 없다는 것을 인정하자. 우리 인생은 바람에 뿌리 뽑혀 떠도는 쑥대와 같은 것이라고 시인은 말하지 않았는가, 그러니 집착과 욕망과 탐욕스러움으로 더는 자아를 괴롭히지 말자.

인생은 온갖 꽃들이 아름다운 자태를 뽐내는 봄과도 같다. 소리 높여 노래도 불러보고 바람 앞에 서서 옷자락 휘날리며 더덩실 춤도 추어보자. 그리고 한잔 술로 근심 걱정 잊어버리고 욕망과 집착에서 벗어나보자. 좋아하는 사람과 함께라면 금상첨화 아닐까?

제21장

취향醉鄕, 우리 옛 선조의 유토피아

취향醉鄕이란 음주인들이 추구하는 최고의 경지를 뜻한다. 현실에서 겪는 천만 가지 슬픔과 걱정을 없애보려고 '흐르는 강물이 다 술이었으면 좋겠다'면서 취향에서 살고 싶다고 노래한 시인이 어디 한둘이었던가? 당나라 시인 왕적王績이 지은 「취향기」에는 다음과 같은 기록이 전한다.

> 취향이 중국에서 몇천 리나 떨어져 있는지 알 수 없다. 땅은 환하게 트여서 끝 간 데가 없으니 언덕이나 비탈이 없고, 기운은 화평하고 한결같아서 어둠과 밝음도 없고 추위와 더위도 없다. 풍속은 차별을 두지 않고 서로 합동하여 큰 고을과 작은 마을의 구분이 없고, 그곳의 사람들은 몹시 청순하여 사랑과 증오도 없고 기쁨과 노여움도 없다. 그들은 바람을 들이키고 이슬을 마시며 오곡을 먹지 않는다. 잠잘 때는 느긋하고 걸을 때는 느릿하다. 새와 짐승, 물고기와 자라와 함께 살아가니 배와 수레, 기구와 연장 같은 쓰임새를 알지 못한다.
> 옛날 황제씨黃帝氏가 일찍이 그 도읍에서 노닐었는데 돌아

와서는 마음이 아스라해져서 마치 천하를 잃은 듯하여, 결승結繩의 정치도 이미 너그럽지 못하다고 여겼다. 요 임금과 순 임금 시대로 내려오자 천 개의 잔과 백 개의 항아리에 담은 술을 취향에 바치려고 고야산高射山의 신선을 통해 길을 빌려 취향의 변방에 이르러서는 생을 마치도록 태평하였다. 우 임금과 탕 임금이 법을 세우면서 예악이 번거롭고 잡다하여 수십 대동안 취향과는 멀어지고 말았다. 그들의 신하 희화羲和가 세월을 관장하는 직책을 버리고 도망가서 취향에 이르기를 바랐으나 길을 잃고 도중에 죽었으니, 온 천하가 마침내 편안하지 못하였다. (중략) 진나라와 한나라에 이르러 중국 땅이 어지러워지자 마침내 취향과 단절되고 말았으나 그들 중 완적, 도연명 같은 사람들이 남몰래 그곳으로 가서 죽을 때까지 돌아오지 않고 그곳에서 죽어 장사지냈는데 나라에서는 그들을 주선酒仙으로 여겼다.(번역은 송재소, 『주시 일백수』 참조)

「취향기」에 묘사된 취향은 큰 고을과 작은 마을의 구분이 없고, 사람들은 몹시 청순하여 사랑과 증오도 없고 기쁨과 노여움도 없는 평화로운 곳이다. 도연명의 「도화원기」에 묘사된 마을과 다르지 않다. 추위와 더위도 없고 바람을 들이키고 이슬을 마시며 오곡을 먹지 않는다는 대목에 이르러서는 신선 세계에 사는 신선이 따로 없다. 그랬던 취향도 우 임금과 탕 임금이 번거롭고 잡다한 예악을 내걸자 오랫동안 잊혀지고 말았다. 걸왕과 주왕에 이르러서는 술지

도연명은 「도화원기桃花源記」를 썼는데, 그 내용은 이러하다. 어느 어부가 복사꽃 만발한 물길을 따라가다가 모두 행복하게 살고 있는 마을을 발견했다. 이후 어부가 고향으로 돌아갔다가 다시 그곳을 찾는데 다시는 찾을 수 없었다. 술꾼들의 이상향 '취향'이 바로 뭇 사람들의 이상향 '도원'이 아니었을까.

게미로 언덕을 쌓아 올리고 천 길 높이의 계단을 만들어 남쪽을 향해 바라보아도 끝내 취향은 보이지 않았다고 한다. 진나라와 한나라에 이르러서는 마침내 취향과 단절되고 말았다면서 「취향기」의 저자 왕적은 순박하고 고요한 취향을 기록하여 장차 그곳에 가서 노닐 것을 기약하며 글을 맺는다.

왕적은 상상력을 발휘하여 술꾼들의 별천지인 취향을 창조하였던 것이다. 증오도 기쁨도 노여움도 없는 평화로운 고장 취향은 번거로운 법과 예악이 인간을 구속하고 순수한 인성을 속박하게 되면서 인간과 인간이 싸워 마침내 사라졌다고 한다.

음주 행위를 극도로 미화하고 신선의 반열에 올려놓았다는 점에서 현실에 대한 불만과 그 삶의 곡절과 불우함을 반증한다. 아울러 이러한 행위는 사회현상을 깊이 관찰하고 성찰한 결과임을 간접적으로 보여준다.

취향의 추구는 주로 왕조 교체기나 사회적 혼란과 피비린내 나는 통치 행위가 자행되던 시기에 유행하였다. 진나라 사마씨司馬氏의 공포정치에 간접적으로 대항한 죽림칠현이 그렇고, 고려 말 무인정권의 정치적 횡포에 대해 시와 술로 항의한 죽림고회竹林高會가 그렇다.

죽림고회의 창립 멤버인 고려시대 시인 이인로李仁老가 지은 「취향醉鄕」을 보자.

> 취향은 순박하고 고요한 곳, 중국 땅 너머에 있지.
> 듣자 하니 도연명과 유령이 처음으로 그곳에서 놀았다고.
> 이슬 먹고 바람 들이키는 천만 고을에
> 어느 날에나 제후에 봉해질까?
> 醉鄕淳寂隔齊州, 聞說陶劉始得遊.
> 飮露吸風千萬戶, 剪圭何日許封侯.

왕적의 「취향기」를 압축하여놓은 듯한 시다. 순박하고 고요한 땅, 이슬 먹고 바람 들이키는 곳, 별천지가 따로 없다. 그런 곳에서 제후 노릇한다면 그야말로 손 하나 까딱 않고 고을이 다스려질 터이니 파라다이스가 따로 없다. 이 세상에는 절대 존재하지 않는 곳이다. 그런 이상향을 그리워한다는 건 현실이 버겁고 힘들다는 것을 방증한다.

이인로는 무신의 난 이전 고려 전기 3대 가문의 하나였던 경원 이씨, 누대에 걸친 왕가의 외척으로서 부동의 문벌을 형성했었다.

일찍 부모를 여의고 고아가 되었는데, 화엄종 승통인 승려 요일寥一에게서 성장했으며, 유교 전적과 제자백가를 두루 섭렵하였다. 관직에 있는 동안에도 혼잡한 현실에 싫증을 느끼고 오세재吳世才·임춘林椿·조통趙通·황보항皇甫抗·함순咸淳·이담李湛과 '죽림고회'를 맺어 시와 술을 즐기며, 중국의 '강좌칠현江左七賢'을 자처하였다. 강좌칠현은 중국 진晉나라 죽림칠현을 지칭하는데 멤버는 알다시피 혜강, 완적, 산도, 상수, 유령, 왕융, 완함이다. 두 그룹 모두 왕조 교체기에 피비린내 나는 현실정치에 대한 환멸과 불만을 술과 시로 항거했던 지식인 집단이다.

이색李穡이 지은 다음 시를 보자. 제목은 「도중途中」이다.

술 중에 가장 맛있고 깊고 긴 맛은,
여양왕처럼 아침에 서 말 술 들이키는 것.
해장술은 본디 깨지 않으니,
이 세상 이르는 곳마다 취향이로다.
飮中有味最深長, 三斗朝傾似汝陽.
卯酒自然醒不得, 人間到處醉爲鄕.

이 시는 두보의 「음중팔선가」에 보이는 여양왕 이진의 고사를 사용하여 자기 역시 여양왕 못지않은 애주가임을 드러내었다. 여양왕 이진은 황제를 뵈러 조회하러 가기 전에도 꼭 서 말 술을 마셨는데 조회하러 가는 도중 술 싣고 가는 수레를 만나면 침을 흘리면서 주천군酒泉郡 고을 원으로 임명해주지 않는 황제를 원망할 정도로 술을 좋아하였다. 묘주卯酒는 새벽 5시에서 7시 사이에 마시는 술로 해장술을 의미한다. 요즘은 숙취를 달래기 위해 얼큰하고 뜨끈한 국물의 해장국을 먹는데 고려 문인들은 숙취를 달래기 위해 해장술을 마셨나보다. 술기운이 덜 깼는데 술을 마셔대니 술에서 깰리가 없을 것이다. 그래서 시인은 "해장술은 본디 깨지 않으니, 이 세상 이르는 곳마다 취향"이라고 한 것이다. 이색은 왜 종일토록 술에서 깨고 싶지 않았던 것일까? 그는 이성계의 역성혁명에 협력하지 않았지만, 그의 문하생들은 혁명참여파와 절의파로 나뉘었다. 이 때문에 한때 제자였던 정도전과 조준, 남은은 그의 정적으로 돌변한다. 제자들조차 그에게 등을 돌리고 비판하였던 정치적 대립과 갈등은 불사이군不事二君의 도덕관을 지녔던 그가 감당하기엔 너무나 고통스러웠을 것이다. 어찌 취향을 간절히 찾지 않으랴!

이색이 여양왕을 부러워했다면 다른 이를 부러워했던 이숭인李崇仁도 있다. 이숭인은 이색, 정몽주와 함께 고려의 삼은三隱으로 불린다. 그의 시「심산옹불우尋散翁不遇」이다.

공무 끝내고 틈내어 말 타고 찾아갔더니,
긴긴 대낮 사립문만 홀로 열려 있다.
산사의 승방에 불법 물으러 갔거나,
주막에서 술잔 들이키고 취해 있으리라.
公餘策馬訪君來, 晝永柴扉獨自開.

若不僧房留問法, 定應酒社醉下杯.

이숭인 역시 고려 말 문신으로 몸은 관직에 매여 있지만, 혼탁하고 살벌한 정계를 떠나고 싶은 마음을 불교와 취향을 향한 흠모의 정을 통해 간접적으로 드러냈다. 불교는 정신적 수양을 통해 번뇌와 집착을 털어내고 청정한 세계로의 귀의를 추구한다면, 취향은 음주 행위를 통해 현실의 질곡을 벗어나 정신적 자유를 누린다는 점에서 방법은 다르지만 귀착점은 같은 것이 아닐까? 형이상학적인 불교와 형이하학적인 취향을 병치하여 등가적 의미를 부여한 점이 특이하다. 고통과 번뇌에서 벗어날 수 있다면 불교면 어떠하고, 술이면 어떠하랴! 제목 '심산옹불우'는 산옹을 찾아갔는데 만나지 못했다는 뜻이다. 산옹散翁을 부러워하는 이숭인의 절절한 마음이 글자 밖으로 물씬 풍긴다.

'취향'을 노래한 조선시대의 문신이자 시인 노수신盧守愼도 있다. 시 제목은 「대취해서 장난삼아 백생에게 주다大醉戱贈白生」이다.

늙으니 술잔 잡기 좋고,
입술 마르니 술 마시기 좋아라.
평소 노상 술 마시는 자 싫어하여,
내 울타리 근처에 얼씬도 못하게 했다.
홀로 못 가를 배회하며

깨어 있은들 무슨 소용 있나,

이 세상 살아가는 즐거움 알지 못하는데.

평생 취향에서, 친구와 더불어 살아가리라.

老手持杯好, 焦脣飮酒宜.

尋常嗔惡客, 不使近吾籬.

澤畔醒何用, 人間趣未知.

平生醉鄕友, 聊可與棲遲.

시인은 늙고 한가해지니 술잔을 잡아도 마음이 편해졌나보다. 그래도 마음속 근심 걱정은 남아 있어 속이 타고 입술이 말랐나 보다. 수련 두 구절에서 그 심정 미루어 짐작할 수 있겠다. 함련 두 구절은 시어 "악객惡客"의 중의적 의미로 인해 상이한 뜻을 내포 한다. 악객은 술을 전혀 입에 대지 않는 사람을 지칭하기도 하고, 술을 입에 달고 사는 사람을 나타내기도 한다. 정반대의 뜻을 지니고 있는 것이다. 전자로 해석할 경우, 술을 전혀 입에 대지도 않는 자를 싫어하여 자신의 집 근처에 얼씬도 못하게 했다는 뜻으로 해석할 수 있고, 후자로 해석할 경우 노상 술을 입에 달고 사는 사람은 자신의 집 근처에 얼씬도 못하게 했다는 것으로 볼 수 있다. 전자로 해석할 경우, 젊어서는 술을 입에 대지도 않았고 그래서 노상 술 마시는 자를 싫어했다는 뜻으로 볼 수 있다. 후자로 해석할 경우 젊어서부터 늘 술 안 마시는 사람을 싫어했고 늙어서 역시 그렇다는 뜻으로 볼 수 있다.

전자로 해석하는 편이 젊어서 성리학적 세계관을 지니고 치열하게 학문에 몰두하였던 시인의 뜻에 훨씬 맞지 않을까? 시인은 늙기 전에는 노상 술 마시는 자를 혐오했는지도 모른다. 짧은 인생살이 수신제가치국평천하를 하기 위해 해야 할 공부도 많고, 백성을 위해 해야 할 일도 많은데, 무슨 여가에 술을 마시겠느냐고 꾸짖으며 말이다. 그러나 인생을 살며 온갖 풍파를 겪고 보니, 우국충정을 품고 세상과 타협하지 않고 홀로 깨어 있던 굴원은 결국 외로이 유배당해 쓸쓸히 죽었던 사실이 가슴에 와 닿은 것이다. 그리하여 시인은 말한다. 평생 취향에서 친구들과 더불어 즐겁게 살겠다고.

이 시는 을사사화에 이어 정미사화에 연루되어 33세 젊은 나이로 진도에서 19년 동안 유배생활을 하였고 그 후 벼슬이 영의정까지 올랐던 노수신의 작품이다. 나라를 위한 가슴 가득한 이상과 열정이 산산조각난 후, 역적으로 몰려 사지가 찢어질 듯한 고문을 받았던 노수신. 죽음 끝에 살아 돌아온 후의 깨달음과 늘그막의 생활경험이 시적 형상화를 통해 그 소회의 일단을 드러낸 것이다.

시 제목에 보이는 백생은 백광훈白光勳이다. 그는 노수신보다 22세 연하로, 1572년(선조 5), 명나라 사신이 오자 노수신을 따라 백의白衣로 제술관製述官이 되어 뛰어난 시재詩才와 서필書筆로 사신을 감탄시켜 백광선생白光先生이란 칭호를 얻었다고 한다.

이제 애주가라 자부하며 "취향진가서醉鄕眞可棲"라고 노래한 박은朴誾의 「이십칠 일에 흥양포에서 배를 띄우고 어스름녘 정자에 올라 맘껏 마시다二十七日泛興陽浦晚登亭縱飮」를 보자.

나는 본래 애주가,

가는 곳마다 고주망태 된다.

취하면 즉시 나의 존재 잊고,

만사가 눈앞에서 사라지지.

티끌 속 한양에서 벼슬하느라,

십 년 동안 배척당해 곤궁에 처했지.

참으로 술을 필요로 하는 마음은,

천리마처럼 빠르다.

평생 동안 품었던 마음속 불평,

이런 경치 대하니 더욱 처연하구나

술잔은 마침 가까이 할 수 있고,

산새도 마시라고 권한다.

만나면 모두 지기이니

어찌 손잡지 않으랴.

통쾌하게 마시며 저마다 무릎 맞대니,

석양은 어느새 서녘에 걸려 있네.

허공에 기대어 손뼉 치며 춤추니,

둥둥 떠다니는 물새들 같구나.

옆에 있던 사람들 나의 광기에 놀라,

우르르 몰려 높은 사다리 잡고 기어오른다.

내일 아침이면 꿈처럼 아득하리니,

한번 웃고 말 뿐, 어찌 다시 그 경지 찾을 수 있으리오

인간 세상 어찌 그리 험난한가,

취향만은 참으로 살 만하구나.

我本愛酒人, 著處醉如泥.

醉輒遺形骸, 萬事眼前迷.

宦學京師塵, 十年困推擠.

胸襟諒須此, 若騁千里蹄.

平生不平心, 對境益凄凄.

酒尊政堪近, 山鳥亦勸提.

相逢盡知己, 渠豈不足攜.

痛飮各促膝, 落日忽在西.

憑虛拍手舞, 泛泛然鳬鷖.

傍人警我狂, 雜遝攀雲梯.

明朝怳如夢, 一笑那更稽.

人寰何太隘, 醉鄕眞可棲.

　인생은 본디 천길 낭떠러지처럼 험난하고 살얼음판처럼 조심
스럽다. 특히 관리의 운명은 폭군을 만나면 더더욱 그러하다. 잘못
헛발 디디면 천길 아래 깊은 계곡으로 떨어져 뼈도 못 추린다. 이럴
경우 한평생 조심조심 입단속하며 살아야 하니 마음속 쌓인 불만은
태산 같았을 것이다. 연산군 치하에서 관리 노릇을 했던 박은朴誾은
갑자사화에 연루되어 동래로 유배되었다가 사형당한다. 그의 나이
26세 때의 일이다.

한번 취해 천만 가지 시름 없애보려 하지만
천 번 취해도 시름은 더욱 밀려오고, 술이
깨면 시름은 여전히 남아 있음을 어디 이백만
깨달았으랴! 하지만 마음 편한 친구, 사랑하는
사람과 함께 마시는 술이라면 그곳이 바로
'취향'일 것이다. 김홍도는 그답게 친구를
만나 즐겁게 술 마시는 장면을 정겹게
묘사하고 '술 취해 꽃을 보다醉後看花'라고
하였다. 〈김홍도필산수도金弘道筆山水圖〉.

18세에 문과에 급제하여 홍문관 수찬이 되었던 그는, 20세의 약관으로 유자광의 간사함과 유자광에게 아첨하는 성준成俊을 규탄하는 소를 올렸다가 오히려 그들의 모함을 받는다. 평소 직언을 싫어하던 연산군은 그를 파직시켰다. 박은은 1501년(연산군 7) 23세에 파직되어 옥에 갇힘으로써 생활도 쪼들리기 시작하였고 어려운 가정을 꾸려나가던 아내 신 씨의 죽음으로 설상가상 심각한 타격을 받는다.

　　이 시는 파직당한 후, 한양을 떠나 친우들과 뱃놀이하며 음주 행위를 통해 현실을 초극하고자 하는 마음을 노래하였다. 마지막 구, "취향은 참으로 살 만하구나"는 거나하게 취해 울분과 분노, 슬픔과 원망으로부터 자유로워진 취향을 예찬한 것이지만, 취향은 신기루와 같은 것, 술이 깨는 동시에 다시 사라진다. 사라져버린 취향을 찾기 위해 또 술잔을 찾고, 사라지면 또 찾는 반복되는 행위는 그리스 신화의 시시포스를 연상시킨다. 인생이라는 게 원래 고통과 슬픔을 수반하는 것, 즐거움과 기쁨은 고통과 슬픔 속에 내재된 것임을 깨닫고, 번뇌와 망상, 욕망과 탐욕을 내려놓는 순간 고통도 감소하고 마음도 편안해짐을 깨닫는 것이 중요하지 않을까? 주태백이라고 불리는 이백도 친구에게 술잔을 권하며 "그대와 더불어 만고의 시름 녹여보리라與爾同銷萬古愁"고 하였지만, "칼을 뽑아 물을 잘라도 물은 다시 흐르고, 술잔 들어 시름 녹이려 해도 시름은 다시 계속되네抽刀斷水水更流, 擧杯銷愁愁更愁"라고 읊었다. 강물처럼 많은 수심은 아무리 잘라내려 해도 잘라버릴 수 없고, 술잔을 들이켜 시름을 녹여버리려 해도 영원히 녹여버릴 수 없음을 고백한 것이다. 한번 취해 천만 가지 시름 없애보려 하지만 천 번 취해도 시름은 더욱 밀려오고, 술이 깨면 시름은 여전히 남아 있음을 어디 이백만 깨달았으랴! 음주 행위를 통해 시름과 번뇌를 없애려는 시도는 애시당초 부질없는 짓임을 모두 알았을 것이다.

삶은 본디 고달픈 것, 전쟁터 같은 현실에서 잠시 가쁜 숨 지친 몸 내려놓고, 한잔 술로 여유와 운치와 풍류를 즐기며 삶의 활력과 즐거움을 향유하면 어떨까. 여기에 마음 편한 친구, 사랑하는 사람과 함께 교교한 달빛과 꽃숲 아래에서라면 이야말로 금상첨화 아닐까?

작가 및 작품 찾아보기

ㄱ

가지賈至, 대주곡對酒曲, 술을 마주하고 부르는 노래 308
구양수歐陽修, 기성유寄聖俞, 매성유에게 보내며 40, 300
_____, 답성유막음주答聖俞莫飮酒, 술 마시지 말라는 매성유의 시에 답하
　여 38~40
_____, 식조민食糟民, 술지게미를 먹는 백성 42~43
_____, 여매성유사십육통與梅聖俞四十六通, 매성유에게 주는 사십육 통의
　편지 38, 40, 41
_____, 취옹정기醉翁亭記 38, 44~45

ㄴ

나은羅隱, 자견自遣, 스스로 자신의 마음을 달랜다 254
노동盧仝, 탄작일嘆昨日, 어제를 한탄하며 156~158
노수신盧守愼, 대취희증백생大醉戱贈白生, 대취해서 장난삼아 백생에게 주다
　316~317

ㄷ

당완唐婉, 채두봉釵頭鳳 176~177
도연명陶淵明, 음주飮酒 73~78
_____, 지주止酒 80~82
두목杜牧, 윤주이수潤州二首, 윤주에서 읊은 시 두 수 210
_____, 청명淸明 293
두보杜甫, 객지客至 115
_____, 곡강曲江 109
_____, 등고登高 111~113
_____, 음중팔선가飮中八仙歌 22~24
_____, 장유壯遊 108
_____, 증위팔처사贈衛八處士, 위팔처사에게 주는 시 114~115

_____, 취위마추醉爲馬墜, 제공휴주상간諸公攜酒相看, 취하여 말에서 떨어지자 벗들이 술을 들고 찾아오다 32~34

ㅁ

매요신梅堯臣, 기문상寄汶上, 문상으로 부치는 시 302

_____, 의운화영숙권음주막음시잡언依韻和永叔勸飮酒莫吟詩雜言, 구양수의 술은 마시고 시는 짓지 말라고 권한 시에 차운하여 41

_____, 취중류별영숙자리醉中留別永叔子履, 취중에 구양수歐陽修·육경陸經에게 이별을 고하며 296~298

_____, 화회양연수재和淮陽燕秀才, 회양의 연수재에게 화답하여 302

ㅂ

박은朴誾, 이십칠일범흥양포만등정종음二十七日泛興陽浦晩登亭縱飮, 이십칠 일에 흥양포에서 배를 띄우고 어스름녘 정자에 올라 맘껏 마시다 319~320

배적裵迪, 청작가靑雀歌 286

백거이白居易, 개용문팔절석탄시開龍門八節石灘詩 127~128

_____, 대주對酒 142~143

_____, 동리십일취억원구同李十一醉憶元九, 이십일과 함께 취해 원구를 그리며 281

_____, 몽미지夢微之, 원진을 꿈에서 보다 283

_____, 문류십구問劉十九, 유십구에게 묻다 272

_____, 수몽득비훤초견증酬夢得比萱草見贈 17

_____, 장한가長恨歌 196

_____, 제원미지祭元微之, 원진을 위한 제문 280

_____, 취증류이십팔사군醉贈劉二十八使君, 술에 취해 유이십팔사군에게 지어 주다 239~240

_____, 하처난망주何處難忘酒, 언제 술 생각이 간절한가요 234~237

_____, 효도잠체시效陶潛體詩, 도연명을 따라 지은 시 45, 125

ㅅ

설도薛濤, 서암西嵓 199

_____, 완화정배천주왕파상공기료동부조국浣花亭陪川主王播相公暨僚同賦早

菊, 완화정에서 서천절도사 왕파 및 동료와 함께 일찍 핀 국화에 대해 읊다 201~202

_____, 춘망사春望詞 204

섭이중聶夷中, 잡곡가사雜曲歌辭·음주락飮酒樂 268~269

소식蘇軾, 밀주가蜜酒歌, 벌꿀주를 노래하다 166

_____, 박박주薄薄酒 168

_____, 사소자지혜주謝蘇自之惠酒, 소자지가 술 보내온 것에 감사하며 46~48

_____, 서동고자전후書東皋子傳後, 동고자전을 쓰고 나서 165

_____, 수조가두水調歌頭, 병진년 중추절에 아침까지 즐거이 술 마시다 크게 취하여 이를 짓고, 아우 자유를 그리워하다 51~54

_____, 이월이십육일우중숙수지만강기출문환작차시의사수혼혼야二月二十六日雨中熟睡至晩强起出門還作此詩意思殊昏昏也, 2월 26일 비가 내려 저녁까지 자다가 억지로 일어나 밖에 나가 또 이 시를 짓는데 정신이 몽롱하네 45

_____, 조기견화부차운답지趙既見和復次韻答之, 조 씨가 이미 화답하는 시를 보내와 다시 차운하여 화답하다 167

_____, 차운악저작송주次韻樂著作送酒, 술을 보내준 악저작랑의 시에 차운하여 165

_____, 취수자醉睡者, 취하여 잠든 자 295~296

_____, 호상야귀湖上夜歸, 호수에서 밤에 돌아가며 165

_____, 화도음주기십칠和陶飮酒其十七, 도연명의 음주시에 화답하여 제17수 45

소철蘇轍, 화자첨밀주가和子瞻蜜酒歌, 소식의 벌꿀주를 노래한 시에 화답하여 162~163

_____, 희작가양戱作家釀, 재미삼아 집에서 술 담근 일을 읊다 163~164

시경詩經, 권이卷耳 59

_____, 녹명鹿鳴 134

_____, 백주柏舟 59~60, 197

_____, 빈지초연賓之初筵 60~61

_____, 상체常棣 59

_____, 자금子衿 134

신기질辛棄疾, 성중제공재주입산성중제공재주입山城中諸公載酒入山, 여부득이지주위해餘不得以止酒爲解, 수파계일취遂破戒一醉, 재용운再用韻, 성안에 사는 제군들이 술을 싣고 산에 있는 날 찾아와 술을 마시자고 하는데, 금주 평계만 댈 수 없어 마침

　　　　　내 안 먹겠다는 약속을 깨고 취하도록 마셨다 85~86

_____, 심원춘沁園春·장지주계주배사물근將止酒戒酒杯使勿近, 이제 술을 끊
　　　고 마시지 않으려 하니 술잔아 내 곁에 가까이 오지 마라 83~84

ㅇ

안기도晏幾道, 완랑귀阮郞歸 191

_____, 접련화蝶戀花·취별서루성불기醉別西樓醒不記 192~193

어현기魚玄機, 감회기인感懷寄人, 감회를 적어 보내며 204

_____, 격한강기자안隔漢江寄子安, 한강 너머에서 자안 이억에게 부치다 206

_____, 견회遣懷, 회포를 풀며 205~206

_____, 매잔모란賣殘牡丹 208

_____, 유숭진관남루遊崇眞觀南樓, 도신급제제명처睹新及第題名處, 숭진관
　　　의 남쪽 누대에 놀러 가서 새로 급제한 사람의 이름을 적어 놓은 곳을 보고
　　　서 209

_____, 증린녀贈鄰女, 이웃집 여인에게 207

왕우칭王禹偁, 관온官醞 152, 153~154

왕유王維, 기형주장승상寄荊州張丞相, 형주의 장 승상께 올리며 288

_____, 보리사금菩提寺禁, 배적래상裵迪來相, 설역적등응벽지상작음악說逆賊等
　　　凝碧池上作音樂, 공봉인등거성편일시루하사성구호供奉人等擧聲便一時淚下
　　　私成口號, 송시배적誦詩裵迪, 보리사에 감금되었는데 배적이 나를 보러 와
　　　서 말하길, 역적들이 악공들을 잡아 응벽지에서 풍악을 울리게 하자 악공
　　　들이 연주하며 눈물을 흘렸다고 하였다. 이에 즉흥시를 써서 배적에게 읽어
　　　주었다 285

_____, 송원이사안서送元二使安西 21

_____, 작주여배적酌酒與裵迪, 배적에게 술 따라주며 283~284

_____, 증배적贈裵迪, 배적에게 주는 시 284

_____, 헌시흥공獻始興公, 시흥공 장구령께 올리며 287

왕적王績, 취향기醉鄕記 310~311

원진元稹, 기증설도寄贈薛濤, 설도에게 부치며 201

_____, 득락천서得樂天書, 백낙천의 편지를 받고 280~281

_____, 양주몽梁州夢, 양주에서의 꿈 282

_____, 장진주將進酒 104~105

유령劉伶, 주덕송酒德頌 260~261

유영柳永, 우림령雨霖鈴 185~186

_____, 접련화蝶戀花 183~184

유우석劉禹錫, 수락천양주초봉석상견증酬樂天揚州初逢席上見贈, 양주에서 처음 만
　난 자리에서 낙천(백거이의 자)의 시를 받고 답시를 지어 주다 241~243

_____, 노문요怒蚊謠 123, 124

유종원柳宗元, 음주飮酒 267~268

육구몽陸龜蒙, 봉화습미주중십영奉和襲美酒中十詠·주로酒墟, 습미 피일휴皮日休의
　술을 읊은 시에 창화하다·주막 210~211

육유陸遊, 대주對酒 139, 140~141, 146~149

_____, 시아示兒, 아들들아 보아라 307

_____, 심원이수沈園二首 179

_____, 유산서촌遊山西村, 산 넘어 서쪽 마을에서 노닐다 304~305

_____, 채두봉釵頭鳳 172~173

_____, 춘유春遊 180

이백李白, 강하증위남릉빙江夏贈韋南陵冰, 강하에서 남릉의 현령 위빙에게 31

_____, 대설취후증왕력양對雪醉後贈王曆陽, 술 취하여 역양의 왕 현승에게 주다
　289

_____, 대주對酒 139~141

_____, 산중여유인대작山中與幽人對酌, 산속에서 은자와 대작하며 277

_____, 선주사조루전별교서숙운宣州謝朓樓餞別校書叔雲, 산속에서 은자와 대작
　하며 150

_____, 소년행少年行, 소년의 노래 211

_____, 양양가襄陽歌 89~91

_____, 우인회숙友人會宿, 친구와 모여 하룻밤을 묵다 67

_____, 월하독작月下獨酌, 달빛 아래서 홀로 술잔을 기울이며 200, 248~249,
　251~252, 264~265

_____, 의고제오擬古第五 37

_____, 장진주將進酒, 자, 한잔하자! 96~99

_____, 조왕력양불긍음주嘲王曆陽不肯飮酒, 술을 마시지 않는 역양의 왕 현승을
　조소하며 289

_____, 추포가秋浦歌, 가을 포구의 노래 31

_____, 행로난行路難, 세상살이의 어려움 200

이색李穡, 도중途中 314

_____, 주酒 62~65

이숭인李崇仁, 심산옹불우尋散翁不遇 315~316

이야李冶, 영장미詠薔薇 198

_____, 호상와병희육홍점지湖上臥病喜陸鴻漸至, 호수에서 병으로 누워 있는데 육
　　우陸羽가 찾아와준 것을 기뻐하여 198

이인로李仁老, 취향醉鄕 313

이청조李淸照, 성성만聲聲慢 223~224

_____, 어가오漁家傲 219~220

_____, 여몽령如夢令 213~214

_____, 영우락永遇樂 227

ㅈ

잠삼岑參, 감단객사가邯鄲客舍歌, 한단의 객사에서 노래하다 210

_____, 초수관제고관초당初授官題高冠草堂, 처음 관직을 받고 고관곡의 초당에
　　적다 303~304

_____, 희문화문주가옹戲問花門酒家翁, 화문루 술집의 노인에게 재미 삼아 묻다
　　303

장구령張九齡, 답륙례答陸澧, 육례에게 답하다 274

장 씨蔣氏, 답제자매계음答諸姊妹戒飮, 술을 끊으라는 자매들에게 답하며 209

조조曹操, 단가행短歌行 132~133

_____, 대주對酒 129~131

주숙진朱淑眞, 강성자江城子·상춘賞春, 강성자·봄놀이 230

_____, 수회愁懷, 가을날의 생각 227~228

_____, 자책自責 222

_____, 청평악淸平樂 228~229

_____, 춘원소연春園小宴, 봄날 정원에서의 작은 연회 217

_____, 춘일정상관어春日亭上觀魚, 봄날 정자에서 물고기를 보며 223

진윤평陳允平, 춘유곡春遊曲, 봄나들이를 읊은 시 213

ㅌ

탁문군卓文君, 백두음白頭吟 197

ㅎ

한유韓愈, 취증장비서醉贈張秘書, 취하여 장 비서에게 주다 119~120

도판 출처

8　주문정周文靖,〈설야방대도雪夜訪戴圖〉
　　https://commons.wikimedia.org/wiki/File:Zhou_Wenjing-Visiting_
　　Dai_Kui_on_a_Snowy_Night.jpg

18　작가 미상, 두강杜康
　　https://commons.wikimedia.org/wiki/File:Du_Kang.jpg

25　김홍도,〈하지장도〉, 국립중앙박물관
　　https://www.museum.go.kr/site/main/relic/search/view?relicId=
　　140715

30　두근杜菫,〈음중팔선飲中八仙〉(古賢詩意卷局部)
　　https://commons.wikimedia.org/wiki/File:杜菫画古贤诗意卷局部_饮中八
　　仙.jpg

35　윤두서,〈전윤두서필기마도傳尹斗緖筆騎馬圖〉, 국립중앙박물관
　　https://www.museum.go.kr/site/main/relic/search/view?relicId=
　　188035

49　전혜안錢慧安,〈파선품연도坡僊品研圖〉
　　https://commons.wikimedia.org/wiki/File:Qian_Hui%27an_-_Su_Shi_
　　(Su_Dongpo)_Admiring_Ink_Stones_-_1956.122.3_-_Arthur_M._Sackler_
　　Museum.jpg

53　마원馬遠 전傳,〈고사관월도高士觀月圖〉
　　https://commons.wikimedia.org/wiki/File:Attributed_to_Ma_Yuan_-_
　　GENTLEMAN_VIEWING_THE_MOON_-_Google_Art_Project.jpg

63 고굉중顧閎中, 〈한희재야연도韓熙載夜宴圖〉

https://commons.wikimedia.org/wiki/File:Gu_Hongzhong%27s_
Night_Revels_1_edit_(cropped2)_(cropped).jpg

72 다니 분초谷文晁, 〈버드나무 아래 앉아 있는 도연명〉

https://commons.wikimedia.org/wiki/Category:Tao_Yuanming?
uselang=ja#/media/File:Tao_Yuanming_Seated_Under_a_Willow.jpg

76 석도石濤,《도연명시의도책陶淵明詩意圖冊》

https://commons.wikimedia.org/wiki/Category:Album_after_Poems_
of_Tao_Yuanming_by_Shitao?uselang=ja#/media/File:Illustrations_in_
the_Spirit_of_Tao_Yuanming's_Poems_02.jpg

98 양해梁楷, 〈이백음행도李白吟行圖〉

https://commons.wikimedia.org/wiki/File:Liang_Kai_-_Li_Bai_
Strolling.jpg

103 쓰키오카 요시토시月岡芳年, 〈이백취면李白醉眠〉

https://commons.wikimedia.org/wiki/File:NDL-DC_1312825-
Tsukioka_Yoshitoshi-三保の羽衣/李白醉眠-crd2.jpg

112 왕시민王時敏,《두보시의도杜甫詩意圖》

https://commons.wikimedia.org/wiki/File:Album_Illustrating_Du_
Fu%27s_Poems06xx.jpg

122 고견룡顧見龍 그림

https://commons.wikimedia.org/wiki/File:Gu_Jianlong_-_Scholar%27s
_Garden_Party_-_Walters_357.jpg

136 쓰키오카 요시토시月岡芳年, 쓰키노햐쿠시月百姿 시리즈 〈남병산승월南屏山昇
月 조조曹操〉

https://en.wikipedia.org/wiki/Poetry_of_Cao_Cao

159 민정閔貞, 《잡화도책雜畫圖冊》
https://commons.wikimedia.org/wiki/File:Min_Zhen_-_Lu_Tong_and_
Servant_-_1985.71.2_-_Cleveland_Museum_of_Art.tiff

161 민정閔貞 그림
https://commons.wikimedia.org/wiki/File:Min_Zhen_-_Su_Dongpo_-_
1985.71.6_-_Cleveland_Museum_of_Art.tiff

178 심원沈園
https://commons.wikimedia.org/wiki/File:%E6%B2%88%E5%9B
%AD_-_panoramio_(2).jpg

188 심주沈周 그림
https://commons.wikimedia.org/wiki/File:MET_DP156826.jpg

195 이숭李嵩, 〈청완도聽阮圖〉, 대만고궁박물원
https://commons.wikimedia.org/wiki/File:听阮图轴.宋.李嵩.绘.绢本设色.台
北故宫博物院藏.jpg

203 작가 미상, 《천추절염도千秋絕豔圖》의 설도薛濤
https://commons.wikimedia.org/wiki/File:千秋絕豔圖_薛濤.jpg

207 개기改琦, 《원기시의도축元機詩意圖軸》(부분)
https://commons.wikimedia.org/wiki/File:魚玄機.jpg

214 장택단張擇端, 〈청명상하도淸明上河圖〉(부분)
https://commons.wikimedia.org/wiki/File:Along_the_River_During_
the_Qingming_Festival_Section_1.jpg

226 작가 미상, 이청조화상(퍼블릭도메인)
https://commons.wikimedia.org/wiki/File:李清照畫像.jpg

242 문가文嘉, 〈위항원변화산수도爲項元汴畫山水圖〉(부분 상세도)
https://commons.wikimedia.org/wiki/Category:Wen_Chia#/media/
File:明-文嘉-為項元汴畫山水圖-軸-Landscape_Dedicated_to_Xiang_
Yuanbian_MET_1981_285_9_226070.jpg

250 마원馬遠, 〈거배요월도擧杯邀月圖〉
https://www.clevelandart.org/art/1997.89
(Open Access at the Cleveland Museum of Art)

253 대진戴進, 〈월하박주도月下泊舟圖〉
https://commons.wikimedia.org/wiki/File:月下泊舟圖.jpg

258 작가 미상, 〈김구선생소조金衢先生小照〉
https://www.metmuseum.org/art/collection/search/749116
https://commons.wikimedia.org/wiki/File:Anonymous_-_Portrait_of_
Shaoyu_in_the_guise_of_Liu_Ling_-_2017.133_-_Metropolitan_Museum_
of_Art.jpg

263 셋손 슈케이雪村周継, 〈죽림칠성도竹林七聖圖〉
https://en.wikipedia.org/wiki/Seven_Sages_of_the_Bamboo_Grove

275 문가文嘉,《산수화책山水畫冊》
https://artmuseum.princeton.edu/collections/objects/62046

279 문징명文徵明, 〈포금방우도抱琴訪友圖〉(부분)
https://commons.wikimedia.org/wiki/File:Landscape_with_Figures_
by_Wen_Zhengming_(1470-1559),_detail_3,_China,_1538,_ink_on_paper
_-_Berkeley_Art_Museum_and_Pacific_Film_Archive_-_DSC04229.JPG

294 이당李唐, 〈목우도牧牛圖〉
https://commons.wikimedia.org/wiki/File:Li_Tang,_Boy_and_water_
buffalo,_PM,_Beijing.jpg

306 화암華岩,《산수십이개山水十二開》05
https://commons.wikimedia.org/wiki/File:清_華岩_山水十二開_05.jpg

312 왕휘王翬,〈도화어정桃花漁艇〉
https://commons.wikimedia.org/wiki/File:Wang_Hui_-_Peach_
Blossom.jpg

321 김홍도,〈김홍도필산수도金弘道筆山水圖〉, 국립중앙박물관
https://www.museum.go.kr/site/main/relic/search/view?relicId=8912

취하여 텅 빈 산에 누우니
–술과 한시

2024년 11월 10일 초판 1쇄 찍음
2024년 11월 25일 초판 1쇄 펴냄

지은이 유병례, 윤현숙
펴낸이 정종주
편집 박윤선
마케팅 김창덕

펴낸곳 도서출판 뿌리와이파리
등록번호 제10-2201호 (2001년 8월 21일)
주소 서울시 마포구 월드컵로 128-4 (월드빌딩 2층)
전화 02)324-2142~3
전송 02)324-2150
전자우편 puripari@hanmail.net

디자인 강찬규
본문조판 이미연

종이 화인페이퍼
인쇄 및 제본 영신사
라미네이팅 금성산업

값 18,000원
ISBN 978-89-6462-211-7 03820